半ば右向き

戦中派少年が長らえた昭和の自分史

木村殖樹
KIMURA Shigeki

文芸社

目次

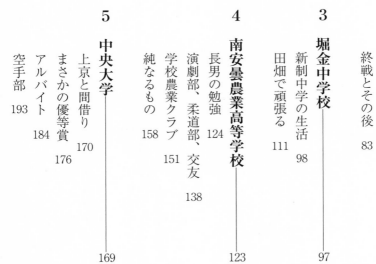

まえがき

小学校の正門を入り、坂を少し下ると右に奉安殿があった。周りに塀を巡らし、境内は檜《ひのき》を主に栂《つが》や樅《もみ》の常緑樹が植えられた神域で、鎮座する社の中には下賜された天皇の御真影が奉安されていた。

国民はすべからく敬うべしと教えられ、社の前では必ず立ち止まり最敬礼をした後に教室へ行った。校庭を越えた少し先に職員室があり、見えるので、敬礼をしない児童生徒がいると先生が走り寄り、年かさの子だと時にはびんたを張って正させたから、型通りの拝礼が実践されていた。

天皇に対する拝礼は講堂においてもしきりに行われた。国の祝日の一月一日、紀元節、天長節、明治節はもとより、毎月八日の大詔奉戴日など児童生徒が集合する儀式や行事には、必ず開式すぐに宮城遥拝として最敬礼が行われ、その後に勅語奉読があったり校長訓話がなされたりした。

講堂は西側が入り口で、奥に進んだ東の壁際に校長が登る演壇が置かれていて、児童生徒らは東向きに整列した。東京は遥か南東の方角に位置する。従って天皇のおわす宮城を

臨むには、整列した向きからやや右斜めに体を開かないと正対しないので、進行を司る教頭先生は、

「半ば右向けぇー、右！」

と一同の向きを正し、後に「宮城に対し奉り、最敬礼」と拝礼の号令をかけた。そして、「半ば左向け」の指示をもって元通りの隊形に戻した。

日本はポツダム宣言を受諾し降伏文書へ調印して世界大戦の火を止めた。敗戦である。やがて民主国家、平和国家の建設が始まり、軍国主義、国家主義的な思想は排除されて、それらの思想教育に大きな役割を果たしてきた奉安殿は撤去となり取り壊された。天皇もまた「神聖ニシテ侵スベカラズ」とした存在から「国の象徴、国民統合の象徴」になり、宮城遥拝はなくなった。もはや儀式や行事のとき、踵《かかと》を右に四十五度回して半ば右を向く必要はなくなったのである。

終戦は五年生の夏であった。「国民学校は皇国の道なり（国民学校令第一条）」と、まさに国民の基礎的練成をする初等教育の端緒から直中《ただなか》を歩んできたのに、四年半の後に突如、さして得心のいく説明もないまま、朝夕敬ってきた奉安殿が消え、事あるごとに臨んだ宮城遥拝がなくなったのである。校長も教諭も父も母も、恐らく日本国の大方の人が、「君

に忠義、親に孝行」とした教育の大本をなぜに失ったのか、その訳を即座に子供らに分からせ教えられなかったと思われる。

それから新しい教育が出発し、だんだんに個人の尊重と民主化が説かれ、子供らも学ぶものは学び、変えるものは変えていき、私もまた学び直しながらその後の六十年近くを生きた。

しかし、私は自分が受けた戦時教育の実を捨てきれず、少なからぬ残滓《ざんし》を己の心身に留めた。無理に叩き込まれた学習だからと放るのは易しいが、すべてを〝押しつけ教育〟に転嫁するのはいかにも悔しく、自分が少年なりに理解し咀嚼《そしゃく》した分身だと思いたい。

「半ば右向け！」の体制は、そのさなかで一挙に瓦解し、否も応もなく次の新生や改革を標榜する体制に引き継がれた。新体制は学校に会社に地域に刻々と満ちたが、私はそう易々とは容認しきれず、反骨もあって、かなり「半ば右向き」のまま張り合ってきた。

世の中の移り変わりに乗れないそっぽ向き。本書の題名の由来である。

平成十五年九月

木村　殖樹

注

【1】引用は原文を忠実に写すが、字体と仮名遣いは当用を当てた。

【2】敬称は、引用を除き同年以下は「君」、他は「さん」で統一した。

【3】個人名は引用を除き最小限を心掛けた。

【4】当時の時代背景を忠実に表現するため、昨今では差別的とされ、あまり使用しない言葉についても敢えて使用した箇所がある。ご了解願いたい。

1　上高地と奥飛騨

生まれも育ちも山の中

話題が故郷に及ぶとき、私は長野県の「安曇野《あずみの》」で育ったと、大抵は里の子のような顔で話をしてきたが、元は山間の「上高地」で育った生粋の山の子である。生まれたのは県こそ違うが、上高地とは焼岳を間に境を隣り合わす山村で、岐阜県吉城郡上宝村（現高山市奥飛騨温泉郷）田頃家の、母の実家が産所である。

昭和十年一月二十一日、祖母が産婆となって取り上げたが、生まれ落ちるなり、「丸くなーれ、まぁるくなーれ」と、祖母の手が赤ん坊の頭をお餅のように柔らかく丸めて揉んだ。

「頭が大きくて産みにくく、息みの途中で休んだら頭がヒョウタンくびれになって、お婆さまが手当てをしてくれた」と、母が笑ったが、頭の大きな赤ん坊だったらしい。祖母の親身なあんまが本当に効いたのかどうか、いつしかくびれは消えたが、私の幼い頃の写真は、いつも大きめの頭が重そうに左に傾いている。

田頃家から上高地までは一山を越すだけで、そう遠くはない距離なのだが、なにせ境は峠である。冬場は中尾峠も殊に積雪が深く、バスが通る安房峠も平湯から先は冬季運休となり、子を負って越せるような道ではないから、雪が解けて歩き易くなった春の浅い頃、父の迎えで、ようやく長野県南安曇郡安曇村上高地に連れられた。そして、上高地はそれから小学校に上がるまでの六年間を過ごす故郷となる。

上高地は、北は立山、剣岳から、南は乗鞍岳に至る北アルプス一帯の中部山岳国立公園の中心である。古くは「神の郷」「神垣内」「神河内」などと書かれ、訪れる者も稀な仙境であった。海抜一五〇〇メートル、落葉松の林にはコマドリたちがさえずり、梓川の清流には無数の岩魚が泳ぎまわり、見上げる焼岳、穂高連峰、霞沢岳、六百山などにはカモシカが群生していた。

清澄な大気のなか、空の青さは格別である。とりわけ朝の空と光は山々の峰を輝かせて神々しいほどであり、また夜ともなると、満天の星の瞬きはまさに別天地の感がある。

昭和二年四月から、東京日々新聞社と大阪毎日新聞社の共催（鉄道省後援）で「日本新八景」の一般公募による投票が行われ、勝景渓谷の第一位に上高地が当選した。（中略）日本新八景の選定は全国的な熱狂をまきおこし、昭和五、六年ごろには、上高地は「夏の山の銀座」といわれるようになっていた。

（帝国ホテル『帝国ホテル百年史』）

上高地の住まいは、上高地ホテルの一角にあった。主屋のホテル本館は、当時国立公園候補地にあがっていた上高地に、長野県が大蔵省から低利資金の融資を受けてホテルを建設したいと帝国ホテルに要請し、工期四カ月ほどの突貫工事の末、昭和八年十月五日に開業披露式をしたばかりであった。三年後の昭和十一年に名を改め「上高地帝国ホテル」となるが、海抜五〇〇〇尺の高地は冬季は道路が雪と凍結で通行不能のため、営業期間が制約され、おおむね春五月から秋十月の季節ホテルである。

ホテルには付属屋が三棟あって、二階建の母屋とその向かって左に小振りな平屋の二棟が並んでいた。母屋の玄関には「上高地ホテル社宅」の看板が掛かり、平屋の一つは「支配人社宅」、もう一つは「焼見社宅」の標示があった。平屋は二棟とも寝所だけの間取りだが、母屋は二階の七部屋の寝室のほか、階下に従業員食堂やそれを賄う厨房や倉庫などの付帯施設があり、そして管理人宿所が付いていた。我が家は、この付属屋の管理人宿所で、いわゆる社宅住まいであった。

父は上高地の大将

父は木村殖《しげる》。株式会社帝国ホテルの社員で、上高地帝国ホテルが営業する期間はお客に対して山の説明や案内役などを務め、ホテルが閉鎖する冬季の間は管理人として滞在していた。

出身は長野県南安曇郡三田村（現堀金村）田多井で、上高地と同じ郡内である。北朝鮮の会寧にあった国境守備大隊で二年間の兵役を終えて帰還した二十二歳の頃、次の仕事を考えたとき、たまたま満州の間島にある関東領事館員の募集に触発され、いっそ普通文官試験に合格して外交官になる方が出世が早いと一念発起した。

「勉強するなら、上高地ほど静かでいい所はない。豆腐でも作ったりしながら頑張れ」と父親に言われて」、昭和二年に上高地へやって来た。この父親とは私の祖父で、その頃上高地温泉場（現「上高地温泉ホテル」）で管理人をしていて、夏の短い期間は洋食、和食のコック二人を使って料理に当たったり、接客につとめたり、冬は留守番としてそこその期間は登っていたらしい。

豆腐作りは朝が早い。ホテルの離れの豆腐小屋で、早朝三時半から四時に起き、三桶の豆を挽いてから豆腐を作るが八時には出来上がる。あとは受験勉強に当てる自由な時間だが、退屈するとホテルを覗いて、料理に手を出したり、帳場をみたり、仕事の珍しさと面白さで、だんだんコックを使い、更に女中や三助の世話までやくようになり、ついには接客主任みたいな仕事まで手伝ったりした。

ひと夏の営業が過ぎると、祖父に代わり留守番で冬場の管理にあたる。山岳部の学生衆が山にいる間は勉強を教えに出入りするが、下山してしまうと、ひとりだけ取り残されて淋しくなる。そこへ、上高地を夏冬通して暮らす住人の常さん（内野常次郎）や庄吉さん（大井庄吉）がやって来て、「イワシシ（羚羊）を拾いに行かねかいと誘われると、面倒な参考書より猟が面白いに決まってる」と、山をかけ回る猟師が重なった。ホテルで客が混むのはせいぜい夏場の一カ月で、それでいて一年分の給料がもらえれば、山での猟も魅力的で、勉学意欲はめっきり薄らいでやがて受験を諦めた。

昭和六年に結婚して、七年に長女が生まれたが、その秋に帝国ホテル犬丸徹三支配人の実地調査があった。温泉ホテルでは接客主任兼料理主任という従業員を指揮する役目であったが、たまたま温泉ホテルと隣の清水屋とで経営を巡る訴訟沙汰があり嫌気がさしていたところで、翌年春に起工する新規ホテルからの熱心な誘いが転職を決断させた。以来、死ぬまで帝国ホテルに勤め続けた。

〝上高地の大将〟木村さん死ぬ

〝上高地の大将〟として、穂高を訪れる登山者たちから親しまれていた木村小屋の主人、木村殖さんが、二十六日午前五時十八分、肺炎のため、長野県松本市の国立松本病院で亡くなった。同県南安曇郡出身。六十九歳。

木村さんは昭和二年、二十二歳の時、受験勉強のため入山した上高地で山の魅力にとりつかれ以後四十余年、上高地帝国ホテルわきに木村小屋を構え、夏、冬を通じて〝穂高の玄関番〟役を果してきた。北ア南部遭難対策協議会の救助隊長として、数多くの遭難者の救出にも活躍、三十八年には警察庁長官から表彰された。▲五年ほど前には、山小屋一筋に生きた四十年間の記録をつづった『上高地の大将』を出版。〝ヒゲのシゲさん〟らしいエピソードが、話題となった。

がん健だったシゲさんが、二十二日早朝、木村小屋の自室で、突然呼吸困難に襲われ、松本市の国立松本病院に収容された。▲一時は付き添いの人たちと話ができるほどにもち直したが、二十六日朝方、容体が急変、帰らぬ人となった。「上高地に入ってから、あと二年で五十年になるなあ。体が治ったら、また上高地の小屋で暮らしたい……」という言葉が最後だった。

（『読売新聞』昭和四十九年十二月二十七日付）

雪が降ると上高地には警察も郵便局もなくなり、里と通じる連絡手段は警察用と松本電話局に結ぶ電話だけだが、父がその連絡所だった。巡視とか監視員とかの名目をつけられて、一帯の取り締まりにあたるうちに、山岳会や大学のパーティなどが入山や下山の相談に来るようになった。太平洋戦争を挟んでしばらくは登山どころではなかったが、昭和三十年代にはブームとなって登山者が膨張し遭難が増えてきて、ついには遭難防止と遭難救助の拠点に使われていく。

やがて父は「上高地の大将」とか、その在所は「木村小屋」とか言われるようになっていった。木村小屋はもともとは上高地ホテルを建設するため大倉組の監督や従業員の事務所として使われていた作業小屋を、用済み後に父がもらって二棟に建て直したもので、ホテルが必要とした山支度のガイドやボッカを泊める目的だった。敷地はホテルの社宅敷地内で、借地権は帝国ホテルにあった。

「遭難者や怪我人など、できるだけ面倒をみてあげるといい」との会長大倉喜七郎の言葉もあり、木村は冬季も登山者らの相談相手になるとともに、遭難の際には〝木村小屋〟は救助隊の前線基地ともなり、しだいに〝上高地のお助け小屋〟として知られるようになる。

（中略）

皇族関係には山のお好きな方々が少なくなかったから、上高地帝国ホテルには宮様方がしばしば来泊された。たとえば秩父宮、朝香宮、梨本宮、伏見宮、竹田宮、李王各殿下などで、そのご案内役を主として務めたのも木村殖である。

（帝国ホテル『帝国ホテル百年史』）

母は奥飛騨の生まれ

母は木村登宇《とう》、上高地温泉ホテルで働いていた二十歳のとき、父に見初められ結婚した。温泉ホテルには二十六部屋あって、十人ほどの若い衆と十三、四人の女中が働いていた。若い衆はみな信州側の農家や山仕事の家の息子で、女性たちはみな飛騨側の比較的富裕な農家の娘だったが、母の実家も、奥飛騨の山林を三十町歩（三十ヘクタール）も持つ大きな家で由緒ある家柄である。

養蚕の盛んな時代で、娘たちは成長すると信州の諏訪や岡谷の製糸工場へ女工として働きに出ていた。母もはじめは行こうと思っていたところ、学校の勉強ができるし家計も十分許すので町の親戚の家に下宿させられ高等女学校へ通わせられていたが、本人にその気がなく、一月ほど通っただけで家へ逃げ帰ったらしい。

「生糸工場で働かすほど貧乏はしていない。どうしても働きたいなら、上高地のホテルが近いし、行儀もおぼえるから」と、両親に諭されてホテルへ勤めるようになった。

登宇は温泉ホテルの女中頭として、テキパキと采配をふるっていた。小柄で美しいうえに頭が良く、二代目の社長である徳久米蔵さんや同僚から可愛がられ、客のうけは素晴らしかった。それにいい家の娘にありがちな思いあがったところもなく見えた。

（木村殖『上高地の大将』）

温泉ホテルのお客の料金は、上で一泊二食付き四円、並は二円五十銭だったが、上客には著名な人がいた。あるとき、お客の一人が母に生まれと名を聞いた後、すらすらと色紙を認めた。落款の印がないのが少し惜しいが、今も私の実家にしまわれている高浜虚子の句である。

飛騨の生れ　名はとうといふ　ほとゝぎす　　虚子

結婚してから、住まいは西穂高岳の登山口にある庄吉小屋の一室を借りた。もとは上高地温泉場の牧場小屋を、庄吉さんが物置きにすると徳久社長に頼み込んで建ててもらった小屋だが、商売上手な庄吉さんは一カ月九円で貸した。

徳久社長はこれを聞いて、父が温泉ホテルを辞めてしまったのに、母に米や味噌などの現物を合わせ一カ月四十円になるように給料をきちんと渡してくれた。父は情の深さに感謝しながらも、大倉組から四十五円の給料、別に小林組からも火薬係名義料の四十円を稼いでいて、三重に収入を得ることになり実のところ困ったらしい。しかし、これは可愛がられた母の人徳と思われる。

昭和八年に上高地帝国ホテルが完成して、一歳の長女志げ美ともども社宅の管理人宿所に移った。新築で押し入れもたっぷりの二室があり、子連れが住んでも十分であった。そして、十年に長男の私を生み、十二年に次女まつみ、十四年に三女家子、十六年に四女かつみと続いていく。

姉と私のお産は生家に戻ったが、妹たち三人は上高地で生んだ。上の二人は祖母や父方の伯母を呼んで取り上げてもらったが、末の子は産み月がまだ積雪がある三月で往来がままならず、父が産婆の役をした。

「臍の緒を麻糸で結んで切ったが、知識もない初めての仕事で冷や汗だった」と、父は言ったけれど、父に任せた母の方がよほどに肝が据わっていたと思われる。

どの赤ん坊も上高地の厳しい自然の中で過ごしたが、危険は常につきまとっていたらしい。特に冬は交通途絶で、急病になったところで医師はいない。もし万一子供が死んだときはミカン箱に入れて、冷凍にしておいて届けようと夫婦で語り合い、覚悟はしていたようである。姉妹の生年月日は、月を丁度一カ月遅れで出生届けをしたが、産後もしもの場合は死産とするつもりだったと聞いた。男児の私だけは正確に届けた。

上高地には学校がないので、小学校に上がる年齢になると上高地にはいられない。学校は父方の村の堀金小学校と決めたが、親は仕事でついていけないので、子供だけを父の実家を継ぐ伯父夫婦に預けることにした。まず昭和十四年に姉を、次いで十六年に私を入学で手元から離した。

　今、私は思い出せないが、六歳の小学一年生になろうとする頑是ない子に、他家に預けるくだりを母はいったいどう話したのであろうかと考える。私は泣いたような記憶がないから、諄々《じゅんじゅん》と説いて聞かせて分からせたのだろうと思われる。私らが長じた後の内輪話でも、母は預けた伯父夫婦に心労をかけたと気遣ったが、預けられた子がかわいそうだったとは決して言わなかった。母は幼い子を手離しても悲しくはなかったのだろうかと思うと、気丈さに打たれる。

　昭和十六年八月、ハワイの真珠湾攻撃に先立ち、父が大動員で召集令を受け中国戦線に渡ったが、幸いに十八年には帰った。父が外地へ行っている間、欠員は父の義弟クレさん（榑沼光雄）がホテルに入社して補っていたので、父を迎えて人手が増えることになり、母が上高地を出る好機となった。母はやっと山の生活から解放され、世間並みの親子の暮らしを取り戻し、堀金村に永住した。

木村登宇さん（きむら・とう＝木村小屋主人の故・木村殖氏夫人）
　二十七日午後一時四十五分、心不全のため長野県南安曇郡豊科町の豊科日赤病院で死去。七十七歳。岐阜県吉城郡上宝村出身。（中略）葬儀は堀金村三田三一三二、田多井集落集

会所で。▲「上高地の大将」として知られた北アの遭難救助に活躍した夫、殖氏とともに大勢のアルピニストに慕われた。

（『中日新聞』昭和六十三年五月二十九日付）

幼い日の上高地

そう確かではない一瞬だが、緑の木々の中の赤い屋根を、母の背に負われながら左の肩越しに見たような思いがある。それは記憶ではなく、後に、いつも大きな頭が左に傾いていたと聞いた話を風景に合成させた印象かもしれないけれど、赤い屋根は上高地帝国ホテルで、私の遊び場の象徴だった。

アルバムに残る写真の背景は、冬こそ雪が積もった社宅や周辺の道あたりで、ホテルの本館は遠景に過ぎないが、夏は裏庭どころか玄関前やサンルームや、中には客室ベランダで籐椅子に座る外国の婦人に抱かれたりして、ホテルは手近な遊び場で写っている。本館に接する別棟の施設棟には、電気室、ボイラー室、洗濯工場があって、それぞれが出す独特な騒音は、恐さもあったが冒険心をそそった。電気室で配電盤を指さしたとき、盤にふわりと指の先が吸い寄せられて感電を体感したのもここだった。

美しい落葉松、白樺に囲まれた上高地ホテルは、周囲の眺望によなく調和した赤い屋根、スイス・コッテージ風の建物である。わが国で最初の本格的なこの山岳観光ホテルの出現は、上高地の風景をスイス・アルプスと見まがうばかりに変えた。

（帝国ホテル『帝国ホテル百年史』）

むろんホテルの周りだけにとどまらず、キャンプ場や河童橋へ散歩に行った写真もあり、おそらく幼時の写真の数は、同年配の人より格段に多く持っていると思われる。村にいればほとんど撮る機会がなかったろうに、上高地にいたからこそ訪れた人々がそれぞれに記念を残してくれた。後に、小学生になってから記憶を書いた綴《つづ》り方にも、そこそこ行動的に遊び回っていた様子がある。

「木の戦車の思い出」

僕は、木の戦車で今でも思い出せる事があります。それは、僕が学校へまだあがらない時ですから、五歳か六歳（注・数え年）の時です。お父さんが、朝香宮様達を、山へ御案内をして行ったので、僕は、道のはたにある木のかぶに、妹の久子（まつみのこと）と二人で腰をかけて遊んでいると、帝国ホテルの方から宮様のおつきのおばあさんが来て、「木村様のぼっちゃん、上高地中、案内して下さい」と頼みました。僕は、「はい」といって、温泉や清水屋を案内していちいち、「ここは、温泉です」などといって教えてあげました。明神池までいって、帰って来ました。その帰る途中に、五千尺へよって、お汁こをのんで、丸西（現白樺荘）で、ふくろくじゅのおもちゃを買って下さいました。三人でキャラメルを一箱買って、たべて帰りました。
帝国ホテルへ帰ってみるともう、お昼御飯をたべる頃でしたので、おばあさんに、「又、案内してあげるからね」といってわかれました。夕方になると、お父さんが帰っていらっしゃいました。その出来事を話すと、みんなは、「お父さんの二代目だ、二代目だ」といって笑いました。
宮様達が、帰る時、案内してあげたおばあさんが、「帰ったら、木の戦車を送ってあげるからね」とおっしゃいました。四五日たつと、木の戦車が来ました。妹には、ままごと遊びのどうぐを送ってくれました。それには、つづけ字で、お父さんへの手紙がついていました。今でも、その木の戦車をみて、つくづくあのおばあさんを、思いうかべるのです。本当にやさしいおばあさんだ、と。

（『つづりかた』堀金国民学校初等科三年）

野道や河原で遊ぶほか、時々は、母に連れられて住人の住まいや旅館を訪ねた。用向きで行くこともあるが大体は母の息抜きだから、母が社宅の仕事に専念する夏の季節は滅多になく、社宅に従業員が住まないホテルの閉鎖中で、また先方も手持ち無沙汰のときであった。上高地で越冬する庄吉さん・おとみさん夫婦、大正池を貯水池とする発電所取入口の番人の田川惣市さん夫婦、それに五千尺旅館や温泉ホテルや清水屋にも行った。

おとみさんは母と同じ上宝村の出で、女中をしていた経験もあり、帝国ホテルの社宅に越すまで間借りをしていた大家さんで話が合い、何といっても一番の隣だから、上がり込んでお茶をする度合いが多かった。五千尺のおかみ藤沢たいさんは優しくて、行くといつもおだちんをくれるのが嬉しかった。温泉ホテルや清水屋は、しばしば温泉の〝もらい湯〟に行ったけれど、とてもぬるい湯で長湯になったことを覚えている。

常さんの所は父と一緒だったが、父が以前使っていた温泉ホテル裏の豆腐小屋をもらって建て直してやった、という小さな小屋に犬と住んでいた。

「犬は手を出すと噛むでな、手を上げるなよ」と言いながら、囲炉裏で焼いた岩魚を取れとすすめてくれたが、いつどう手を出したらいいかタイミングが分からず怖かった。常さんには、大正池で岩魚を捕る舟に乗せてもらったことがある。

遊ぶといっても、子供のいる民家が一戸もないから遊び相手がいない。いつも姉かすぐ下の妹だけが相手で、その後に生まれた妹は二人とも赤ん坊に過ぎなかった。僅かにある年の夏休みに、杉山万吉上高地支配人が奥さんと共に男女二人の子供を招いたとき、支配人社宅を拠点に遊んだが、これが上高地唯一の経験で、年かさの都会の子のきびきびした振る舞いと交わりに息をのんだ。

遊ぶよりも、大人に遊ばれた方である。ホテルの社員で近藤清さん、佐藤福治さん、榎本さんは続けて何年か派遣されて仲良く遊んでくれた。臨時雇いは父の口利きで親戚の縁者と堀金村や安曇村の人々が多く、乳児のときから子守をされたり抱かれたりして、山田経本叔父、斉藤文夫おじ、青柳登おじ、猿田清さん、山口芳春さん、本郷末人さん、井沢富代さん、前田杉市さん、大倉今朝一さんなどがいる。

姉については、笑い話がある。姉の場合は弟の私が生まれるまでは一人っ子だから、滅多によその子供を見ないわけで、人形と小さい子との見分けがつかなかったらしい。あるとき父が用事で姉を連れて里の島々集落へ下りたところ、幼い女の子が歩いているのを見るや、「お人形さんだ！」と抱きついて泣かせてしまったのである。

周りに子供がいないと、社宅に住む私たちが目立って、可愛がられたのは確かである。社宅には、夏の営業期間は東京の帝国ホテルから派遣される社員に、臨時雇いもあって一〇〇人以上にのぼる人数が詰めた。冬期でホテルが閉鎖すると、翌年ボイラーにくべる燃料用の薪の木を国有林から払い下げを受け、伐採したり挽き出したりする冬仕事があり、人夫や雑役が出番となり雇われて寝泊まりした。

今まで東京の従業員に遠慮して遠のいていた常さんや庄吉さんの足が向き、ひまになった旅館や山小屋の関係者も時間つぶしに世間話を語り、その他、まばらな数だが冬山目的の岳人や学生が寄ったり、時には宿にしたりした。社宅は、いつも知らない大人が詰めていたが、子供には温かい感じの社会だった。

嬉しいことに、大人たちは二度目に来たりする時は、おみやげを持ってきてくれた。本であれ文房具であれ玩具であれ、それらは常に子供にとって先進の文化であり知識であり情報であり、もし村にいたなら得られなかったと思うと、かえって山の子でいた環境は進歩の面で恵まれていた。例えば、エレベーターをもうこの時期に絵本で知っていたが、小学校に入ってからの村の仲間は誰も知らなかった。ついでだが、実物のエレベーターに乗ったのは、十年後の中学校の修学旅行である。

冬の遊び場は社宅の中の主に食堂で、畳一畳ほどのストーブに電柱くらいの太さに割った薪をくべて、暑すぎるくらいに燃えていた。表は深い積雪のうえに屋根の雪もおろすので、一階はほとんど庇《ひさし》まで埋まり室内は薄暗かった。風雪による電線の故障なのか停電が多くて、いつも食堂のテーブルに寄って、電灯に代わる石油ランプの火屋《ほや》を拭かされていた。火屋の中は丁度子供の小さな手が入るほどで、都合がよかったのである。大人たちが普段は何をしていたかはほとんど覚えがないが、遭難があったとき、玄関の前の雪を切った階段が出入りで激しく、騒がしかった記憶がある。

ある冬だが、温泉ホテルの留守番によく絵を描く人がいて、しきりに社宅へ遊びに来るうちに懇意となって、やがて父をモデルに描き始め、次いで私も描いてもらったことがある。油絵具で、父は本格的な肖像画で白いカンバスに写されたが、私はたまたまその辺にあった縦三十センチ、横二十五センチの、客室ドアに使う羽目板材に塗られた。

天気のよい日を選びながら、温泉ホテルと社宅を行ったり来たりして、どちらの絵も仕上げまでは何日かかかったが、じっとストーブの脇に座るモデルを、愉快な物腰で和らげて飽きさせなかった。後に、名を上げた画家加藤水城さんで、温泉ホテルの初代社長青柳堯次郎さんの孫の縁につながる。

だいぶ後年だが、加藤さんが東京で個展を開いたとき、絵を持って行って見せたところ懐かしんで賛を添えてくれ、今も家に飾っている。


厳冬二月ともなれば、天気のよい日などは月に二日くらいしかないだろう。荒れ狂う日が続きでもしたら、三月の初めごろまで太陽を見ることができない。

積雪は二メートルにおよんで、二階まで埋めてしまう。むろん道という道は姿を消して、雪が舞い上がる。晴天の日は、気温は急激に下がるが、とくに太陽の昇る直前など零下三十度を越すことがしばしばだ。穂高連峰は氷雪に閉ざされ、岩場は文字通りの氷壁となる。

（木村殖『上高地の大将』）


子供のことだから時には体をこわしもしたが、総じて風邪はひかなかったらしい。もともと風邪は感染症だから、上高地がいくら寒くて外気の急変があるとしても、伝染するウイルスが持ち込まれなければ病まないかもしれないが、父母の注意も行き届いていたかと思われる。

父は山にいて覚えた漢方薬を駆使して、ゲンノショウコやイタドリや深山《みやま》人参や、熊の胆《い》や蛇や蛙など、草木や動物を干したりしたものを煎じて飲ませた。蛇は青大将とシマヘビがあった。

着る物は、父が編み方を教えたそうだけれど、いつも母が毛糸の手編みをしていて、セーターやストッキングが着せられたり、綿入れの半纏を重ね着させられたりして暖かだった。夏はやかましくない入浴も、「風呂は、冬に入るものだ」と、入らせられた。湯が熱すぎて、窓からスコップで掻き取った庭の雪塊が投げ込まれ、丸い桶の湯船に溶けて湯が埋められていくのを、脱いだまま待った冷やっこさが忘れられない。

だが、四歳の夏の終わりは大病であった。その日は、春に生まれた三女の家子をおぶって子守をしていたが、間もなく母に下ろしたいと言った。下ろしても元気がなく遊ぼうとしないうちに、熱が出てきてのどが痛いと訴える。口の中を見ると、扁桃腺《へんとうせん》が腫れたようで、やがてセキも出てきたが妙な声をする。急いで夏の期間だけ開いている診療所に診察を求めたところ、間違いなくジフテリアの症状で、ジフテリアといえば法定伝染病であるという。ほかに妹たちもいたから、その後消毒や予防も必要だったろうがどうしたのか、感染経路はどうだったのかなど、まつわる詳細は聞き忘れたが、すぐさま入院隔離だと松本市の市営病院に送られた。

入院しても、咽頭ジフテリアの症状はすすみ、のどの腫れの上につく白い膜は、だんだん広がっていった。父は上高地からついて来たまま、看護で病室に残っていたが、病状が好転しないどころか更に子の顔色が悪くなり唇さえ紫色になるので、ついに思い余った素人療法を施した。

自分が吸っている煙草の、パイプのヤニを紙縒《こよ》りで拭い取って、そのヤニを子供の口の中の白い膜に塗り付けたのである。私はその辛くて熱い衝撃に泣き、看護婦が飛び込んできた。父は当然、病院側から厳重にきつい叱責を受けたろうと思われる。今もってこの施術が功を奏したかどうかは不明であるが、幸いに、やがてのどの膜は薄れて快方に向かい、私は患者の中の人気者として看護婦たちに可愛がられ、院内の中庭やあちこちで写真に収まることになった。

「殖樹が死んだら、生きる甲斐がないなぁ」と、病院に向かう前に父が言った、と母の後日談である。

余談になるが、父の素人療法でもう一つ覚えがあるのは、母の乳房である。五人のどの子も母乳だけで育ったから母の乳汁の出は良かったはずで、多分、その冬には乳が出過ぎて子が飲みきれなかったと思うのだが、乳腺の張りで病んだことがある。

片方の乳の出がだんだんに渋ってきて、乳房が腫れ出し、ひどく痛んで挙げ句には体が高熱に上がる。溜まった乳汁を絞り出すのは苦痛を伴い、湿布をしても、熱いと痛みが増すし、冷たいと余計に乳が出にくくなっていく。父はニンニクを擂《す》って油紙に塗り、腫れて痛む乳房に貼った。しこるほど固く張っていた乳汁が出だして、やがて体温も平常に治まり、急場をしのいだ。

しかし、母の乳房には膏薬を貼った大きさほどのケロイドの痕が残った。ニンニクは強烈な副作用で、母の皮膚の組織を破壊してヤケドとなり傷痕を作ったのである。

血につながる故郷

母の里へ行った記憶は断片的で、何回かが混ざり合っているが、そのうちの一度は、山間の道路を行くリヤカーに妹のまつみと二人で乗っていた。屈強な若者が引くリヤカーの脇を、赤ん坊の家子をねんねこでおぶった母が歩いていた。道のりから推して、上高地と平湯の間はバスを使ったのに間違いなく、平湯からの先を、多分、バスの停留所辺りで見つけた顔見知りの青年に、便数の少ない路線バスの待ち時間を考え合わせ、空のリヤカーに便乗を頼んだものと思われる。

今でこそ平湯温泉、福地温泉、新平湯温泉、栃尾温泉、新穂高温泉と、広い範囲の奥飛騨温泉郷で賑わうけれど、当時は平湯温泉だけが名を知られた湯治場で、今の新平湯などはまだ全く温泉も出ていない田舎いなかした山村だった。

母の生家は、平湯から一重ケ根（現新平湯）を過ぎた栃尾の先の田頃家まで、行き交う人もいない鬱蒼とした林の中の一本路を下る。リヤカーがつづらに折れた路を、道なりに曲がって行くとき、突然ひょいと母が脇から木陰に隠れていなくなった。取り残されて落ち着かないでいると、しばらく先の角に人影が待っていて、母は車が通れない近道を先回りしたと分かり安らいだ。幾たびかそんなことを繰り返し、いつかは近道の向こうに母が消えてしまうのではないかと不安の末、やがてリヤカーを降りて、青年が母の渡した心付けに平身低頭して去った。やっと母と手をつないだとき、温かさと嬉しさでほっとした子供心が、今でも忘れられない。

ところで、父は上高地から母の実家へ、結婚の申し込み以後も何回か通ったが、一人で歩くときは大抵は中尾峠を越えたそうで、それも夕方に上高地を出て峠を越え、翌朝にはまた上高地へ戻って来るという天狗そこのけの足の速さと強さだったという。冬季もそうやって通ったらしい。

母方には祖父岡田民之助、祖母いよがいて可愛がってくれた。祖父はいつも山支度で、持ち山へ出かけて下刈りや植林で樹を大事に育てていたが、まだ若い時分にはちょんまげを結っていたと、自慢の写真を見せてくれたことがある。娘のむこである父に、もし飛騨に住むなら持ち山の木道具で新居を構えてやると誘ったが固辞され、意気に感じたのか、むこを生涯「木村さん」と呼んで、父は恐縮していた。

祖父は九十六歳の長命を全うして、村を流れる高原川に架かる宝橋を架け替えたとき、一家三代夫婦の渡り初《ぞ》めの儀式に招かれ先頭を歩いたりした。祖母は養蚕を熱心にするかたわら、繭を紡いで糸を繰り、機を織って着物を仕立て、よりが掛かった丈夫な紬《つむぎ》の着物を孫の皆に着せた。

実家の当主は、母の兄の藤造で、伯父は専門学校の教育を受けた村の知識人で、養蚕に勤しむ家々を巡回指導する蚕の先生をしていた。嫁のおばは名をじつといい、高等女学校出で、子が出来るまでは村の小学校の先生をして、上品な中にきりっとした雰囲気の婦人だった。雅子、貞子、豊、巳和子のほか早世した子を含め五人を成した。

母の生存する三人兄妹のうち、姉の伯母とくは、隣集落の一重ケ根に住む沖中正暸に嫁していたが、母が生家を訪ねるとすぐに話を交わしたいと遊びに来た。しっかり者の評判で、富康、良子、敏、愛子、明夫と五人の子を育てた。

母の里帰りは、社宅が賑々《にぎにぎ》しい夏やバスの運行が途絶える冬は足止めされて、そう多くはなかったはずだが、村祭りが五月、氏神祭りが十月と、どちらのお祭りにしても上高地を出やすい時季であったのは幸いだった。双方の祭りとも獅子舞があって、春か秋かは判然としないが、獅子舞を見たり村の道を渡る神輿《みこし》と大勢の行列を見送った後、屋敷に戻った庭でいとこたちと真似て遊んだ。小さい獅子頭の付いた風呂敷ほどの布きれを翻して、転げ回り、楽しかった。

家の土間を入ったすぐ右に厩《うまや》があって、大きな黒い牛が飼い葉を食《は》んでいた。言うことを聞かないで悪さをする子らは厩に押し込むと言われていて、ある子が「だちかん！（注・方言で「だめ」）」と叱られたうえ、本当に敷藁《しきわら》の上に放り投げられ泣き喚《わめ》いたのを見て、いい子になろうと誓った。

飛騨の家は総体が大きいから一つ一つの間取りも広いが、中でもその土地で座敷と称する板の間は一〇〇畳ほどもあって、中程に囲炉裏をきり、それを取り囲んで食事をしたり団欒《だんらん》をしたりする居間になっている。大きな丸太や割木を四方からくべて、何せ材木に不自由しないから次々と継ぎ足して火種が絶えることなく、いつでも赤々と燃えている。祖母は、囲炉裏の端で私とよく話をして遊んでくれた。

かつて、小学校の教科書は片仮名から始まり、片仮名の学習を終えると平仮名の順だったが、私は四歳の頃には平仮名も易しい漢字も読めていた。

字を覚えたきっかけはひょんなことからしく、あるとき、父と一緒に連れだって出た表から帰るや、父から教わったと言いながら母に向かって、「この字を知っているか」と、「の」の字を逆向きに書いた字を書いてみせたそうである。母が知らないと答えると、「のりばの、の」と、バスの停留所に立っていた丸い標識の「のりば」の字だと言った。母が正しい字の形に直すと、それから毎日が学習になり、順序通りに片仮名から平仮名まで習得したらしい。おみやげにもらったたくさんの絵本があって、幸いに、教材に不足はなかった。

母が里に帰るときの気配りは、上高地には特別これといった土産品がないので、月給取りらしくお金を小遣銭としてあげるのが主だったけれど、社宅でもらったおみやげ類のおすそ分けもしていて、子供たちには絵本も配った。

私がそれらの本を読むと、祖母たちは上高地の子がすらすら読むのは、何度も見た本で絵面で覚えているかもしれないと、やがて小学校の読本を読ませたりしたそうであるけれど、なんなく読みこなして信用され、近所にはちょっとした自慢話になった。

また、上高地で見た遭難者の話をしたことがある。連絡やら救助やら社宅に人が盛んに出入りして騒がしくなったこと、死んだ遭難者が凍ったテントにくるまれていたこと、スキーを並べて作った代用そりに雪で固まったテントを載せ皆で引いていったこと、子供の見た一部始終を長々と語った覚えがあり、祖母が目を見張って聞いていた囲炉裏端の姿は今でもそのまま目に浮かぶ。祖母も、その後も母に、「殖樹の語りは、よう忘れん」と、いつまでも覚えていたそうである。


父の実家は、小学校に上がるとき預けられることになるが、その前に訪ねたのは五歳のとき一回だけで、田多井集落の四月の氏神祭りであった。その頃の祭りは、お盆やお正月と同じように集まれる者は皆が集まるしきたりで、仕事の暇が堂々と取れる行事だった。御多分にもれずその春、社宅の手伝いに来ていた従兄の中田佐次郎兄も、田多井の祭りに一時帰りをすることになって、ついでに私を連れて、父の実家や親戚の人にも会わせてくれるよう、父が頼んだのである。

雪道の中を私が一人歩きできるわけはなく、佐次郎兄の背に頼ることになったが、尋常な負われ方ではなくキスリングの中に込められた。体全体がすっぽり首までリュックサックに入れられ、手も出さないで、内に詰められた上高地みやげの干岩魚や熊肉の包みに体が当たっていた。歩くほどのゆっくりした滑りならまだしも、スキーが滑ってスピードが増すと体のバランスが取れず右に左に揺すれて困った。

空が真っ青なよく晴れた日で、上高地からすぐ下の釜トンネル前辺りはバス道路からそれて広い川床の上を通った。足を踏ん張っても重心が取れず、大笑いに笑っている自分と、我慢しろと言いながらやはり大笑いしている従兄の声を思い出す。従兄はその後太平洋戦争で死んだ。

田多井の従兄の家に着くとすぐに、上高地みやげの魚と肉を持ち、歩いて五分ほどの父の実家へ行った。姉の志げ美は前年から預けられていてもう小学校二年生で、伯父やおばが「姉ちゃんと一緒に泊まっていけ」と勧めてくれた。その場は元気よく泊まるつもりで居残ったが、夜になると従兄が恋しくなりぐずって、姉が連れてまた中田家まで戻った。

祭りの日、中田家は一家のほかに、呼ばれた親戚の客が幾人かいて酒盛りで賑わった。大人に交じった祭り祝いの膳で、子供は赤玉ポートワインというぶどう酒を飲んだ。「父ちゃんが来れなかったから、代わりだ」というような囃《はや》し方をされて、甘くて口当たりが良かったのだろうか、たくさん飲んだ。お祭りのほかの様子は覚えていないのに、奇妙だが、ふらふらとしたほろ酔い気分と、家から表へ遊びに出たときの千鳥足を背中で笑われた記憶がある。

そして、ふと気がつくと、私は水が涸れた小川の中にしゃがんで、眠りから覚めたところだった。中田家の玄関は南向きだが、家から出た庭路のすぐ東側に、幅は一メートルぐらいと狭いが、土手の深さは二メートルぐらいのやや切り立った灌漑《かんがい》用の水路が引いてあったのだ。もう少し遅い春なら、田畑の作物のため川から用水を流し始めていて危ないところだった。自分の力では登れずに、引き上げてもらったのは言うまでもない。

父方の祖父は木村茂久次、祖母はまつといった。祖父は博識で、自宅を寺子屋式にして四書五経を子らに教え、父の話では『商売往来』やら『女大学』まで学ばせられたそうだが、易もよくしたので村人の吉凶や禍福の相談に乗ったりして尊敬も集める存在だった。

同時に頑固な硬骨漢で、若いときは手向かう者もいない〝けんか茂久次〟と恐れられ、歳がいってからは〝木村のじじ〟という怖い年寄りとして泣き虫や悪戯《いたずら》っ子を脅すのに利用された。祖母には、私は生前に一度も会わずじまいで、妹のまつみに名前を残して早くに死んだが、旧家の出らしくきちんとしていたという。

大体において祖父は学者肌の筋道好みで、家系にも凝っていたとみえていろいろな書面を残しているが、祖母の家系には相当の敬意を示した節があり、その点で祖母に対しては一目置いていたと思われる。つまり、祖母が出た宮澤家に関わる書きものの中には、例えば家系証に付して、

「由緒ハ恭クモ清和源氏新羅三郎之後胤也末代先祖之重遺誓守仁義礼智信之五常ヲ日ニ新ニ令修学文武之二道不可忘者也依而遺書如件宮澤官次郎源重次」

とした承元四年（一二一〇）の往年のものがあるのに対して、木村家は、

「人皇参拾六代孝徳帝之後胤木曽源氏末孫山村三河守道勇公累代之血統ニテ木曽ノ木ノ字ヲ頭字ニ山村ノ村ノ字ヲ取リ苗字ヲ木村トス是木村清蔵」

と自分で書いているが、木村清蔵良綱の誕生が守袋の天文十六年（一五四七）としても、始祖にして既に三〇〇年も遅く、この差はけんかにならない。

家は、長男である伯父今朝繁が戦病死したので、次の弟の本喜代がおば豊子と夫婦で後を継いでいた。伯父も親譲りの物知りで実直な人だったが、真面目一方の正直者すぎていわゆるうだつが上がらないところがあり、並みの農家の作業に営々としていた。

ただ、安来節や越中おわら節など唄が上手で声がよく、節回しは玄人はだしだった。父も得意で、若いとき三味線の師匠に大分高い授業料をつぎ込んだと言っていたから、多分、父に唆されたものだろうが、当時流行ののど自慢大会に兄弟で出て二人で幾度か優勝し、各地の優勝旗や記念品を獲得していた。

おばは、性格のきつい姑と堅物の亭主とによく仕え、そのうえ娘ます子が小児麻痺に侵される不運が重なったが、めげずに家事万端を取り仕切る堅固な婦人だった。加えて、義弟の子である姉と私の二人を預かりもしたのである。

茂宝、禧茂、ます子、宝良、きさ子の五人の子を成した。

中田家は、父の姉もとえが嫁いだ中田隆澄の家である。おじとの間に七人の子がいたが、今朝知、佐次郎、多喜恵、甚重郎、清正、友江、福好の一女六男の構成は、多喜恵が弁財天にあたるとして丁度七福神の構成と同じだった。

父の二人の妹のうち上の妹たつるは、北安曇郡小谷村出身の山田経本に嫁いで、初めは田多井に所帯を持っていたが、おじが電気やボイラーの免許を持つ優秀な技術者で会社に就職したことから、小諸市に家を建てて移り住んだ。善朝、元喜、茂義、今朝義と男ばかり四人の子がある。

下の妹は、同じ南安曇郡豊科町の井口徳重に嫁いだ叔母たねみで、今朝子、いわ子、恒徳、末次、春美と五人の子をもうけたが、末の子を産んで間もなく若くして死んだ。

蛇足だが、祖父が残した書の道勇公は正しくは道祐公のようで、祖父が木曽の興禅寺に照会した返事の手紙によったものだが、その他にも食い違いや調べの難しさからする誇張があると思われる。

祖父がいう木曽源氏は、史実に名高い朝日将軍木曽義仲の流れである。木曽家は、この義仲の三男義基が蟄居《ちっきょ》し姓を沼田氏と変えていたが、六代の沼田家村が力をつけて木曽を制圧したとき、木曽義仲に家系を発すると宣言して再び元の木曽氏を名乗り出て、木曽家の初代となった。以後十三代の木曽義昌まで君臨したが、その子義利が徳川家康に改易されて滅亡した。

一方、山村家は、応仁の乱で近江国山村の地を失い、木曽へ来て、木曽家十代義元に仕えた山村良道を始祖とする。良道が死んだとき、息子の良利は二歳で木曽氏に引き取られて育ち、やがて義元の孫義康、曾孫義昌の二代に将として仕えた。この山村良利が後に主君義昌の娘を妻とし、間に成した子が山村良候《たかとき》である。そして、山村良候は道祐と号し、主家を改易した徳川家康により、初代の木曽代官に登用され、その後約二七〇年続く山村代官家となる。

つまり、木曽家と山村家の接点は良利の婚姻で、木曽家の娘を母とする山村良候は確かに木曽家の末孫には繫《つな》がるものの、元は木曽家の家臣である。祖父の書ではあたかも直系のようで家臣だったことが見えない。

いずれにせよ、祖父がいう木村清蔵良綱は、山村良利の子で天文十六年に生まれ、天文十三年（一五四四）生まれの初代木曽代官、山村良候道祐公の三歳違いの弟と思われる。

田澤赤壁こと宮澤惣本家庄屋覚兵衛末孫相続人宮澤音吉姉まつ分家セシ処祖先位牌共受取リ家系書證宝物大小之内小一ト腰ヲ附与セラレ置シ者ナリ　受取人右まつ夫　木村茂久次義綱　大正元壬子年十貳月授与ス

（木村茂久次『家系証』）

明治維新之際我々菩提寺長尾組岩原村鳳凰山安楽寺住職第貳拾九世亡シ無住ノ際剰へ廃寺ト成リ其后再興セント謀リシモ不運ニシテ不調セリ此際祖先ノ宗判台帳ニ基キ西筑摩郡木曽福島町萬松山興禅寺住職大僧正松山啓法殿エ照会シ先方ヨリ祖先山村甚兵衛代々ノ法名並ニ手紙到着シ左ニ写シ残シ置者也　大正七戊午年四月拾貳日誌之木村茂久次義綱記ス

（木村茂久次『木村氏家系之証』）

男子のみ、墓石の日付順に列記すると次のとおりである。

木村　清蔵良綱　寛永廿未年　九月廿一日（一六四三年）
木村　清蔵良豊　寛文二寅年　八月十五日（一六六二年）
木村　清吉良英　宝永元　年　六月　九日（一七〇四年）
木村　清吉良晴　元文五申年　七月三十日（一七四〇年）
木村　清四郎良兼　明和五子年　正月　三日（一七六八年）
木村清左衛門義勝　天明四辰年　九月一四日（一七八四年）
木村喜代之助義喬　文政元未年十二月廿八日（一八一八年）
木村清左衛門良興　天保十三寅年十二月二日（一八四二年）
木村　虎蔵良清　天保十三寅年十二月九日（一八四二年）
木村喜代之助良友　安政五午年　九月十一日（一八五八年）
木村喜代次郎良基　万延元申年　五月廿二日（一八六〇年）
木村　虎吉良盈　明治七戌年　正月廿四日（一八七四年）
木村　茂喜蔵義国　明治卅二巳年四月十六日（一八九九年）
木村　茂久次義綱　昭和廿二年　三月十五日（一九四七年）
　├今朝繁義康　大正六年三月十六日（一九一七年）
　├本喜代
　└殖

2　堀金小学校

国民学校入学の頃

昭和十六年四月、まだ年齢を数え歳でいう時代で、一年生は八歳と早生まれの七歳とされ、私は早上がりの七歳で堀金小学校に入学した。正しくは堀金国民学校初等科で、この年、学校制度や教育のしかたが戦争向きの教育を行うようになって、それまで尋常小学校と呼ばれた義務教育課程の呼称が国民学校に変わっていた。

入学に備えて、父は私を上高地から田多井へ連れて来て、これから伯父夫婦に預ける頼みやら通学の算段やらをした。そして、父と伯父と、伯父の次男の禧茂君も同い年で入学の年に当たっていたから、四人が連れ立って入学式に臨んだ。

式の日の国歌や校歌の斉唱のとき、東体操場と呼んだ講堂の正面演壇上に歌の指揮をする先生が立ち、タクトを振ったところ、前に並んだ一年坊主の集団が一斉に手を上げ、先生の振りに合わせ、タクトを真似て集団指振りをした。講堂は笑いに包まれ、私は真似をするものではないと感じて、一人だけ手を振らないままでいた。

それに、式のあと、畳敷きの裁縫教室に一年生が親と詰め合って座っているときの記憶で、多分、学級を担任する各先生から児童と父兄に対しての挨拶だったろうが、私の前後には話に退屈して我慢ができずに、動いたり騒いだり、時々ちょっかいを出してくる子がいた。私は相手にせず、黙って父の横で身じろぎもしないで話を聞いていた。家に帰ってから、伯父が自分の子に対して、指振りの真似がいけないことや話をきちんと聞くことを諭した後で、「殖樹はちゃんとしていた」と教えるのを聞いて、あれで良かったのだとほっとしていた。

入学後まもなくのある日、父が見当たらないので、おばに所在を尋ねると、「上高地へ行くと支度をして出たが、途中で中田の伯母のところへ寄ると言った」と聞いた。どうして声もかけずに黙って行ったのか、と淋しさと泣きたさが襲ってきて、いなくても仕方がないがもしかしたら会えるかもしれない、そう思うと、心臓がどきどきと高鳴りながら、川沿いの道を一目散に中田の家を目掛けて走った。

一人ではまだ一度も通ったことのない道を、息が切れるほど駆け抜け、中田にたどり着いたら、玄関の上がり框《かまち》に父の座る姿が映った。ほっと安心して体の力が抜けた、あの時の嬉しさは忘れない。私は「お父さん」と呼んだが、父は何も答えずにお茶を飲んでいた。そして、私は今走って来たばかりの道を、今度はゆっくり歩いて引き返した。泣きはしなかった。

小学校に通いだして、登校にも近所の習わしがあり、行きは従兄弟の茂宝兄と禧茂君兄弟に付きながら、「南」と呼ぶ南隣の青柳玉大さんと富規君兄弟を誘い合い、共に行くことになっていた。茂宝兄は三年生、玉大さんは二年生、あと三人は一年生の集団である。姉も同じに家を出るのだが、女は女同士を呼び合って別に行った。そういうしきたりに慣れなければならなかった。

それよりもまず、伯父の家のしきたりを何も知らず、覚えなければならなかった。今までの親がかりの生活から、よその一家に住み込みで交じる生活に様変わりしたのである。寝起きからして甘えや我が儘《まま》は許されず、自分でやることになった。

北裏の川端まで行って川の水で顔を洗い、神棚にお供えをして手を合わせ、祖父、伯父、おばの順に挨拶をした後、一人一人個別にあてがわれた箱膳に向かって食事をする。お膳の準備は子供たちが手伝うが、誰の膳をどの場所に並べるか、当然知らないと並べられない。その他、その家の一連のしきたりを覚えて従っていくのである。

慣れさえすれば、預けられたとはいえ伯父の家での暮らしは総じて問題もなく平穏だった。姉が二年前に一人で預けられたことに比べれば、姉がいるだけでも幸せだった。もう姉は一家の中に溶け込んでいて新入りの私に教えてくれ、何といっても伯父やおばが自分の子供と分け隔てなく面倒をみてくれたのが大きい。幼心に多少なり遠慮の気持ちを持ちはしたが不自由はしなかった。従兄弟も仲良くしてくれて、兄弟同様に遊んでいた。

家長たる祖父は、先年に中風を患って右半身が不随で歩行には錫杖《しゃくじょう》を杖《つえ》にしていたが、そう遠出はできないので大体は囲炉裏端にあぐらをかいて座り、鋭い眼光で見回しているのが常だった。文字はにわかの左手書きだったがそこそこに書き、私のアルマイトの弁当箱には蓋の裏に釘で名前を刻み入れてくれた。言語は明瞭で厳しい声の叱責は、名にしおう〝木村のじじ〟で、近所はおろか内孫の従兄弟たちにも恐い存在であったが、祖父はとりわけ私を「殖の子よ、利口な子だ」と可愛がってくれた。

あるとき一度、従兄弟の一人と庭面で立ち回りのけんかをしたことがある。祖父は「死ぬまでやれ」とけしかけながら側で見ていて、治まると「けんかは両成敗」と諭しながらも、私には優しく相手にはより強く怒っているのが分かった。祖父の庇護は私の暮らしに起きるいさかいの大きな抑止力であった。外孫を預かる責任を十分に果していただいていたのである。

今思っても、祖父、伯父、おば、従兄弟たちとの暮らしが懐かしい。

誰でも知っていそうな学校のしくみも知らなかった。これは知らないところへ、うかつさも加わった事件だが、最初の日の始業前のことである。

従兄に教室まで連れてきてもらい、後は遊んでいてもいいと聞いて、西体操場の横庭の滑り台にいた。山育ちが初めて知った滑り台の面白さで、繰り返し登っては滑り、登っては滑りをしていたが、いつの間にか誰もいなくなった。それまでは大勢がいて歯がゆい順番待ちをしていたのに、一人占めで思い切り滑れるようになり、満足感で自由に滑り続けていると、そのうちに先生が呼びに来た。皆が滑り台からいなくなるとき、確かに当時の小使さんが鈴を振るのを見たが、振鈴が授業の始まりを示す意味を知らなかったのである。

これには後日談があり、その日、家に帰ってからおばに「妙にズボンの尻だけが薄切れになっている」と知らされ、その訳を聞かれた。おばには滑り台のことも授業に遅れたことも話さなかったが、滑り台をやり過ぎると服まですり切れることを覚え、二度と滑り台では遊ばなかった。

人との関係は、上高地ではほとんど大人の中で暮らしていて、友達という対等の関係には馴染みが薄くて、争いごとや喧嘩は不得手だった。学校で大勢の中に交じって、初めてそこに威張る子や苛《いじ》める子や弱い子や泣く子がいて、様々な上下や服従の関係が出来ることを知った。すぐに、上級生は体も大きく勉強も進んでいるから従わねばなるまいと悟ると、体が強いか勉強ができるか、力を示すほうが上になると感じとり、多くは同年生など周りに自分の地歩を示しだした。

同じ組に、当時体が弱くて時々母親が登下校に付き添ってくる子がいたが、学用品をたくさん持っていて、あるとき苛めっ子の意地悪から助けたら、鉛筆を一本くれた。黄色の六角の『トンボ鉛筆』で、とても気にいったのはいいが、それから苛めを守ってやることにかこつけて、この子に「鉛筆をよこせ」と迫り、いつしか新品の鉛筆が一ダースも溜まった。後に、その子の母親と先生と二人の前でたしなめられて、自分の方が苛めっ子よりもその子に悲しい思いをさせている、と知らされた。鉛筆は返さなくてよいことになり、しばらく大事に使ったが、後ろめたい胸の痛む道具だった。

初等科低学年

一学年に松、竹、梅の三組があり、私は那須野末馬子先生が担任する梅組であった。先生は高等師範を卒業して初めての教職で当時二十三歳、全科目を教えたが、特に音楽は得意でピアノの演奏と豊かなソプラノの歌唱は抜群だった。

冬季、校庭は水を引いて凍らせスケート場にするが、先生は体操の時間に、その氷の上を着物に袴《はかま》の和服姿で走り回っていた。課外授業で、家から琴を持ってきて弾いて聴かせ、担任でない組の子を羨ましがらせたこともある。熱意に燃えた、優しくまた厳しい先生で、それから三年生までの三年間を教わることになる。

梅組の人数は、その頃は標準の人数だったろうか、男子が二十四名、女子が二十七名、計五十一名だった。一人だけ駐在所の巡査の子がいたが、彼を除いた他はみな村の農家の子弟で、普通の家庭から通っていた。だから、学級担任からすれば、山に住む両親のもとから離れ、親戚の家に預けられながら通学している私のような子は、当初はやはり不憫《ふびん》でかわいそうに見え、他の子よりは幾分目をかける存在であったかもしれない。

しかし、親のもとにいる子と同じように、態度や礼儀の躾《しつけ》はしっかり守り、勉強も滞りなく進んだから手はかからなかったと思われる。他の先生方に対しても、土地なまりや方言がない東京ことばで、はきはきと返事をしていたので健気《けなげ》だと褒められた。次第に、周りから〝那須野先生の秘蔵っ子〟と呼ばれるほどに可愛がられ、中には贔屓《ひいき》だと羨む子さえあった。

先生は、誰でも「ちゃん」付けで呼んでいて、私も「殖樹ちゃん」と呼ばれながら、運動会や学芸会のお昼には、先生からお弁当のおかずをおすそ分けしてもらい、玉子焼きなどを頬張っていた。私の意識の中には、先生を味方にしようという甘えや狡《ずる》さがあった。

那須野先生から目をかけられていることは、学校を快適にした。片道二キロの行き帰りも、先生の庇護が抑止力となって、上級生から可愛がられこそすれど苛められなかった。那須野先生は校内の数少ない音楽の専門教師で、私らの学級担任の外によその組の音楽教科に当たったから、生徒の多くが指導下にあったのである。那須野先生に言いつければ、先生から当然その子の学級担任に通じ、場合によっては体罰を含む何らかの罰が下るものと見越されただろう。

ましてや組の中は無敵だった。先生の教えは「強い子になりましょう」で、例えば意地悪をするのは弱い子、女の子をからかうのは弱い子、約束を守らない子は弱い子であり、弱い子の仲間には決して入ってはいけないのである。だから、組の中にひ弱な子や無口な子がいたが、女の子やその子らを構いさえしないで礼儀正しく勉強さえしていれば強い子だと思い威張っていた。たまに自習で先生が静かにしなさいと言って留守をするとき、私は言いつけを正しく守るために、少しでもしゃべる子はその左手を後ろの席の者に引かせた。そして教室は全くの静寂の中、後ろ手に引かれた何人かの子が座っていた。指示をされもしないのに全く独断の頭領に任じていた。

夏がきて、一年生の初の夏休みは、上高地へ帰った。昭和十二年に始まった日中戦争が長期戦の様相を強め、更にこの五カ月後には太平洋戦争が始まる戦時体制の下だったが、夏山シーズン真っ盛りの上高地はまだ観光客や登山客が途切れず、父も母も上高地帝国ホテルの営業で忙しかった。久しぶりの親子の対面なのだが、そう際立った感激の記憶はない。多分、母が平静だったと思われる。

夏休みは三週間ばかりですぐに終わる。都会の学校と比べて短いのは、六月上旬に〝田植休み〟、下旬に〝麦刈及び後田植休み〟と農休みが一週間ほど続いたり、十月に〝収穫休み〟、二月に〝寒休み〟など都会にない農繁期の子供たちの手伝いや、また避寒目的の休みが設けられた長野県の特殊性であるが、父は、夏休みが終わろうとするのに始業に間に合わせようとしなかった。結局、五日遅らせて、先生あてに白樺の枠で囲った穂高岳の額縁絵をみやげに持たせながら登校させたが、この五日が一学年における欠席で、その後病気もせず皆勤賞をふいにした。

　後年も、学校の夏休みは父が住まう上高地で過ごしたが、父はいつの年も登校を遅れさせ欠席させた。学校に行くことばかりが大事ではない、と父は言った。父の幼少は学費かせぎの手伝いで欠席を繰り返し、登校したのは半分もないけれど成績は下がらなかったと説いたが、行けない事情にある父と、行けるのに休む自分とを比べて矛盾を感じないではなかった。父としては学校に行きたくても行けない人の悲哀とか、陰で重ねる努力とか、自分の体験を伝えたかったのかもしれないが、もしかしたら心底は普段離れて暮らす我が子を、一日でも身近に置きたかった親心ではないかとも思われる。

　また一面では、そこそこの欠席で授業に遅れはとるまいと、子供の学力を信じていたふしもある。学校からの「通知票」には「木村殖樹ノ学習・身体並ニ出席状況ヲ左記及通知候也」として、

第一学年　第一学期　・真面目でしっかりしていて言うところなし。
　　　　　　　　　　　学習時に於いて根気よく何事に於いても黙々として実行する。師
　　　　　　　　　　　の言うことははきはきとどこまでも守る。理解力は特によろし。

と高い評価がみえる。ついでながら、三年間の記載は次のとおりである。

第二学期　・理解力変わりなし。落着きありてよろし。体が弱くなって来た傾向あり。又、気が弱くなって来た様に思われる点あり特に体に御注意願います。

第三学期　・三学期通じて成績も性質もよく言うところありません。よい傾向です。油断なき様御注意下さい。

第二学年

第一学期　・正直で言語明瞭、貞節にして同情心あり。師友に対する態度よろしく成績も極めてよろしい。近頃少々どもるくせあり。静かにゆっくり物を言わせる様御注意願います。

第二学期　・成績は大変よろしく前と変わりなし。はきはきして常識に富み言うところなし。然し近頃多少の落着きを欠く。あまり「勉強をさせない様」公理的にならない様御注意下さい。

第三学期　・一年生の時と同じく成績は組中秀でてよろしい。然し惜しいことにドモルため前の様な読方の読みが出来ません。惜しいと思います。気の小さい涙もろいところが見受けられます。御注意下さい。

第三学年　第一学期　・一般的には以前と変わりありませんが、近頃人に気をとられすぎて落着きがなくなった様に思われます。分かりすぎる程物事が分かりますが気を廻しすぎて余分の方まで考えてしまう様な時が往々あります。行きすぎないよう美しい子供らしい心で行かれるよう御注意下さい。

第二学期　・成績は申分ありません。そして近頃は、前より素直になった様に思います。いろいろに頭の進んで来たのはいいと思いますが、ませすぎて要領のよすぎる様な傾向に行きはしないかと案じられる時があります。其の点、正しく御注意下さいませ。

第三学期　・何事に対しても非常に正確で益々よくなって参りました。気持ちも明るくて思った事を自由に発表し、全学課通じて人並みすぐれています。油断させない様しっかり学習させて下さい。

二年生の評価に「あまり勉強させない様」とあるが、これについて思い出すことがある。姉の志げ美が四年生で、修身の教科書を持ち、当時は誰もが暗記をさせられた教育勅語と歴史天皇名を勉強していたが、姉がする合間合間に興味をもち教科書を借りて覚え始め、ついに姉より早く暗唱できるようになったのである。そしてある日、姉のクラスの悪童連が私を校庭に呼び出し、歴代天皇が言えるかと試しに来たとき、姉より先に覚えたのでは姉をおとしめると、姉を庇《かば》うつもりでまだ中途半端だと暗唱しなかった。その夕、姉は皆に弟を自慢したのに「殖樹が答えないから嘘つきにされた」となじられ、善かれと思う偽りの行いがかえって仇《あだ》をなすことを知った。ちなみに、いまだに教育勅語も歴代天皇名も諳《そら》んじることができるが、幼いときの暗記事項は歳がいっても忘却しないものだと感心している。

大抵はきはきと答えていつも褒められていたのに、一度大きな失敗をした。教育の研究授業というのであろうか、三年生のとき堀金校に他の学校から大勢の先生方が見え、校内では那須野先生が選ばれ私ら梅組の勉強を見せたことがある。教室の壁と窓を背に三方に立ち並ぶ中で、注目の国語の授業だった。

実習を指名された先生はあらかじめその前に一度同じことをしていて、本番はほとんどおさらいを繰り返しており、子供心にもこの作戦は筋書きどおりにうまく進行していると感じていた。その余計な気の回しが聞く耳を妨げ、はっとした時は「殖樹ちゃん」と呼ぶ声に覚めただけで質問の内容は全く空白で聞いていなかったのである。「分かりません」としか言えない答えは私も初めてで、輝くはずだった舞台は幕引きとなり、先生を唖然《あぜん》とさせ悲しみの体におとしめた。

平成十三年、地元の『松本市民タイムス』に〝六十年ぶりの再会で笑顔〟と写真入りで紹介された堀金小梅組の同級会で、先生に久々にお会いしたとき、「あの時はどうしたのかね」とおっしゃるのを聞き、永い間ずっと痛みを持ち続けられたと知った。誠に痛恨の極みであった。

昭和十六年八月、父が召集令を受け上高地から松本五十連隊に入隊すると、上高地の厳しい冬を母が三人の幼児を抱えつつ越すのは無理と判断され、冬季の積雪中は下山することになった。急遽、伯父の家の離れを母子六人が住める程度に改築し、私は姉と共に母屋から引っ越した。たとえそれが雪が消える翌春、ホテルの仕事が始まるまでの間とはいえ、母と一緒に暮らせるのは幸せだった。

予定より少し遅めの初夏の頃、母は妹三人を連れて上高地へ登った。豊科町の駅まで送って行った帰り道に、初めて泣いた記憶がある。それからは、離れに寝床をそのまま置いて、食事や伯父おばの仕事の手伝いの時だけ母屋と行き来することにしたが、寝るとき母の枕の匂いがとても切なかった。

後年、長妹まつみが趣味の詩作に、当時のその思いの一端を記したものがある。

「杏の実」
空色の立縞が入ったセルの着物に
単帯（ひとえ）のお太鼓を低く小さく結んで締めた母
もんぺもエプロンも着けていない母の姿
きれいだった　心弾むうれしい姿
　母は三人の子どもを連れて
　轍の続く道を町へと歩いて行った
　うれしかった筈なのに
　四キロの道程（みちのり）は遠く　遠く果てしなく思えた
杏の木が轍の道に木蔭を作っていた
見上げると夕陽の色をした杏がいっぱい
子ども達の手をしっかりと握り足を早めた母
何度も振りかえって杏を見ていた私
　七歳になったばかりの夏の事（後略）
（植原まつみ、『東京同総連会報』平成十七年七月第九号）

なお、まつみは名を二つ持ち、一つは父が上高地帝国ホテルの矢島義久支配人に求めて一字をもらった久子で、幼時は当然に久子と呼んだが、就学に及んだ時、もう一つ戸籍には祖父が亡祖母まつの名を継ぐまつみと届けていて、父母は初めて知ったがこれが本名である。遠隔地ならばの齟齬《そご》だが、しばらくは家では久子、学校ではまつみと二つが混同で使われていた。

昭和十七年の冬の間も、同じように母が田多井に来て、また翌十八年の夏は上高地へ行った。幸いに、八月に父が除隊し、母はこの夏を最後に田多井へ来るとそのまま永住することになった。私は都合三年の夏・秋を〝預けられっ子〟で過ごし、人生に誠に得難い貴重な実体験をしたのだった。

つづりかた

手元に「つづりかた」と表題の四冊の帳面がある。一年生の初めから四年生の半ばまで書いた書き方の授業の記録である。高学年では文章も長くなるので罫《けい》のない半紙に書くようになって、以降のものも返されたはずだが、失って手元になく残念である。

授業の「こくご」は教科書をもらうとすぐに全部を通読したせいもあり、読み方の時間は退屈だったが、書き方の「つづりかた」は他の「しゅうじ」や「さんすう」もそうであったが、時間いっぱい集中できて楽しい勉強だったと思い出す。

初めての綴り方は、十七字×八行の帳面の一ページ一杯に書いている。

ボクハ、ニイサンタチト　タンボヘワラハコビニイキマシタ。ソウシテウチヘイッテ
コタツヘアタッテヰルト　ゴハンニナッタカラ　ゴハンヲイタダイテ　マタコタツヘアタ
ッテヰルト　ウチノヒトカラ　五十センゼニヲモラッタ　ソレヲチョキンニシマシタ。

（『つづりかた』堀金国民学校初等科一年）

一年生の二学期後、父が兵隊に行き、渡った上海や南京など戦地から折にふれ軍事郵便が届くようになり、程なく日本が真珠湾軍港を襲い、米英と大東亜戦争（太平洋戦争）を開くが、戦意高揚のもとで軍人の子として鼻を高くしていた。
文字はひらがなに進み、戦争の影もだんだん滲《にじ》んでくる。

ぼくは、戦争がはじまった日は、おとうさんがうんとはたらいて　み國のためにすこしでもてがらをたててくれればいいと思います。支那はまけてくれればいいと思います。日本と支那と仲よくくらせばいいと思います。日本と支那とまえには戦争をやってたけれどこんどはアメリカやイギリスとやって　もうシンガポールはおちてしまいました。まだアメリカがおちないので　ぼくはしんぱいです。ですから日本がまけるかまけないかわかりません。ぼくも大きくなったら兵たいになってみ國のためにはたらきたいと思います。ぼくのすきな兵たいはほ兵です。ぼくのお父さんもほ兵です。だからぼくは、お父さんのなっている兵たいはてがらをたてると思って　まねをするのです。

（昭和十七年二月十七日、『つづりかた』堀金国民学校初等科一年）

始まりはすべて題が無く「ボクハ、」か「ぼくは、」で書き出す文だが、一年生の最終、つまり十二回目の三月十六日のものには「ゆめ」という題が付いている。題を列記してみるとそこからおおよその生活が透けてみえるような気がする。中には幾つか詩のようなものが混じっている。

二年生では、「ぼくは軍人の子」「うちでおもしろくあそんだこと」「もずの子」「ゆめ」「子ねこ親ねこ」「海軍の話」「ラッパ」「上高地の三びきの犬」「田んぼの水かけ」「いつもおもしろいな」「お手つだい（後出）」「よいにおいは何だろう」「ごはんたき」「ぼくのいもうと」「節分」。

三年生では、「詩・うちのかつみ（注・末妹の名）」「山火事」「子馬」「詩・妹に別れる」「わらび取り」「お手つだい」「つばめのおかげ」「ハーモニカ」「松本へ行ったこと（後出）」「二百十日」「秋の十五夜」「どんぐりころころ（後出）」「浪曲」「僕のカバン（後出）」「悪いようでも」「学校ごっこ」「けんきんを」「勝利のきのこ」「詩・大雪、小雪」「節分」「詩・肩たたき」「くやしくも（後出）」「妹が学校へ来た事」「木の戦車の思い出（前出）」「那須野先生」。

四年生は前記の理由で、一部である。「四年生になって」「桑の皮むき（後出）」「遠足」「詩・僕のげんこつ」「家猫ぶち」「秋」「詩・元旦」。

「お手つだい」

ぼくのおうちは、お父さんが兵隊にいっているので、たじり（注・隣集落の田尻）の人がきんろうほうしにきました。木村君のおじさんやおばさんやきんろうほうしの人はいねをかって　山田君のおじさんやおばさんは　かったのを丸けます。その丸けたのをぼくたちがはこびました。はじめは「スッテンコロリン」ところんでいましたが、こんどはころばないぞといいました。

そうしてぼくが「よくばりだから大きいのをこさえておくれ」というと、うんと大きいのをこさえてくれました。それをしょってみるとおもたくてたまりません。それでもぼくは、半分どころまできて「スッテンコロリン」ところんでしまいました。

「もう大きいのはこりごりだ」というと　おじさんが「まだ大きいのが五つあるぞ」といいました。「おじさんがはこべばいいよ」というと　みんな笑ってしまいました。ぼくも笑いたかったので笑ってしまいました。

（『つづりかた』堀金国民学校初等科二年）

昭和十八年の父の除隊を書いた文があるが、これから戦火が広がっていこうとするときで、父の生還は本人はもとより家庭にとってまさしく幸甚であった。しかし、一方ではますます軍国少年に育ちつつあって、今度は自分が代わりに出陣をすると念じていて、気負って書きつらねた文が出てくる。

「松本へ行ったこと」

僕は、八月十三日にお父さんの服を持って「松本聯隊」へ行きました。途中にも僕は松本聯隊はどういうところだろうと考えていました。豊科から松本まで電車にのりましたがまんいんだったのでそんなにらくではなかった。南松本で松本城が見え、やっと松本のえきへつきました。なかなかにぎやかです。これよりも東京の方がにぎやかだろうな　行ってみたいなと一人言をいいました。松本の自動車ののりばで、浅間方面行きにのりました。松本聯隊につく間に、何回かとまりました。おりる人やのる人があるので、その時に車掌さんは、いいこえでなんとかいいます。松本聯隊へつきました。聯隊の入口には歩哨門番がおりました。お母さんはその兵隊さんにれいをして、お父さんの名まえをいって「おりますか」とききました。兵隊さんは、「いまけんさをしてかえりました」といいました。

僕とお母さんは、またいま来た道をかえりました。そして「うどんや」へよっているとお父さんが荷物を持って「うどんや」へ来ました。「うどんや」のおばさんは、僕たちをしっているので、お父さんに「ありがとうございました」といいました。お父さんはにこにこしながら「おかげさまで」といいました。その日はうどんがない日だったので、お茶を出してくれました。（中略）お父さんがくるとみんなにこにこしていました。

（『つづりかた』堀金国民学校初等科三年）

「くやしくも」

僕は、朝、平気で学校へ来た。何もないと思って来たからである。朝の体操をやってからあとで、山口君が百二十機も飛行機がやられた事を、先生や組の者にいった。飛行機がないのに落とされた事が残念だ。そして、朝、知らずに平気で学校へ来た事を本当に馬鹿だと思った。ラジオをきかないのでいけなかったのだと思うが、ふいの事におどろいて腰をぬかす所だった。

ラジオによれば、神国大日本の我が国がトラック島で非常な損害があった。我が国の大敵アメリカは、我が国の半分より少しなのだ。我が国では幾度となく戦争をやったが、今日聞いたくらいの損害なんか一回もなかった。一回で飛行機が百二十機と、輸送船と巡洋艦と駆逐艦とで十八隻、アメリカでは飛行機五十四機、軍艦は全部で五隻、それだけの損害なのだ。

本当にくやしい。これは日本の兵隊さんが弱いからではない。向こうの飛行機や兵隊が多いからだ。気を落とすな。完全に勝つ。一度に一千機も落として仕返しをしてやる。アメリカは沢山あるから次々に来るが、いつも沢山落としてやる。

ああ、くやしくてたまらない。でもきっと仕返しをしてやるから、かくごしろ。

（『つづりかた』堀金国民学校初等科三年）

三年が過ぎて高学年への組替えになるとき、担任の那須野先生は受け持ち児童全員のつづりかたを選んで、思い出の文集を作ってくださった。皆が一つの文のところ私のは二つ選ばれて載っている。

「どんぐりころころ」

僕ところのお母さんや妹たちが、上高地へ行く五日ばかり前のことです。妹と僕と遊んでいると、だれかが「どんぐりはおもしろいぜ」といって、どんぐりをころばして遊んでいました。僕はその時、妹に「久子、どんぐりを取りに行かないか」というと、妹は「うん、いくよ、久子はうんとあるところをしっているよ」といいました。僕は、妹にたくさんあるところへ案内してもらいました。そこは高林でした。そこでたくさん取ろうと思って「どこにたくさんあるかな」といって見まわしたら、どこにもたくさんありますので、「久子、こんなにたくさんじゃ取りきれないよ」といったら、「兄ちゃん、久子こんなに大きなふくろもっているよ」といって、「ポケット」からだしました。

妹の方がよっぽどちえがあると感心しました。僕と妹は一生懸命に取りました。僕のズボンの三つのポケットにいっぱい、ふくの三つのポケットにいっぱい、妹のかんたんふくの四つのポケットにいっぱい取って、妹の持って来たふくろにいっぱいつめて、家にかえりかけました。行く時にはこんな歌をうたってかえりました。

「ドングリコロコロドンブリコ、オイケニハマッテサアタイヘン、

ドジョウガデテキテコンニチハ、ボッチャンイッショニカエリマショウ」

これは、一年の時か二年の時に先生に教えてもらった歌です。学校ごっこの時に教えたので、妹がしっているのです。やがて、うちへつきました。家のえんの下に穴を掘って、そこへ「ドングリ」を入れることにしました。入れてしまうと、妹に、「久子、明後日見るからかまうなよ」といっておきました。

その明後日がきました。僕が、えんの下から出して、箱につめていると、お母さんが、「殖樹それなんだかしっているか」といったので、「どんぐりだよ」というと、お母さんは、「お母さんの生まれた家では、ならの木になるからならという」といって教えました。二つ名があるなんて今まで知りませんでした。

（昭和十九年、初三梅文集『合歓の花』）

「僕のカバン」

僕のカバンは、一年の時に買っていただいたのです。もう三年も使ったので、大分古くなりました。これまでのことを思えば、いろいろな出来事がありました。そのうちでも、ひもが切れたことが一番かわいそうに見えました。またカバンのふたをしめるところもい

たみました。ある時弁当からしづくが落ちてカバンにしみとおった事もありました。それでも、僕は、このカバンをいつまでも使って行けるように、ひもをつけかえてもらったり、しめるところもなおしてもらいました。まだ二三年ぐらい使えると思っています。

僕は、お母さんに「このカバンはひもが切れても、本を入れるところが少しもこわれないのがふしぎだね」といったら、「だれでも物を大切にすると、いつまでも長持ちをするものだ」とおっしゃいました。僕はそれを聞いて、「カバンばかりでなく、外の物も長持ちをするように使いたい」と思いました。

いつまでも　使えるカバン　かわいいな。

（昭和十九年、初三梅文集『合歓の花』）

初等科高学年

四年生から松組は男子、竹組は男女混合、梅組は女子の構成で、私は男子ばかりの松組になった。空襲を避ける市街からの疎開児童が転入したりまた転出したりして増減したから、ずっと三年間一様の人数ではなかったがほぼ五十四人前後の男子である。今までの級友はそれぞれ竹や梅に散った。

四年生になると、他の学校にはおそらくないであろう堀金学校に独特の宿泊訓練があって、それが四年生以上から実施される期待があった。学校から西に三キロほどの山麓の烏川のほとりに、自然環境に恵まれた「須砂渡修練所（後に「須砂渡寮」）」という学校の宿泊施設があり、教師と児童生徒が寝食を共にする宿泊訓練所である。二泊三日の日程が普通で当直、炊事、風呂、清掃の当番をしながら朝会、学科、共同訓練、戸外作業をするのである。昭和二十年の五年生のときは集団疎開した児童のための宿舎に提供され中断したが、後はまた復活して中学まで続いた。

子供にとっては遠足の延長かキャンプと変わらない遊びの感覚もあり楽しみにしたが、目的は〝団体的訓練の徹底を図り以て皇国民の基礎的練成をする〟のである。中には我儘や乱暴な子がいて争いが起こるので、教師が修練所の心得を説き学習しながら、他人と関わり合う厳しさを共同生活の中で実体験させ躾けた。

担任は細萱弘先生、背がやや低いので「チビヒロ」とあだ名されていたが、体躯はがっしりして足の太股はズボンが弾けそうに張っていた。戦時下の男子の頭髪は丸刈りで先生方も時勢にあわせ切っていったが、細萱先生はこれに迎合せず長髪を通され、形よく整えて几帳面さと芯の強さを見せた。

柔和な目で優しい話し方だったが、あるとき悪戯で自習を妨げた悪童に激怒し容赦のない往復びんたを食らわせて床に這わせ、見守った私ら生徒を震えさせた。音楽の時間も自らピアノを弾き歌唱を指導され、宿泊訓練においてもきびきびとした統率をされた。六年生まで三年間お世話になった。


組替えで、三年までは別組だった優等生らと一緒になり、これまではどうにか組一番を占めてきたが、強敵が揃って席次を争う様相に変化した。できる子は何人かいたが最大の相手は小林隆治君で秀才であった。輪郭がはっきりした面立ちで賢く見え、活発で明瞭な発言が秀でた。入学したての幼い頃は生意気と嫌われたが、育つにつれ落ち着いて本をよく読む物知りと言われていた。

私は二年生の頃から吃《ども》り始めていて、読み方や発表はとても敵わないと感じ、松組の一番は彼だと思った。内心では負けん気もあったし、組内の交友グループも違っていて二人の仲はそう近づかず、他に本を持っている子が少なかったのでお互いに本の貸し借りをする程度の付き合いで過ぎた。

ただ、六年生の夏休み、私は例年どおり上高地に行き父の下で遊んでいたが、ふとしたことで右臀部に筋肉炎を発し診療所で切開手術をしたが予後が悪く、休暇中に治らず、始業後全治まで二十三日も欠席した。その時のことである。小林君から見舞い状が来て返事を出すと、折り返しまた授業の進み方など細々とした手紙をもらい、以来頻繁に郵便が往復した。「頓着しないで」など私のまだ知らない言葉が書かれていて驚いたりしたが、親切がありがたく気が休まった。

登校してそっとおみやげを渡した後は、学級内ではまた以前どおり言葉を交わすでもなく普通に戻った。小林君も私に一目置くところがあったのかもしれないと、妙に安心した気持ちになっていた。

「通知票」は次のとおりで、五年、六年は生活状況の通信は書かれず成績のみである。

第四学年　第一学期　・落着ガアリ態度モシッカリシテイテヨイト思イマス。
・学習、作業等モ真面目デ難点ハアリマセン。

・口重ノ為カ寡黙ノコトガ多イガ困ルコトハアリマセン。
・成績ハ何レモヨイデス。

第二学期

・第一学期ト余リ変リアリマセン。
・別ニ難点モナクヨイト思イマス。

第三学期

・一ケ年ヲ通ジテヨクヤッテ来マシタ。
・内向的デアル態度デスガ着実ナ進歩向上ヲシテイルト思イマス。
・成績ハ非常ニヨイデス。

第五学年

学科＼学期	第一学期	第二学期	第三学期
修身	優	優	優
国語	優	優	優
国史	優	優	優
地理	優	優	優
算数	優	優	優
理科	優	優	優
体操	優	優	良上
武道			
音楽	優	優	優
習字	優	優	優
図画	優	優	優
工作	優	優	優

第六学年

学科＼学期	修身	国語	国史	地理	算術	理科	体操		音楽	習字	図画	工作
第一学期	優	優			優	優	優		優	優	優	優
第二学期	優	優			優	優	優		優	優	優	優
第三学期	優	優	優	優	優	優	優		優	良上	優	優

戦局は苛烈だったろうが銃後は知るよしもなく、学校は〝皇国民練成の道場〟で大和魂が注入された。毎月一日は〝興亜奉公日〟で氏神神社に参拝し戦勝祈願をして、神社の清掃をした後に登校したり、毎月八日は大東亜戦争開戦の〝大詔奉戴日〟で講堂において宮城遥拝、勅語奉読があった。毎朝の整列基本や待避の集団訓練に、乾布摩擦が加わり上半身を裸にして手拭いでこすったり、手旗信号やモールス信号を教えられた。敵国の米英撃滅が必須で、一億が火の玉となり戦うのである。

軍人になると決め目的を将官におくと、そのためには陸軍士官学校や陸軍大学校を通らねばならず、さしずめ陸軍幼年学校に受からなければならないが、それは一校一学年でやっと一人が受かるかどうかの難関であると言われ気が引き締まり、何が何でも合格しなければなるまいと勉強に熱が入った。

当時は英語は敵性語で教科がなく、学校ではアルファベット文字さえ目にしなかったが、家には父の時代の教本があり、半ば遊びで独習していた。あるとき細萱先生が外国の話をして、「こう書いても読めまい」と黒板に「HIRAKURA NO BAKA」と書いてその子を名指しした。読めないと返事をした時、私が「平倉の馬鹿」と声を出すと先生は驚き、次に二、三人の名をローマ字で書き私に読みを促した。すべて読むと今度は「You are foolish.」と書いた。「読めませんが、君は馬鹿である、です」と言うと教室がどっと沸いた。「英語を使うのは海軍だがな」と先生は言われたが、私は陸軍を望み続けていた。

心配だったのは身体状況であった。入学時から大きい方ではないが発育はほぼ平均だったのに、年を経ると成長が遅くなり、五年では下級生並みに小さく前の方に並んだ。

通知簿に記載の昭和十四年度長野県児童発育平均表で身長・体重の比較である。

（ ）が平均

一年生	一〇八・四cm	（一〇九・〇cm）	一七・四kg	（一八・〇kg）
二年生	一一二・二cm	（一一四・三cm）	一九・〇kg	（一九・九kg）
三年生	一一七・四cm	（一一九・〇cm）	二〇・八kg	（二一・九kg）

四年生　一二〇・五cm（一二三・八cm）　二三・〇kg（二四・〇kg）
五年生　一二三・五cm（一二八・三cm）　二四・〇kg（二六・五kg）
六年生　一二六・五cm（一三二・八cm）　二四・五kg（二八・四kg）

ついに、中学に上がるときは男子で小さい方から三番目になったが、それは後のことで体力を作るためも意識して、田畑の手伝いのほか仲間との乱暴な遊びや野山の駆けめぐりは積極的にやった。体は小さかったが、四年生の一時は登校集団のかしらになり、同年はもとより従兄やその仲間である六年生までも、朝、我が家に呼ばわりに来るのを縁側に腰掛けて待たせ、やおら発つのを常とした。喧嘩はせず腕で抑える力がないのに、いい気になって君臨できたのは、軍人になる意気込みと先生のもり立てであったろう。

学校は古くから苗代の害虫駆除を児童の勤労作業としており、螟蛾《めいが》や螟虫が卵を産みつけた早苗を取る作業を行っていたが、出征で人手が足りなくなると留守家族の農作業を手伝う勤労奉仕が始まり、水田で雑草のコビエを抜く軽い手間から稲刈りなど本仕事まで、学年の力に応じた作業を奉仕した。麦踏みは一年生も動員した。人手を補いながら国の食料増産の施策に資する意味合いもあったろう。学校は学校農園は当然として、校庭さえも開墾して種を播《ま》き畑にして大豆などを収穫した。

田畑に出ない勤労作業もあった。養蚕の普及でたくさんの桑が栽培されたが、蚕に葉をやった後に残る桑棒は皮をむいて繊維資料にするのである。始めは集落に何カ所かある蒸し窯の場所へ出向いたが、やがて校内に蒸し窯が設置され本格的に皮むき作業が実施された。

「桑の皮むき」

僕等、松組は、四月十日に桑の皮をむいた。六時間授業をやってから、小使室の北の道を通って池へいって見ると、桑棒が束になって池に浮かんでいました。これは、むしたのをむき良いようにやってあるのかと思いました。むす所は、小使室と西体操場の間に作ってある。

先生は、いろいろ話をしてから、四人ずつ一組にして、その後で、桑棒の束を池から上げて、一組に一束ずつやりました。むく所は、西体操場の廊下です。むいた皮は十五本ずつ束にして「さく」の所へかけておきました。一番先に出きた十五本の束を見ると、うれしくなって、大急ぎでどんどんむきました。みんな一生懸命です。どんどんと、沢山だった桑棒の束がへって、十五本ずつの桑の皮の束が沢山になります。もう終わったそうで、二束めの桑棒を持って来る組もあります。僕たちも終わったので、和田君と二人で持ちに行きました。

二束めのが終わって、三束めのを持ちに行くと、先生に、「もう何時か聞いて来てくれや」といわれたので、聞きに行くと、もう四時になっていて、それを先生にいうと、「もうやめよう」とおっしゃいました。僕等は、みんなを手伝ってあげました。僕は、当番なのでやめて、掃除をやりに行きました。やってしまうと、先生が見えました。僕等は、何貫か聞くと、「二十六貫百だ」とおっしゃいました。二十六貫百、僕等の喜びはどんなであったろう。

（『つづりかた』堀金国民学校初等科四年）

戦争の影響ですべての物資が窮乏し、食糧も衣料も統制され配給制になった。しかし、我が家は母が田多井に居を定めてから、今まで伯父に耕作を委ねていた四反九畝（四十九アール）の田地を返してもらい、それに新たな借り増しを加えて二反歩ほどにした畠と共に零細ながら自作農を始めていたので、時には麦飯になったが食は十分に満たしていた。その陰には、上高地では炊事洗濯だけで楽に暮らし、農事は若い頃の養蚕の手伝いのほか全く知らない母の並々でない努力があった。初めて鍬《くわ》を手にし、種苗の区別を覚えながら本家の伯父おばに教わって、子らを従え、にわか百姓に打ち込んだ賜物があるのである。

着るものは、奥飛騨の祖母から手織りの紬や真綿が届き、防寒着の綿入りはんてんなど和服は十分だったが、さすがに学童服は不足して、改造したり穴あきにはつぎをしたり、粗末だった。足元は下駄はいい方でほとんど藁草履で登校したが、その草履さえ工作の時間に自分たちで作ったものがあった。カバンはなく風呂敷に学用品と弁当を重ねて一まとめにし、腰に結わえていた。

終戦とその後

終戦の詔書が煥発された昭和二十年八月十五日は、かんかん照りの暑い日だった。学校は夏休みのさなかで、道祖神の仲間と地元では「スガレ」と呼ぶ地蜂の巣を取る約束をしていたが、家を出る時に正午に大事なラジオ放送があると言われていて、昼前に蜂を追い回したあと道祖神に近い家の庭先でラジオを聞いた。

「畏《かしこ》くも」という天皇の前触れの言葉だけで気をつけの姿勢を取った時代だから、玉音らしいと言われたのかどうか直立したまま、皆と一緒に雑音が交じる、意味もわけも分からない難しいお言葉を聞いた。そのとき戦争は負けたと言われた気もするが、本当に知ったのは翌十六日で、学校に全員召集がかかり、江崎校長の訓話で戦争の終わりが発表されたと告げられた。

敗戦のショックは強烈だったが、日々の暮らしにすぐ影響もなく、行動に大した違いはない。夏休みの続きでやたらに地蜂を追い回していて、取った蜂の巣がまだ小さい場合は、普段ならミカン箱に移して飼い馴らし大きく育ててから食用にするのに、半ば自棄《やけ》っぱちで小さい巣もほじくり出し、母に悔し紛れを言ってスガレ飯にした覚えくらいである。

そのスガレ飯は父も食べた。丁度その頃、四十歳にもなる父にまた召集がかかるという知らせで、最後のご奉公と覚悟して上高地から下りていたが、当然に沙汰止みになって家にいた。

父は再び上高地へ行く前に、先に従軍した日支戦線に関し「戦争犯罪人になるかもしれない」と言い、手紙やらそう多くない書類やらを探して焼き捨てた。中支派遣軍の浙江作戦という大きな作戦に当たったそうだが、下士官でもそうなるかと聞くと、「手紙から部隊の上官や戦友の名が分かる」と言われ納得した。父は自分が捕らえられたら黙秘を通すつもりのようで、さすがと思い頼もしかった。

敗戦から幾日か経った頃、田多井の上空に米国の戦闘機の群が飛来し、横胴のマークはおろか操縦する兵士の顔が見えるほど低空で旋回したことがある。それまでの敵影といえばB29爆撃機だが、遥か上空の雲を引いた爆音が主だったから、勝ち誇った群舞を目にしてますます負けた悔しさが体を駆けめぐったが、飛行機が来たのはこの時だけだった。

暮らしはとにかく、問題は軍人になる目標が途端に消えてしまったことである。報道は日本軍がアッツ島やサイパン島で相次ぎ玉砕したと報じ、ラジオも連日警戒警報や空襲警報を呼びかけ日本の市街は空襲下だと知らされていたから、戦争は熾烈《しれつ》な容易ならない局面にあったと分かっていた。

今だからこそ、長い戦争に国民が疲弊していただの、気持ちの中には厭戦《えんせん》気分を抱えていただのと言うけれど、当時は竹槍をもってでも戦う覚悟だった。ましてや少年は純粋に皇国の必勝を期して、米英撃滅のため戦場に命を捨てると心に決めていたのに、終戦はその心のやり場をなくしたのである。

齢《よわい》七十に近い今日までを顧みて、私が「死ぬこと」を怖いと思ったことがないのは、あの十歳までに正真正銘一度「死」を覚悟したからだと思う。大義のために死ぬと決め、大義とは当時は日本と天皇に対する忠誠であり、その後は人間として確信する大事だと、やや変化はしたけれども「死ぬこと」に対して真っ向対峙《たいじ》する心根は当時のまま微塵《みじん》も変わっていない。

「神国日本」「忠君愛国」の下で教育され、純粋に天皇を崇《あが》めたであろう杉本五郎陸軍中佐が唱えたという「汝吾ヲ見ント要セバ尊皇ニ生キヨ。尊皇アル處常ニ吾在リ」という言葉を覚え、忘れられずに残っているのである。

学校が始まって、戦争のことを書いた教科書の箇所を消す墨塗りが行われ、修身や国史や国語の本は単元全部が真っ黒になったり、行や文字が途切れ途切れになったりした。追い追いに米英と日本とでは物量の差が明らかで、そもそも無謀な戦争だったことなどが話され教えられると、敗戦は悔しいけれど戦争自体の終わりにはほっとしてきた。しかし、自分の目標となると、見つからないままぼんやりと父と同じに山で暮らすのかと思った。そして学校は普通どおり通ったけれど、遊びの方に一段と熱が入ってくることになる。

遊びでは道祖神祭りの記憶が強く、日記にも盛んに書いている。観光が盛んになった今日、旅歩きにおいて安曇野は道祖神の宝庫といわれるが、堀金村だけでも男と女が手を取りあう双体道祖神のほか文字碑などで六十余体を数えるそうで、田多井の新堀川近辺でも原村道祖神、下村道祖神、和合村道祖神など幾つか散在していた。そして道祖神にはそれぞれに一定の講があって、すぐ隣家でも玉大・富規兄弟は下村道祖神で、私は本家につながる縁で原村道祖神に与《くみ》して祭祀を行った。

次の日記は年末年始休暇のうち、道祖神にまつわる箇所を主に抜き書きしたもので、文中「さんくろ」とは「三九郎」で「どんど焼き」のことである。御柱も「さんくろ」の燃えかすも薪にして売った様子が分かる。

○十二月三十一日（月）曇時々小雪
本家の牛にうどんのゆで汁をくれて、家へ入ろうとすると、道祖神をやるという。「兎も年取りだから掃除をするか」と言われたので、兎のこやしを出して、それから風呂を炊いたが、道祖神をやりたくて沸く途中で行った。そりを引いて行った。

道祖神の御柱をもらいに行ったがくれなかったので、親方山でそりをすべり、松のみつをなめて帰ってきた。

○一月一日（火）晴
一年の計は元旦にありという日だ。今日から昭和二十一年だ。「一年なんて早いものだ」と母が言った。おぞうにや柿や栗や沢山食べた。

十一時半頃、道祖神の御柱を伐りに行った。山で、とても足が冷たかった。途中で暗くなったので、木を置いて山を下りた。

○一月二日（水）晴
昨日、途中へ置いてきたのを、道祖神まで引っ張って来る。そりを木の下へつけて引いた。県道へ出たら楽だった。昼過ぎ三時頃着いて、ご飯を食べてまた集まることにした。

集まって、寄付集めをした。親方は火にあたっていて、子分六人が歩いた。道から上下に三人ずつ分け、僕は下の組だったが、最高が二円五銭だった。この五銭のはんぱは、もう五銭で丁度七円になるので無理にお願いした。全部で十二円集まった。

○一月三日（木）晴後雨
今日はどうしても御柱を立ててしまいたいので、朝早くから道祖神へ行った。飾りの桑棒を長さに切ってしばり、色紙もつけた。立てなければならないが、子供では立てられなく、大人を呼んだ。三人来てもらった。「せいのよいさ」「それ引けそれ引け」「一二の三」などと言って力いっぱい引いたので、とうとう立った。後で、下から上まで見たら紙がたくさん取れていて淋しかった。火をたいて、家から持ってきたお餅を焼いて食べた。

それから兎のわなを掛けに行った。なかなかいい場所がなかったがやっと掛けて、また道祖神へ帰った。雨が降ってきたので、少し火にあたって家へ帰ってきた。
○一月四日（金）晴
朝おそく起きたので、すぐご飯を食べて、昨日張った兎のわなを見に行った。一番始めのは輪が小さくて取り損なった。次ぎも次ぎも引っかかっていなかった。

下村の方の御柱を見に行った。太さは僕たち原村の方が勝って長さは同じくらい。
○一月五日（土）曇後晴
朝早くから兎のわなを見に行ってきた。自分のは一つも掛かってなかった。六年竹組の和人君が一匹取った。殺す時は気味が悪かった。
○一月六日（日）晴
明日は「さんくろ」なので、燃やす木を伐りに行った。疲れたが、燃やす時を思うと楽しかった。
○一月七日（月）曇後晴
朝うんと早くから親方が呼んだ。まだご飯を食べてなかったので、先に行ってもらい、急いでお餅を食べて飛んで行った。

早くから「さんくろ」を立てた。門松やわらも集めたが、今年は門松を立ててある家が少なかった。麦がら、豆がら、そばがらもわらの代わりにもらって来た。「さんくろ」の中へ入ってお餅を食べて、しばらくしてから火をつけた。ぱんぱんと竹がはじける。竹ももらってきたのだが下村では二円五十銭で買って来たそうだ。「さんくろ」は去年のより、うんと大きかった。

燃えて火が小さくなったので、すっぽかして下村の方へ行った。すると和合村の野郎共が下村へ攻めてきて火をつけたので怒っているようだった。僕たちのより燃えでがなかった。それから和合村へ行ったが、和合村のは長く燃えていた。

それから自分達のを見に帰った。「おきがあった」といって火をつけ、しばらく炊いていた。そして、火を完全に消して帰って来て、百字書取（注・漢字を百字書く宿題）だけ書いて寝た。

◯一月八日（火）晴
昨日燃した木を束ねて売るのだ。味噌たきの時に使うと、味噌がすくならないそうだ。あまり切れないようななたを持って行って木をこなした。割木が五はと少しできた。安いと思ったが、一は一円で売り、六円集まった。しば束の小さめのが二束だった。本当ならもっと沢山だが、夕べ燃やしてしまったので少なくなった。四軒ほしい家があったので分けたら小さくなって、四束で一円七十銭で、計七円七十銭である。

昼過ぎは山へ木を伐りに行って五束作った。これは道祖神の分け前と別の金で、くぬぎだったので高く十九円にした。七人で二円五十銭ずつ分け、残りは道祖神の方へまわした。

○一月九日（水）晴後曇、風

学校へ持って行く絵を書いた。福禄寿の絵だ。これなら正月にふさわしいと思ったが、「頭がえらい黄色いなあ」と母に笑われた。直したりして昼前中かかった。

昼過ぎは道祖神の分け前をもらいに行った。五円もらって、前のと合わせ七円五十銭だ。子分では僕が一番多かった。

○一月十日（木）晴

昼過ぎ、くぬぎを伐りに行った。そして家で割木の長さに切って割った。束ねたら一束になったから五円もうけたことになる。父が帰ってきたら「だちんをくれる」と母が言った。うれしいので又行った。先刻より少し遠い所へ行ったら帰りはもう薄暗かった。明日割ることにした。

寒休みがあって、本家の茂宝兄から「明日松本へ行かないか」と誘われ、行った一部始終がある。電車の切符を買うのに大変だった様子が分かり興味深い。

○一月二十八日（月）晴

　朝起きて時計を見るともう六時だ。七時に家を出るのだから何事も早くやって、本家の兄さんを呼びに行くと支度をしていて「今行く」と言ってやがて出て来た。遅れるといけないから、うんと急いだ。もう切符を売っていてすぐ買えて、僕ら互いに顔を見合わせた。

　電車が来て乗ったが、座れなかった。松本へ着くまでにはきうきうで、せんべいになるかとびくびくした。降りて開明座（注・映画館）の方へ歩いた。途中でさけかもしれない大きい魚を二匹見た。「おや、こっちじゃねえか」「そうかもしれね」などと、道をまちがえてしまって田舎言葉まるだしで言い合った。やっと分かって、券を売る所を見たがまだ早くて売らなかった。

「帰りの電車の切符を買ってから来よう」と駅へ引き返した。大糸南線の列はうんと長かったが、買えるかと思って待っていると、どこかの人が来て「豊科まで行く人いませんか」と切符を二枚持って来た。すると、すぐ人が買ってしまった。僕が早く買えばよかったと思ったが、間に合わなかった。「足がつめたくて」と小言を言ったら、兄さんが「北松本で買おう」と言って列を離れた。歩きながら話すのは切符のこと。「あれをゆずってもらえばよかったな」「うん」

　ひだや（注・旅館）の隣の店でみかんを一つ買った。一円だった。四柱神社の前にはいっぱいやし（注・香具師）の店が出ている。川にはがあがあとあひるが鳴いて泳いでいる。

店のものは高い。りんご一つ二円。あめの小指位のものが一つ五十銭、長靴一足四百円、鉛筆一本三十銭、お茶の大きい袋十円。それから開明座へ入った。七十銭。日本ニュースと英語の映画をみた。

明るい所へ出て、さっき見てきた店をもう一度見て何か買っていこうと思った。色鉛筆三本、あめ一個、いり豆二袋五十銭を買った。それから六九町へ行って、頼んであるズボンを持った。なかなかよいズボンだから式の時にはいて行こう。また松本駅へ行ったが、切符を沢山売らないので買えず、島内へ行くことにした。線路伝いに行ったら線路の仕事をしている人がいた。この人達のおかげで脱線しないと思うとありがたくなった。着いた。一回に五枚しか売らない時だったので、兄さんが先に買った。その次も五枚で、その時に僕が買った。乗ったらすいていた。中萱について、歩きながらいろいろ話をした。「今度は松本城へ行くか」のような言葉がかわされた。夜歩きは面白いものだと思った。家へ帰ってガラス戸を開けると「帰ったか」と声がした。ご飯がすむとこたつへ行って姉と妹に色鉛筆を売った。いり豆を皆でたべた。新聞を母に見せると「おや、この本を取ろう」といって下段をさした。そこには、「良い子の友」と「少国民の友」が出たとある。早速手紙を書いて、眠ってしまった。

戦後しばらくは授業もごたごたしていて出来事の大方は忘れているが、「制裁」が流行したことは記憶にある。一人の級友を残りの同級生が集団で殴打するのだが、「制裁」の流行はいわゆる予科練帰りの話に触発されたのか、あちこちの組で行われた。

今までのがき大将が一日にして消え、次に台頭するとまた彼も袋叩きにあい、突出する勢力が均《なら》されていった。私も一度級友ではなく、上級生を含む集落の登下校グループに襲われた。顔面の殴打はなく引き倒されて地べたで蹴られたが、これまで那須野先生、細萱先生の庇護の下にあった羨望が吹き出したもので、自分に来た終戦のつけだと思っていた。

中学生になってからだが、ページが少なく薄っぺらなので、まるでリレー競走のバトンほどの筒状に丸められた本が届いた。開くと表紙に「贈呈」と紫色のスタンプインクが押してあり、中に私の詩があった。

小鳥

かわいかった小鳥は
手製の鳥かごにはいっていたのだ
小さいあきかんを
使ってこさえた代用え鉢

そのえ鉢をつついてゐたのだった
南の畠に作ったうるあわを
ついばんでゐたあの小鳥
毎朝外へ出してゐた
あのかわいい小鳥が
もうつめたくなってゐる
あのかわいかった小鳥
僕は思うと泣きたくなった
せっかく今まで飼ってゐたのになあ
どうして死んだのだろう
あのかわいかった小鳥は

（『少国民の友』昭和二十二年五月号）

前の日記の続きに、母のすすめで『少国民の友』を取ろうとする件《くだ》りがあり、

○一月二十九日（火）曇
夕べ書いた手紙と、お金十二円三十銭を持って、郵便局へ行った。為替を組んでもらっ

て、手紙の中へ入れて、ポストへ入れた。早く本がくればよいなあ。（後略）

　と、早速に手続きをしていたのである。その後ずっとこの本を取り続けた記憶はないが、たまたま本に触発され、初めて投稿したら運良く入選して掲載されたのである。『少国民の友』は当時の少年らには多分唯一の月刊誌と思われ、自分の詩が全国で読まれたと思うと心が躍った。この前後の頃の号だが、『少国民の友』に入選した少年らの俳句が、後に国語教科書に採用されたのを妹の教科書で見た。

　小鳥もいろいろな種類を捕らえたり飼ったりした。畑の雲雀《ひばり》、林の百舌《もず》、川岸のヨシキリは巣をみつけ卵から孵《かえ》るのを見定め捕ってきて、赤ッコの頃から飼った。クイナは珍しくて、もらったものを飼った。霞網を張って捕るのは〝鳥待ち〟といい、従兄の持つ霞網の仲間に入って、ホオジロ、カワラヒワ、ヒワ、ウソなどを追い込み、掛かった鳥の分配を受けた。レンジャクは実をついばむ首に、馬の尻尾の毛で作る丸いわなを掛けた。ある屋敷の庭の大木に巣くったムクドリを捕りにいった仲間が、深いうろの底の巣に手こずり木から落ちたが、幸い二階の庇に弾んで軽傷だったこともある。

○昭和二十二年　一月九日（木）晴

木村の兄とかすみを張って鳥をとった。追いまくってみたらうんと沢山逃げたが、猟はホオジロ一羽きりだった。また明日張る約束をした。

詩は、そういう小鳥を飼った感情の吐露だったろう。六年生最後の詩である。

3　堀金中学校

新制中学の生活

昭和二十二年四月、新しい教育基本法と学校教育法に基づき六・三制を柱とする新教育が実施されて、堀金国民学校は堀金小学校と改称され、同時に義務課程の新制堀金中学校が併設された。

私らは国民学校初等科も初年からまるまる六年間過ごしたが、また初めての新制中学に当たったのである。僅か二年前には陸軍幼年学校を志望し、もし落ちたときは次の陸軍士官学校を目指すために松本第一中学（現松本深志高校）を望んでいたが、それさえ変更させられたのである。

しかし、それまでの中等学校は義務教育ではなく志望者の選考だから、志望の有無に関わらず全員が進学する新制の制度は競争がなくて気が楽だった。最大の安心は、敗戦で軍人になる夢を破られてまだ先行きの考えが固まらないところを、とりあえず三年ばかりは敷かれた路線に乗れていいな、という感じであった。

組替えが行われ、三つの組とも男女混合の構成に復元し、私は二組になった。多少の出入りの後、中学卒業時の名簿は男子二十六名、女子二十七名、計五十三名である。たった三年だが今まで男子ばかりあるいは女子ばかりの組に属した者は、年頃もありしばらくは異性の意識を持ちすぎて共同がぎこちなかったが、やがて順応していく。そして男子も女子も個性を発揮しながら、他の組より和気あいあいとした仲良しの雰囲気の組を育てた。組内で恋心も芽生えるが、それは後のことである。

昭和五十六年に担任先生の葬儀を弔った席で、集まった同志が同級会を発議すると一決して、以来毎年欠かさず同級会を開き今に至るのは結束を物語る。同級会は初めは農家も勤め人も閑暇期にすると祝日の二月十一日に定例開催したが、年を取るといつでもよくなり六月に行うことが多くなった。

授業も落ち着きホームルームの話し合いも重なると、だんだんと組内の勢力絵図も固まり、二組は真峯昇平君を軸に回るようになった。真面目で地味だが成績がよく、温厚誠実な性格だから敵が出来ず誰にも好かれる人柄で、先生の信頼も厚かった。初めて同じ組になって、私も彼の大人の落ち着きと風格には一目も二目も置き、交際を深めていった。

学校に初めて生徒自治会が発足して自治会、図書部、購買部、発表部などの委員を選挙で選出するようになると、主体の自治会委員は大抵真峯君がなり、私は図書部委員をやるようになった。

二組の担任は望月末人先生で音楽を専門としていたが、若い頃は野球の投手で、往年の甲子園で優勝した松本商業から当時読売巨人軍で活躍中の中島治康選手を捕手にして投げていたと自慢して、「おれは野球の神様でね」を口癖に軽口も交え生徒を笑わせていた。強めの度の眼鏡を掛け、頭頂の髪が薄くのっぺりした顔だちで、若い時代に運動をよくしたという割合には男子にそうもてず、女子生徒の方に人気があった。たまに職員対抗の野球があると緩いカーブの軟投で、生徒の生活指導も柔らかで、剛直さを求めていた私としては期待が外れて歓迎する型ではなかった。

というのは、まだ戦時中のある日、望月先生の組の児童が作った雪だるまを上級生が壊したのを怒り、職員室の窓から飛び出しびんたを張るのを見たので、その当時の威勢を嘘のようにひそめた先生を、戦後の教職員の再教育で転向した日和見と思ったのである。担任として中学三年間をお世話になった。

授業は、音楽はさすがに専門分野だから難しい曲に挑ませるなどいろいろ思い出があるが、社会科は教わったはずだが記憶に残る場面がなく確たる印象がない。中学卒業に際して進路指導も一応は受けたと思うが、大した示唆があった覚えもなく、その後は自分で決めて相談には行かなかった。私が平生は朗らかだけれど冗談やふざけ心の話が過ぎ、勤勉さを欠いて不真面目に見え、ご不満だったかもしれない。

確かに中学の生活を顧みると、中学はまったく小学校の続きの感覚で、勉強に特別打ち込むことはなかった。普通に通学し、普通に授業をうけ普通に宿題をこなす、ほどほどの勉強であった。従って、一年二年は、当時の学校からの「家庭通知」を失っていて検証できないが、多分、意欲が停滞のまま成績は下降気味だったと思われる。

それが三年のとき、数学と英語が学年を一まとめにしてABCの三段階に分ける能力別授業になり、Aクラスには他組の優等生や上位者が集まって成績を競う気をくすぐられ、また授業の内容も先に先に進むので意欲も湧いて張り合いがあり頑張った。殊に数学は超中学級の講義で、代数の応用問題などは式を解くのが面白く、通学自体を楽しくした。「家庭通知」を見ても、三年では評価が格段に上昇しているのが分かる。

後に、新制高校の一斉入試では、国語、社会、数学、理科は各一〇〇点、音楽、図画工作、家庭科、英語は各五十点の、計八科目六〇〇点満点のところ、堀金中学では三組の秀才小林隆治君が五七〇点で飛び抜けたトップとなり、私と一組の中島滋博君の二人が同点の五三六点を取って二位タイ、あと五〇〇点を越える者は少なかった。

難関の松本深志高校さえ四七〇点台で入れたので、担任の望月先生は「こんなに取るとは思わなかった」と今更のように驚いたが、私の心中はそれほど評価されていなかったかと悲しさが先にたった。

なお、その後小林君は松本深志高校から東大へ、中島君は豊科高校から東北大へ現役で進んだ。

「家庭通知」はほとんど失くし、二年と三年の境目のものしかないが、五段階評価である。

第二学年　第三学期

国語	読む 理解 書く 話す	5 5 5 4
社会	理解 能力 技能	4 4 5
国史	理解 態度 技能	5 5 4
数学	理解 技能 習慣	4 5 5
理科	理解 能力 習慣	5 5 5
音楽	理解 鑑賞	4 5
図画・工作	理解 表現 鑑賞	5 5 5
体育	理解 習慣 技能	4 3 4
農業	理解 態度 実技	5 5 4
英語	聞く　話す 読む 書く	5 5 5

第三学年　第一学期（教科の細目は、前年までの能力が態度になるなど変化がある）

国語	読む 理解 書く 話す	5 5 5 5
社会	理解 態度 技能	5 5 5
数学	理解 技能 習慣	5 5
理科	理解 態度 技能	5 5 5
音楽	理解 表現 態度	5 5 5
図画・工作	理解 表現 鑑賞	5 5 5
体育	理解 態度 技能	4 4 4
農業	理解 態度 実技	5 5 4
英語	聞く　話す 読む 書く	5 5

　ある日Aクラスで一緒の小林君から、「勉強会を作らないか」と相談があり、国語、社会、数学、理科、英語の五教科の共同自習をやるという。難しい問題について分担して研究し正解を同志に解説するというのであるが、メンバーは小林君のほか、小林君と仲の良い二人に、二組の真峯君と私を入れて五人である。

「スーパークラブ」と名付けて発会し気勢だけあげたが、実際の会合は少なく活動には実が上がらなかった。卒業写真を撮るとき、ついでに集まり記念写真だけを残したが、五人とも素晴らしくいい顔で撮れたのがせめてもの慰めである。気宇だけは広大であった。

　その勉強会の発端は数学Aクラスの有賀幹夫先生の影響によるところが大きかった。旧制松本高校を出たばかりの溌剌《はつらつ》とした若さの授業に教室は活気が漲《みなぎ》って、課外でも学芸会の演劇の指導やら、修学旅行の付き添いやらで生徒と接触が多く、時々突き当たる例えば学問とか人生とかの問題に指針を語ってくれた。若さと柔軟さで民主的教育の手法を早くに取り込まれ、親身な話し合いを身上にされた。

　生徒らが先生の下宿をたびたび訪ねるとの話を聞いて、私も一度だけ伺ってみたが、散らかし放題の間借りの室内に驚いて、独身とはこんなものかと妙に得心したりした。

　前に、終戦直後の一時、級友同志の制裁ごっこが流行《はや》ったと書いたが、それは校外の出来事で、校内での喧嘩や乱暴などは減り、ましてや先生は民主的教育の先達として体罰は禁制されつつあり、びんたなど暴力は滅多に見なくなったが、しかし全く皆無ではなく時には厳しい授業があった。

国語の二木先生が怒りだし、組の全員をその場に起立させた。そして右側の列から時計の反対回りにびんたを張り始め、ぴしっぴしっと平手が鳴って、たちまち男が三人、女が三人よろめかされた。当時の机の配置は黒板に相向かういわゆるスクール式ではなくて、二人用机を馬蹄形に三本ずつ固めて散らしたグループ式で、だから六人が一班を向かい合って構成していて、殴られたのはたまたま真峯君の班だった。

私は中ほどの班で、今日こそ叩かれると覚悟をしていたが、びんたは一班だけで止まった。なぜそこで止んだか先生の意図は分からず、今もって六人の犠牲には気の毒としか言えない。

英語の堀内先生は初めて進むページを開き、「誰でもいいから読んで」と言った。しばらく沈黙があり、たまらずに私が読むと、先生は「次」と促したが誰も声がなく、「皆、自分の机の上に正座しろ」と怒った。どたどたと机の上に正座をする中で、先生は予習が大切だとお説教を始め、私一人だけ椅子に座ったまま聞いたがやる瀬なかった。

まるまる一時限を正座すると大半の者はすぐ立ち上がれなかった。それから五日後に、また予習をして来ない者が多いと叱られた。「後で週番と私と先生の所に謝りに行った」

とその日の日記にあるが、正座を免除していただいたという意識の方が強い時代であった。

　戦後のどさくさで小学校では修学旅行をしなかったから、二年生の七月に行われた新潟県糸魚川での海水浴が初めての旅行である。「旅行の栞《しおり》」を見ると、五日の朝六時五十七分豊科発、糸魚川ゑび屋旅館に二泊、七日の十七時三十八分豊科着解散である。

　持参物は宿泊用として、米一升、味噌茶飲茶碗一杯、野菜一〇〇匁、炭一〇〇匁があり、燃料まで持参した。日用品は新聞紙（注・紙袋用）二枚、みやげ物用包紙、副食物は漬物少々、間食物は第一日・第三日目のおこひる（注・食間の軽い食事）とある。

　その頃、大糸線は南線と北線に分かれ中土駅と小滝駅の間は未開通で、その間約十八キロを徒歩で連絡した。近道をするため途中はトンネル内の線路敷で、懐中電灯を頼りに中央の排水溝上の石だたみを一列になり足元に注意して歩いた。行きは中土着十時十二分、小滝発十八時、帰りは小滝着六時三十分、中土発十四時五十二分だから八時間を見込んでいたようである。海水浴は糸魚川に近い能生海岸だったが、初めての海は予想より塩辛かった。

　三年生の修学旅行は江ノ島・横浜・東京である。九月六日の朝三時五十分学校集合、豊科〜松本〜八王子を経て鎌倉から江ノ島岩本楼泊まり。七日は横浜巡りの後に東京上野のツーリストハウス泊まり。八日は終日東京見物をして新宿から二十一時三十分発の夜行列車で、九日の朝、松本経由六時十一分豊科着となる二泊と、足掛け四日の行程である。

一年経つと、持参物の米は五合を二包みで一升は変わらないが、自分で用意する副食物は食パンとバター、勝栗、あめ、スルメ、マグロ缶詰、りんごなど大いに向上している。なお、帰りの夜行用のパン一食は持参物の必携品である。

旅行に先立って賛否を聞いたようで、投票総数一五七票、賛成一三七票、不賛成二十票の記録がある。費用は合計一二〇〇円で、内訳は豊科～鎌倉往復三八〇円、地下鉄三回二十一円、江ノ島電鉄十八円が交通費。岩本楼三〇〇円、上野三五〇円が宿泊料。入場参観料など雑費が一三一円である。他に個人の小遣銭は二〇〇円以内に制限されている。

交通巡査の鮮やかな整理の手さばきと、巡査がいない皇居前は車がひっきりなしに走りなかなか道路を横断できなかった情景が、比較して思い出される。都会の息吹を肌で感じた旅行だった。

中学卒業に際して組で記念文集を作ったが、拙い字を鉄筆でがりがり切ったいわゆるガリ版で、私は「我等が校歌を讃う」と題して、堀金校の校歌を解説めかして書いているが全く面白くない。生意気に後記に「編集雑感」を書いている。

幾度か花咲く春が来、幾度か紅葉の秋がすぎ、いつの間にか思い出の中学生活の三年間が終わってしまいました。皆で仲良く共に勉強してきたので、卒業記念として文集を作ってみました。過去三年間、やさしくお教えくださった先生、なつかしい友を思い出すためにも……

読んでみるといろいろ面白いもの、感傷的なもの、上手なものがありますが、どれもみな「三年二組」の人達の努力の賜、努力の作品なのです。予定通り行かなかった点は原稿の提出が級全員でなかった事だけですが、この文集が皆の手に一冊ずつ渡った時には喜んで下さるでしょう。この文集の編集は、山田君が主となって行い、私がその助手となってお手伝いしました。（後略）

（昭和二十五年三月二十二日、堀金中学校三年二組級会『蛍雪のつづり』）

同じく卒業に際し、数学の有賀先生が皆に記念作文を求めた。先生が亡くなられた後、奥様が遺品の中に自分で表紙をつけ大事に保管していた作文集を見つけ、当時の者に返したいと五十年ぶりにコピー文集が戻ってきた。三十四人の中の一人として、短編のなぐり書きだが、組の記念文集よりましである。

「一、卒業式」

時は一九五〇年三月二三日、堀金校の卒業式である。学事報告や祝辞が終り送辞、答辞も終わった。まだ此の時は涙なんかしぼっても出なかった。けれども……

　年月めぐりて早ここに　卒業証書を受くる身と

という卒業式式歌の歌声（注・一番は在校生が歌う）。僕は頭をたれて聞いていた。何かしら悲しい気で長らくお世話になった先生方のお顔をみるべくちょっと先生の方を見た。全員起立している。けれど誰も歌っている先生方は見えない。何か一寸した怒りが、物足りなさが僕の脳裏をかすめる。

一人一人の先生を見て有賀先生のお顔へ目がとまった。ここで僕は何とも言えぬ感慨に胸を打たれた。何故といって、短い一年間を教えただけの僕等の前途を祝すが如く、あの特徴のある口を大きく開いて歌っているではないか！　僕は嬉しかった。

その後三四人の先生方がお歌いになっておられたが、僕は有賀先生のお顔へ口へ目が止まっていて離れなかった。しばらく見ていると僕の目にそおっと涙が浮かんで来るのを覚えた。

我々の答える歌も過ぎ三番の歌声が響く。（注・二番卒業生、三番全員で歌う）

　朝夕親しく交わりし　嬉しき思いをさながらに

やはり有賀先生は天井か壁の一角を見つめて一心に歌って居られた。心なしか僕には、先生の目が曇っているように思われた。僕も今にも落ちそうになる涙をこらえて力一杯歌った。先生のお心に報いるべく。歌は続く、三番の歌が！

別れて幾歳へだつとも　互いに忘れじ忘るまじ

「二、肩　車」

僕には兄も弟もなかった。だから若い有賀先生が何かしら兄さんの様に思えた。また思っていた。毎日毎日の勉強にも休み時間にも、いつも甘えては冗談を言っては先生を困らせたり、笑わせたりしていた。時に叱られたり注意を受けるのさえ、肉親の情と思えるのだった。それだけ僕は男の兄弟がほしかったのだ。

さて三月の或る日、写真を撮るべく太田と相談した。その時に、望月、有賀両先生に入ってもらおうということから両先生を呼びに行った。庭へ出てから有賀先生は、「木村、むこうを向いて股を広げろ」とおっしゃった。又、何かいたずらをして困らせるのだろうとは思ったが、素直に言う通りになった。すると瞬間、僕が空中に浮かび上がった。屁をひってロケット式に飛び上がったのではない。臍から水素を注入されたのでもない。地球に引力がなくなったわけでもない。有賀先生が肩車をしてくれたのだ。僕は嬉しかった。先生に可愛がられているんだなと思った。年上の兄に「高い高い」をしてもらっている様だった。

がき大将の様に僕は先生の肩の上で暴れた。その時、僕は太田の淋しそうな顔を見た（彼の兄もやはり先生の年位なのか。太平洋戦争で戦死したのだった）。僕はそれであわてて下ろしてもらい、痛くもない足をさすっていた。

ああ、有賀先生！　いつ迄もあの時の様に、肉親の情で私を指導してください。


「付録、笑　い」

卒業式が終わって謝恩会があった。この余興として、僕は太田と漫才をやる事になっていたが、余り乗り気にならないので、真峯氏とトンチ問答をする事になった。

壇上へ立って僕はいろいろ人を笑わせた。僕は自分自身、生まれる時に口から先に生まれてきたのかも知れないと思っている位だ。何につけても人を笑わせたいのが性分だ。これで吃っていないなら、大きくなって世界中を笑いでひっくり返す様な落語家か、漫談をやり、師匠の名をもらい『三起亭チビ助（注・三起は有賀先生の俳号）』とでも言い、名を表そうかと思っている。

さて真面目な所、僕は人にうらみを持たず、終始、笑顔で暮らせる人になりたい！　たとえ人に馬鹿だ、たわけだと言われても。僕には今、そんな事位しか頭にない。すると、これが僕の最大の念願かなあ。先生、どう思いますか。

（昭和二十五年三月、有賀幹夫先生所有『思い出の文集』）

田畑で頑張る

中学二年になった四月一日の日記に、本年度の目標がある。

一、毎日、日記をつける。

一、気象観測も毎日測定する。

一、人に親切にし、弱い者いじめは絶対にやらない。

一、調べるものは、調べられるだけ真面目に調べる。

一、田畑の仕事も一生懸命にやり、兎を二匹飼う。

前の四つの生徒らしい項目にくらべ、五つ目の設定はやや異色で、その訳はこの年の二月に母が虫垂炎を病んだことに関係する。母は穂高町の大倉医院で手術をしたが、痛みを我慢し過ぎて入院が遅れ、腹膜を患うほどの大病となり退院まで一カ月も要した。姉が学校を欠席したり、快方に向かい始めると遅刻、早退をしたりして付き添い、私は家から医院まで必要な品物を自転車で届ける役を負った。

入院も退院も荷車だった。本家の伯父に梶棒を引いてもらって、行きは荷車に積んだ布団の中に母が死にそうに横たわっていたのに、帰りはやつれこそすれ微笑《ほほえ》んでいて嬉しかった。退院しても経過が捗々《はかばか》しくなくてしばらくの間は寝たり起きたりし、ようやく四月七日に快気祝いをした。

「赤飯を配りたいが、もち米が足りないので、鍬を配る」と、一丁単価一三〇円の鍬を十四丁買って、お見舞いを受けた家々に配った。夜は、特にお世話になった人たちを家に呼んで夕飯を食べてもらった。

全快とはいうが、やはり母は病み上がりで体力の要る百姓の仕事は十分にはできない。自分が頑張って手助けしなければ田畑が維持できない。そういう思いがこの年の目標に加わったのであった。あげく、日記はいつしか尻切れとんぼになり、気象観測は学校の百葉箱で乾球、湿球、湿度、水温、風向、風速、雲量、天気程度の測定をしたが、仲間を増やしすぎ中止させられてしまった。実は、何の授業中でも「観測です」を名目に抜け出してサボる意図を見抜かれたのである。そして、最も実績が伴ったのは田畑の仕事だったが、実際にやらざるを得ない現実が控えていたのである。

もともと学校には田植え、麦刈り、稲刈りに合わせた農休みがあり、どこの子供も田畑で働いた。だから、前年の一年生でさえ、日記には甘薯（注・サツマイモ）の植え付けや稲刈りの記述がある。休暇とはいえ起床時間も仕事に合わせて早い。列記してみる。

○昭和二十二年　六月二十六日（木）晴後薄曇
起床六時六分。作り残している甘薯のうねを母と作った。堆肥が足りない分は青草を刈って入れた。昼過ぎ、本家から買った甘薯の苗三〇〇本を植えた。明日雨が少し降ればいいが。
○六月二十七日（金）晴後曇
起床五時二四分。妹と二人で、昨日植えた甘薯へ、余り日は強くないが枯れると困るので草をかぶせに行った。帰りに桑ぐみを腹いっぱい食べて来た。

昼過ぎは家の苗床で苗を切って、百十本切れたので植えた。それから農業倉庫へ頼んでおいた甘薯の苗二百本をもらいに行ったら、葉が枯れて無いような苗をくれた。
○六月二十八日（土）雨
起床六時二四分。朝から雨がざんざん降るので、半日寝て、昼過ぎは絵を書いた。
○六月二十九日（日）晴れたり曇ったり
起床六時四五分。寝坊をして、大急ぎで食べて甘薯二百本を植えに畑へ行った。昼過ぎも甘薯百五十本をまた植えて来た。明日より登校。
○十月七日（火）晴

起床五時四七分。昼過ぎ、稲こき。三畝の苗間の田の「うる」を全部こいた。
○十月八日（水）晴
起床四時五七分。今朝は濃い霧が降って、寒くて困った。北田の稲刈りで、母はどんどん刈って、自分より二はか多く刈った。昼前に母と二人で下の田の五分の四を刈った。昼過ぎは下の田の残りを全部刈り、上の田を刈り始めた。母の鎌と自分の鎌と取りかえて使った。すると母の使っていた鎌の方が良く切れて、今度は僕の方が二はか多く刈った。上の田は水が入っていて足がつもるので、水のついてない所だけ刈って帰ってきた。
○十月九日（木）曇時々晴
起床六時十八分。どうも雨が降りそうな天気だ。昼前はこの間こいたもみを「とあおり（注・実のないもみを手回しの風で分ける農機）」にかけた。一俵半あれば沢山だと言っていたが、ますで計って見ると二俵一斗あった。まだ穂くずを叩けば二斗くらい出るだろう。昼過ぎ、雨の前に少しでも良いからと、北田の刈った稲を半分ほど束ねて上げて積んだ。そして、昨日水で刈り残した分を全部刈った。姉も明日から休みだから、少しは楽になるだろう。
○十月十日（金）降ったり止んだり
起床六時三十分。昼前は少し勉強をやり、昼過ぎは友達とトランプや碁をやった。
○十月十一日（土）曇

起床六時三四分。昼過ぎ、釜土の畠へ豆の葉を片付けに行った。わらで小分けに束ねて全部背負って来た。枯れた葉だがうんと沢山で、道のりが長いので、重くて重くて疲れきった。

◯十月十二日（日）晴

起床五時二二分。釜土の陸稲刈りをやった。三人だから割合に早くすんだが、稲が悪いのではりあいがなく、イナゴを捕ったりして少しずつやった。刈って束ねて丸けると二駄（注・一駄は六束）あった。荷車を引いてきたので、乗せて帰った。

昼過ぎは北田のもち稲を刈った。三人だから三はかずつ割当てたが、僕は割当を終えて母のを一はか刈り、また姉の方も手伝って半分ばかり刈ってやった。

◯十月十三日（月）晴

起床五時二八分。弁当を持って、北田の残りの稲を上げに行った。下の田をやった頃指が痛くなった。上の田へ入って束ねていると、「天皇様を送りに行く」と言って大勢学校の方へ行ったので、母に頼んで家へ行き、一人で新田のお宮へ走った。

新田のお宮で列を作り、豊科へ出て道の西側に並んで、約一時間位待っていたら、北の方から自動車が何台も来た。オートバイ、ジープ、ホロの無い自動車の後から、菊の御紋章のついたぴかぴかする布をさげた御料車が来た。その中に乗っておいでになった。少しスピードが早すぎたので、よく見られなかったと皆言っていたが、僕はよく拝ませてもらった。

家へ帰ったら、もう母が戻っていたので、「もう済んでしまったかね」と聞くと、「まだ六うね残っている」と答えられて、がっかり！

○十月十四日（火）晴

起床五時三七分。昼飯の後、北田へ残りの六うねを上げに行き、姉と二人だったので楽にすんでしまった。家に帰ると早すぎて、友達とキャッチボールをやった。

○十月十五日（水）晴

起床四時四八分。今日の予定は北田のうるこきだが、女や子供だけでは俵一杯つめたのを運ぶのに困るので、中田の兄さんを頼んだ。（中略）母が「叺《かます》や俵の数が足りない」と言ったら、兄さんは叺へ八斗位つめこんで、その上へわらをかぶせて、なわでぎりぎりとしめてくれた。何貫位あるかと聞いたら二十貫の上あると言ったが、何にしても大きいものだ。

昼前に下の田、昼過ぎは上の田で、夕方にこき終えた。やがて最後の俵や叺へ入ったもみを荷車に乗せ、家へめでたくがいせんしたのであります。時計は九時を少し過ぎていた。僕はご飯を食べ寝床へ入る。いろり端では、母が兄さんに「力があるね」とか何とか言ってほめていた。

○十月十六日（木）曇時々晴

起床六時五三分。今日はうるの穂くず片付けともち稲こきだ。午前で穂くずを片づけられたが、俵につめると二俵と少しあった。午後はもち稲をこいたが、少しなので早く終わった。

○十月十七日（金）曇

起床五時二五分。午前は小豆こぎで荷車一杯にこぎ、甘薯を一貫ほど掘った。午後はゴマ叩き、ついでに大分前にこいだ小豆叩きをした。その合間合間に、もみぬかを焼いたが、夕方迄に焼けないので夜中に時々起きてみなければならない。

田畑の仕事を目標に立てた二年生の春からは、農休み以外でも、日曜日は当たり前、土曜日や早帰りの日は学校から帰ってから農事によく精を出しているのが窺《うかが》える。

○昭和二十三年　四月四日（日）晴後曇

起床五時四五分。朝から夏芋のうねを作り、また牛蒡、人参、うぐいす菜のうねも作った。そして、昼過ぎに夏芋とうぐいす菜をまいた。夏芋をまく時に、二うねは農業の時間に教わった様にまき、他のうねは全部母の考え方をまき、どれが沢山取れるか試験をする事にした。

○四月十日（土）晴後曇

家へ帰って、おこしの畑へ二回目の麦の土入れに行った。

○四月十一日（日）曇後晴

午後は下肥をかついで、釜土の畑へ土入れに行った。割合に良い大麦である。

○四月十八日（日）晴

起床六時四十分。午前に苗代で種まき。東より四本がうる、後二本はもちである。

○四月二十五日（日）晴

起床五時三九分。屋敷の畑へ草むしりに行った。すごい草だ。万能で打って手でふるった。どんどんきれいになっていく。道を通る人が「小さいのに良くやるなぁ」と声をかけてくれる。「皆、やっているで、遊んでいられないね」と答えた。

昼飯後また畑で草むしり。休んだ時に土手へ上がってあたりを見回すと、菜の花、桃の花、すももの花が今を盛りと咲いている。桜はもう大分散って、もうじき八重桜が咲きそうだ。

家へ帰り、甘薯の床へふたをして、田の水見に行き、兎に餌を取って来た。兎にくれるとうまそうにぼりぼり食べる。早くこの兎を片づけて、子兎をほしいと思った。

○四月二十七日（火）晴

帰ってから、母と畑へ行った。麦の肥料が足りず黄色で、この間リン酸をくれた所だけが青黒い色をしている。アンモニアをくれて、もう一度土入れをした。

○四月二十八日（水）晴
家へ帰って、また畑へ行き昨日の残りを土入れした。母は少しやっては休み、少しやっては休みして余り進まないので、仕事は昨年の様にはかどらない。これから後の田植え、田の草取り、麦刈り等困ると思うが、できるだけ努力して励もうと考えた。
○五月二日（日）晴後曇
起床六時四十分。昨夜時計を一時間進ませたので遅いが、今日からサマー・タイムである。農村なんか朝早いから、毎年夏時間に似たことをやっていたのではないか。
○五月四日（火）晴後曇
今日は田尻、小田多井の家庭訪問日で三時限。苗代へ消毒に行き六斗式ボルドー液を散布した。それから屋敷の畑へ堆肥やわらを持って行き、人参と葱を植えた。
○五月七日（金）
家へ帰って、おこしの畑で麦の土寄せをした。「麦は悪いし、手は痛いし」と母が嘆いた。雲雀の巣を見つけたので中を見ると、卵が四つ入っていた。「可愛いものだよ」と母が言った。
○五月九日（日）曇後晴
起床六時十八分。父が来ていて、四人で釜土の畑へ大麦の土入れに行った。ついでに豆やゴマをまく所を作って来た。

昼近くに、太陽を見たら右上の方が少し欠け始めていた。仕事を休んで見ていると欠けていくのが良く分かった。太陽が三日月位になった頃は、寒くて困る程だった。日食を生まれて初めて見たので、面白くも不思議な気がした。

○五月十日（月）

三時限で家へ帰って、父とササゲの「なる棒（注・支柱）」を取りに山へ行った。なる棒は百五十本位取った。またワラビも大分取り、薪も一束取った。私はワラビと薪、父はなる棒を百五十本背負って意気ようようと帰って来た。晩は疲労が出た。

○五月二十三日（日）

午後ようやく雨が止んだので釜土の畑へ行った。今までの畑を今年から田に直すので、れんげ草を刈って入れるのである。田にすると米の収穫は増えるが、それなりに大変である。

この春、つまり中学二年の身体検査では、身長一三三センチメートル、胸囲六十八・五センチメートル、体重三十キログラムとますます発達は遅れ、胸囲を除いては小学六年生の標準で、背は組で一番小さくなってしまった。しかし、十六貫（六十キロ）の米俵が扱えて一人前と言うならば、膝から担ぎ上げるのは大儀だが、背に負えば何とか運びこなすので、内心はそうめげてなく、十分に不在の父の代わりができると思っていた。

体力といえば、球技は野球も含め不得意で走るだけだった。二年のとき村民運動会のマラソンに出て十五番前後を走ってスタミナに自信をもち、三年生の九月は南安曇郡中学校陸上競技大会の八〇〇メートル競走で、堀金校の四人枠の選手をしたが、九位で入賞できなかった。

4　南安曇農業高等学校

長男の勉強

昭和二十五年四月、長野県南安曇農業高等学校に入学した。本校は豊科町で、別に東筑摩郡会田村（現四賀村）に定時制課程の会田分校がある。通称は「南農《なんのう》」、俗には作物のイメージから「イモ」と土臭く呼ばれた。

大正八年に県立の甲種農学校として創立し、地元の農業経営を基盤として地域の政治、行政、経済、教育に人材を輩出し、安曇野を取り巻く中信地区を中心に県下の農業経済や文化を担う学校である。昭和十九年に農業土木科が設置されたが、主力は農業科で、当然に生徒はほとんどが農家で、しかも身上別では長男が多く、卒業すればやがて家と田畑を継ぐのである。

ちなみに、私ら一年生だけの家庭をみると一八六人のうち一七四人が農家の子弟で、また農業科の生徒の身上をみると一三八人のうち長男が八十九人と三分の二を占めていた。堀金中学から南農に進んだ者は私を含め十七人だが、全員が農家で長男だった。

私が南農を選択した主な事由は、自分が長男で、木村の家系と、そう広くはないにしても田地田畑を継がねばならない立場だと思うことにあった。木村家は江戸時代の一六〇〇年代初めに土着したのに、三〇〇年経った昭和の今に至っても、いまだに伯父の木村本家と新たに興した父の分家と二戸しかないのである。田多井の集落にある他の名字は同姓が増え続け、新興なのに家勢があり、硬骨な祖父は業を煮やし己の子である父に、木村を「殖やす」の意を託し「殖」と名付けた。そしてまたその孫である私に、木村を「殖やして樹てよ」と「殖樹」と命名したのである。

もし仮に、戦争が続いて私が幼い決心通りに軍人の道を歩いていたならば、国家の大義の前に私事のいきさつは雲散して、家系や田畑の継承に囚われはしなかっただろうけれど、戦争が止み命を留めた今としては、私は祖父や父の思いを忖度《そんたく》し、一人息子として相続はどうにも逃れられない定めと感じたのである。

戦時下の南農は、時局の推移や世相の慮《おもんぱか》りを反映して他の実業校と同じに入学志願者が多く、従って厳しい選考を経た優秀な生徒が集まり、今でいう偏差値が高く気鋭の校風を誇っていたが、終戦と新学制の施行は再び時世の変化をよび、私らの入学時は普通高校の方に志望先が強まり、農業高校の南農の受験意識は下がり気味であった。

農家の長男だから南農に行き、南農を出たら農家の長男を継ぐという至極平凡な路線のせいであろう。だから、新制中学で三年間を過ごし、新制高校となった南農に初めて上がった六・三制の申し子の新入生は、旧制から引き続き五年目、六年目を通う在学の二年生、三年生には、多少軽んじられつつ、意識が高い時代の南農魂をそれなりに注力されていくことになった。

確かに堀金中学でも、普通高校へ進んだのは農家でないか長男以外であり、彼らは羽ばたいて行く進路に競争を予想して、それだけに意欲は高く小林、中島、真峯君らのように成績の上位者が多かった。小農家の私が「どうして農学校へ行くのかね、成績もいいいに」と人に聞かれた母は、「自分で決めたことだから」としか答えなかったが、まさしく自分で決めた方向であった。


南農の入学式の日、あらかじめ決められていた一組の教室の廊下に背の順に並ぶと、私は小さい方から三番目だった。一組から三組までは農業科で、四組は農業土木科だったが、このとき「土木科への希望者はいないか」と尋ねる声がした。農業土木科の生徒数がやや少ないのを調整するらしくて、変わろうかと一瞬ためらったが、そのままの列に居並び、先々このためらいを悔やんだことがある。

それはさておき、教室の一人机を背の高い順に後ろから詰めると、私は当然最前列の席があてがわれた。男子ばかり四十七人だが、卒業まで変わらぬ級友となった。

学級主任は等々力行敏先生、副主任は臼井龍之先生である。等々力先生は化学が専門だが私が選択科目にせず、卒業までホームルーム中心の指導でお世話になり、海軍の余話を聞いたり、後に剣道が竹刀競技として復活したとき模範試合に出たのを見たりした。臼井先生は体育の教師で大学を出たばかりの若々しい徒手体操を教わった。二年になって、学級主任は畜産の細田乙治先生に代わり、等々力先生は副主任になった。

冒頭に等々力先生から級長の指名があり、一組の級長は私、副級長は藤松利夫君がなった。入学式での新入生代表の挨拶は入学試験のトップらしく、式が始まる前に教頭の加納先生が「矢野君」と呼ばわって探した矢野正君で、彼が二組の級長におさまったから、級長は入試の成績によるもので、私も上の順で入ったのだろうと思った。堀金中学からは全日制課程の一割近い入学があったから、せめて級長でも母校中学の代表として他校に誇れるとも感じていた。たまたまこの年は南農創立三十周年で、記念祝賀行事の事業分担に各学級級長が繰り入れられ、私も生徒係に指名された。


実業高校だから一般教養科目が少ないのは自明だが、一年で理科がなく、二年で社会がないなど、三年間続いた一般科目は国語と数学だけで、しかも時間数は少なく、例えば英語は二年までやっても総時間数は普通高校の三分の一である。反面、専門科目は総合農業を主体に学年を追うごとに増えて、一年では養蚕と農業工作、二年で畜産、作物、花卉《かき》、果樹、農業土木、三年では農業経済、農産加工、育種、林業と多岐にわたり、そしてそれぞれに実習が伴った。

これまでの机上で思考するだけの勉強と違い、実地を伴う授業となると、自分の家での日常の経験や役割の差が如実に反映されてくる。何町歩（ヘクタール）もの田畑や果樹園を持ち、手広く養蚕を営み、牛馬を飼育し、動力を操る大農家の長男たちは、どんな実習も易々とこなし、また学習の内容を新手法にせよ改良にせよ家に持ち帰ってありありと活用していく。学習も実習も熱がこもっていく道理である。

これに反し、家族が食うほどを耕し、蚕も飼わず牛馬もいない小農の我が家は、懸命に携わるにしてもほんの片手間でしかなく、学習を実態に活かしきれない壁に当たって努力が萎えていくのを覚えた。やはり、入学式の日の呼びかけに応じ、農業土木科に移っていたら測量士補の資格が目指せたのにと、悔やんでも遅く、勉強には熱が入らなくなり成績が上がるはずもなかった。

気質も変わって、一年生の中頃からにわかにバンカラを増した。交友関係は別に述べるが、例えば学校での頭髪である。卒業間近の三年生の長髪は例外で、基本は丸刈りで普通は月に一回は床屋のバリカンで刈るが、長くなると先生から注意があった。私は「刈ってやるから職員室へ来い」とまで言われる指導も聞かず、二度ほどは四カ月伸ばし続け、さすがにむさ苦しい外見だった。それも二年生の終わりには、再び逆らって今度はいち早く長髪に変身したが、その頃から注意も下火となり許される風潮になっていった。

大学を目指すなら初めから普通高校のはずで、進学する目的はなかったが、二年生のとき「進学適性検査」があり、級友が試しにやってみようというので同調して受けてみた。

設問に手こずり散々な実力不足を感じたが、結果は南農では二番目の点数で全国平均点を大幅に上回ると通知され、先生から「大学へ行け」と薦められた。得点は覚えてないが、「あの成績でも」とほっとすると同時に大学受験に心が動き、翌三年生の「進学適性検査」は進学を前提に受けることになった。

「通知表」の教科は、長い文章を大意に縮め、かつ五段階の○印を数字に直した。

教科	学年	一学年			二学年		
	学期	一	二	三	一	二	三
国語	読む	3	4	5	3	3	5
	理解	4	4	5	5	4	4
	書く	5	4	4	5	4	5
	話す			3			5
社会	理解	4		4			
	能力	4		5			
	習慣	4		4			
数学	理解	3	4	4	4	4	4
	能力	4	4	5	4	3	4
	習慣	3	4	4	4	3	3
物理	理解				5	3	4
	能力				5	4	5
	創造						4
	習慣				5	4	4
保健体育	理解	4	5	5	4	3	4
	習慣	5	5	4	4	3	4
	技能	4	4	4	4	3	4
	参加	5	5	5	4	4	3
英語	読む	5	5	5	5	5	5
	話す		4	5			5
	書く		4	5			5
	聞く	5	5	5	4	4	5
総合農業	知識	5	4	5	4	4	5
	実技	5	4	4		3	4
	理解	4	4	4	4	4	5
	態度	5	4	4	4	4	5
	実習	5	5	4	3	3	3
	管理						

三学年 三 二 一	二学年 三 二 一	一学年 三 二 一	学年 学期	教科
3 5 5 3 3 3 3 3 3 3 4 4 経済	4 3 3 5 4 4	5 5 5 5 3 5 4 4 4 養蚕	知識 理解 態度 実技	養蚕・農業経済
4	5 5 5 4 5 5	4 4 5 4 4 3 2	知識 実技 態度	農業工作
4 4	5 4 3 4 4 4 4 4 4		知識 理解 態度	畜産
3 5 5 4 3 5 4 4 4 4 5 加工	3 3 4 3 4 3 4 4 4 作物		知識 実技 理解 態度	作物・加工
4 4 4 4 5 4 4 4 5 育種	5 5 花卉		知識 理解 態度	花卉・育種
3 3 4 3 3 3 3 3 3 4 4 4	4		知識 実技 理解 態度	果樹
5 4 5 5 5 5	5 5		知識 態度	土木
5 5 4 4 4 4 4 4 4			知識 実技 理解	林業

三学年 三 二 一
4 4 3 4 4 4 4 4 4 4
5 5 4 5 4 3 5 4 5
4 5 5 4 4 4 4 4 4
4 4 4 3 2 4 3 3 5 4 4 4
3 4 4 3 3 3 4 4 3 4 4 4 3 3 3 3 4 3

成績は悪かったが、実習は面白かった。付属棟で、例えば畜産では畜舎で牛、豚、羊、山羊、兎、鶏、七面鳥、アヒルなど家畜を飼い、時には羊を転がして毛を刈ったり断尾をしたり、農産加工では管理室で缶詰のほかポマードを作ったりしたが、主力は農場であらゆる穀物、野菜、花卉、果樹を栽培した。

水田、蔬菜園、桑園等の圃場は校地に隣接していたので、もちろん校舎の便所から自分らの排泄物を下肥として撒いたりした。果樹園、作物園、飼料園は、第二農場と呼び、学校から離れた堀金村にあった。

第二農場でりんごや桃などの剪定は、人気はあるが口喧《やかま》しいので「キャン」とあだ名された山田先生から教わったが、木の上で切る枝に手間取っていると、長い小枝を持った先生が「徒長枝は切る！」と下から股間を突いて促すので大笑いしたりした。

収穫期になると相当量の果樹の実が生徒の盗み食いで胃袋に消えたが、あるとき余りにも悪質な集団荒らしだと咎《とが》められた隣の二組は、三十人近くが一度に停学処分を受けて教室ががらがらになった。宿泊設備を整えた円形校舎と呼ぶ恰好のいいドーム屋根の建物があったが、作物荒らしを防ぐために泊まったことはなかった。

実習は学校ばかりでなく、現実の地についた教育としてホームプロジェクト＝家庭計画実習という生徒の家庭を通して行う実習があり、先生の巡回指導を受けながら、また地域の近い者同士がお互いに生の経過を観察しつつ実技の向上を図った。私はいささかおざなりだったが、実は卒業年に卒業論文が必要と聞いていて、入学当初から気になっていたので、そのための養鶏を選択した。

研究というには程遠い内容なのに、卒業後に機関誌が届けられると、私の論旨が掲載されていて驚きかつ慙愧《ざんき》の思いにかられた。当時の鶏卵の価格は一貫目（三・七五キログラム）当たり五〇〇円から一〇〇〇円までと高低に幅があり過ぎ、出荷時に嘆いたものだが、その発想に関わる部分を書き抜くと次である。

研究論文　「卵価格の変動からみて養鶏を有利にする一考察」

「序　論」（前略）その経営上の形態がどの様な位置を占めていようとも、農家の専業副業的存在である限りにおいての養鶏の終極の目的が、「如何にして純収益を多く上げるか」にある事も間違いないだろう。その為に誰も彼もが、優良雛の選別購入、育雛飼料と管理、成鶏の配合飼料と季節的管理、疾病の予防と処置、駄鶏の淘汰法等に躍起となり力を注ぐのである。それらはみな、いわゆる精鶏主義による産卵率の向上と諸費用の節約による生産費引下げによって収益をめざさんとする工夫研究努力の目標に外ならない。（中略）

私は二ケ年実施のホームプロジェクトと参考書より得た一つの意見を有している。即ち、卵価と産卵率との関係から見るもので〝卵価格に対処すべき鶏の飼育法〟ともいうべきものである。簡単に言って、〝卵価の高騰する時に如何にして多く生ませるか〟、いわば産卵期の人工的変化というものについて一考察を加えるものである。

「本　論」　産卵率の高い時に卵価が低く、逆に産卵率の低い時に卵価が騰貴する事は一般に経済界における市場価格決定の方式、即ち一つの商品に対する需要供給の関係から説明される事は他の商品と何ら変わる所はない。（表・鶏卵相場の歩み添付）

（中略）通常、三月〜五月が割安であり、九・十月が高値となっている。これは、三〜五月は季候的にも、また緑餌等が充分に得られる様な理由によって産卵率が高く、従って割安となり、九・十月は産卵量の下落により高値をよぶ事を示すものに外ならない。この卵価高騰こそ鶏の換羽（トヤ）の時期であるという関係が大いに影響し、産卵を低めさせている所以である。

（中略）卵価の高い折りに多量に生ませる事が、果して可能であるか。

まずその方法について次の二面より考察を加えよう。（項目以下略）

【1】換羽面より　・点灯飼育―抑制換羽　・栄養に留意すること　・強制換羽

【2】育雛面より　・秋ヒナ　・春ヒナ

「結　論」（後略）

（昭和二十八年七月、長野県南安曇農業高等学校農業クラブ『緑の農業』第十二号）

レポートで短いが、育種の宿題は出来がいいかもしれない。担任の務台先生が褒めてくれ、事情は分からないが「しばらく貸してくれ」と言われ貸した代物だからである。

「作物の品種改良における今後の動向」

○序論　作物の栽培に当たっての育種の重要性

作物の栽培に当たり劣悪品種を用いたのでは、どれほど適切な肥培管理を行っても充分な成績は上げられない。だから農家は常に優良品種の入手を強く希望している。昨年のビルマ稲の悲劇は、これを端的に表した最近の事実といえよう。

何故そんなに優良品種を希望するか？　それはより収量の増加を図る為には品種改良以外にはないからである。よしんば肥培管理をいかに研究し、うまくやった所で、それのあげ得る収量はそれ程大したことはない。それより革新的な一優良品種の出現によって――という事になれば、そこに我々の望みがあるのである。この様な観点に立つとき、また品種改良の今後の動向が我々に大きく響いて来るのである。

○本論　既往各育種法の検討

まず、既往の育種法それぞれについて、検討してゆこう。

【1】純系や系統の分離による育種法

在来品種が雑駁なものにおいては、まずその中から優良な系統を選抜分離する事により相当な効果を期待できる。その場合、自花受精作物であれば個体別に子孫を増殖する事により、容易に純系を得られる。また他花受精作物ならば自殖弱勢を考慮しながら、なるべく整一な系統に仕上げていく。

然し、この育種法では既存の品種とかけ離れた性質を持つ優良種を導き出す事は出来ない。この様な目的には次の方法を取る。

【2】交雑育種法

交雑する事によって、種々な品種の良い性質を次第に一つの品種の中へ取り込んでいく育種法で、稲麦を始めとして各種食糧、園芸作物では現在盛んに行われている方法である。育種目標に応じ適当な品種を選定し、交雑を行い、分離してくる多くの系統の中から、最も優秀なものを選び出す方法であるが、然し、これとても既存の品種の有する因子外に、新しい性質をもつ因子を導き出せ得ないのである。

【3】突然変異利用の育種法

突然変異はX線や化学薬品を用いて、人為的に発現させるもので、育種上に人為突然変異利用の可能性はしばしば論じられている。実際、実用的には無価値なものが多く生じるのであるが、中には有用なものを生じるので、これによって優良品種が成立するのに期待をかける育種法である。が、広義の突然変異に含まれる所の倍数体の利用を別とすれば、我が国では未だ実際化されていない様である。

然し、この方法の特質は、交雑育種法等が既存の品種の持つ因子を前提とするのに対して、新しい性質を持った因子の創造を企図することである。
○結論　今後の動向
結局、現在の育種の段階は、主に交雑育種法の行われている所より推して「交雑育種の時代」であると言える。先にも書いた如く、稲麦を始めとして盛んに交雑が行われて、今やまさに交雑の全盛時代、黄金時代である。

ここにおいては、多少純系、系統分離育種法は影が薄くなっており、極言すれば時代遅れの形となっているのである。

然し、私は次に来るものこそ、「突然変異利用の育種」と思う。そして交雑育種も影をひそめざるを得なくなるだろうと推察する。世は原子時代に移る。そして育種ではX線利用また化学薬品利用の突然変異育種時代に移るのである。

今日「農業革命は育種から」とか申される。それにつけても、それ程農業の発展に効力を示している品種改良の学問について、よりよく育て上げる為の我々の心構え、態度、努力が、今後の動向を決定する重大な因子ではなかろうかと、多少寒心にたえない所があるのである。

参考文献　【1】養賢堂「最新技術解説」【2】北隆館「遺伝」昭和二十七年六月号

（『育種宿題』南安曇農業高校三年）

演劇部、柔道部、交友

入学して間もなく、三年生の下条皓資さんから演劇班（後に部）に来ないかと勧誘された。旧制の農学校五年生を一年延長した新制高校の三期生である。下条先輩は堀金校では姉と同年で見知っていたが、とても二年違いに見えず、旧制の教育はこんなにも成長させるかと思うほど大人だった。

秋には演劇班の第二回公演があるので、放課後は班員を集めて会合をもち、自作の脚本を見せたり意見を言わせたりしながら準備を進めていた。家が学校に近い中堀にあり、会合のあとは同じ三年生の平出澄夫さん、二年生の丸山誠さんがよく出入りし、私も下級生ながら一緒に誘われて寄ったり泊まったりで、哲学とか文学とかまだ私の及ばない議論や解説を聞いた。演劇班での上級生との交流は、まだ思春期の感じやすいさなかにある私に、考え方や生き方などあらゆる面で大きな影響をもたらした。

センチメントにとどまらずバンカラもあって、私も好んで同調して荒ぶれた。ある日の帰り道、三年生二人が常習の隠れ煙草を吸いに田の土手陰に腰を下ろすと、まだ吸わない二年生と私は、二人の黄ばみかけた指先と紫煙のくすぶりを眺めていた。ひとしきり雑談の後、下条先輩が「明日は鳥鍋でもやるか」と話をまとめて散会し家路につき、翌日の日曜日となる。遅めの朝、下条家に寄り呼ばわると、途端に「ぐわー」と鶏がけたたましく鳴き、「皓資や、何をするの」と咎める母親の声がして、やがて鳥小屋の方から逆さに吊るした白色レグホーンの足を縄で結わえた先輩が出てきた。野菜ばかりでなく、よもや鳥まで調達するのに驚かされた。

行く先は常盤村の山の中で、待ち合わせた駅から自転車を二人乗りし、登り道で降り、つづらの道を逆上った小さな渓流のほとりに場所を定めた。枯れ木を集めて火を焚き、鳥を絞めて羽をむしり、具を切り調味を施す。スルメもあぶって、酒は日本酒を一升ビン（一・八リットル）を二本。高校生の見よう見まねの鳥鍋の味がいいはずはないがよく食べて、茶わん酒と雰囲気に酔いしれて放歌高吟、昼寝で一時休戦をしたり酔い覚めにせせらぎの水を汲んだりして夕方に引き上げた。遠出はこの一回で終わり、あとは校内の合宿や帰りの田の陰で粛々と酌み交わしていた。

教室で弁当を食べていると、ある三年生が「木村はいるか」と呼びに来て、立ち上がると一瞬「お前か」と、多分余りにも小柄な私の体に拍子抜けしたと思われるが、ためらい顔をしながらも二階まで来いと言う。ついて行くと彼の組の教室は全員が座って待っていて、黒板の前に立たされ、その呼び役が司会と進行をする吊るし上げにあった。「数日前に酒を飲んだ」のが罪状である。それはウイスキーの時だったので、「酒ではなくウイスキーです」と言うと、笑い声や怒鳴り声に交じり「バケツを被せて叩け」という脅し声も入った。仲間の名を聞くので、飲んだ演劇班の上級生三名を告げると、途端に「余り飲むなよ」で簡単に終わったが、態度や素行が目立つ一年生は、こうした上級生の呼び出しを食らい、中には手ひどいしごきに晒《さら》されたりした。

個人ばかりでなく全体のこらしめもあり、新入生が通学になじんだ夏の初め頃、校友会の風紀委員会という組織から一年生は全員集合と号令がかかった。

特別教室の板敷きに腰を下ろしていると、周囲を三年と二年の風紀委員、実は応援部や運動部の猛者や番長らが混じる強面《こわもて》集団が取り囲み、「正座して目をつむれ！」と指示して姿勢を正させる。風紀委員長が、「入学から今日までを反省する！」と反省会の始まりを宣言し、「まず四月」と風紀を乱した事例をあげつらい、いかに校風を保持するかとお説教を垂れる。

委員長は成績のいい硬派で、なかなかの名調子を延々と続けて、後ろの方では正座による足の痺れや痛さで動いたり倒れたりする音がして、取り囲む上級生の叱咤が響いた。板敷きの説教は一時間余りで終わったが、戦時下から続いた旧制南農の習わしであった。そして、この反省会は悪弊だとして翌年の新入生から行われなくなり、これが名残納めとなった。

なおこのとき、私が先に吊るし上げにあったウイスキーを一緒に飲んだ演劇班の丸山先輩は、二年生にして応援部を支える名うての強面であり、その場で大声を出していたが、そっと私の肩を叩いて目を開けさせ、足を崩してもいいと手真似で知らせたが、私は断ってやせ我慢を続けていた。

さて、演劇班についての思い出を書いた文があるが、出だしを省くと以下である。

「おーい、ジェルヴェーよう！」

（前略）横浜に居を構えた時、写真や手紙など自分の持物とする品々は生家から移したので、小学校時代から高校卒業までの文集やらパンフレットやらは結構残って手元にある。例えば、（中略）高校では、夏休み・冬休みの宿題の答案の「作文」や「研究」また「卒業論文」、ほか学芸部や農業クラブの機関誌の「凝視」や「緑の農業」が有る。

（中略）出色の一つは、「南安曇農業高等学校演劇班シナリオ『銀の燭台』」で、昭和二十五年度大品評会に公演した演劇のシナリオであるが、まさに高校生活を想起する源となった。私は勧誘され入学直後から演劇班に属していて、その一年次に読み込んだものである。

シナリオは半世紀の間に、粗末な安表紙の地は赤茶色に焼け、染みが出放題のガリ版刷りである。ガリは手分けしたのであろうか、青と黒のインクが入り交じった、28ページ程のB5判袋とじの冊子である。

脚色は阿木翁助で全五景、登場人物は本来二十名は要るのだが、都合により端役をはしょったらしく、実際に舞台衣装を着たのは十三人である。マイクの声と、舞台装置ほかの裏方は十人で演劇班員は計二十三人。それに外部から演出と助演出の特別顧問二人、加えて演劇班顧問教師が二人、総勢二十七人である。

◇　◇

『銀の燭台』の主役ジャン・バルジャンは二年生吉澤保氏、長い独白があって苦労しプロンプターも活躍した。旅館の主人役は二年生丸山誠氏、猫背の体が似合った。旅の牧師役は三年生下条皓資氏、なぜか客席から笑いの応援が起こった。私は少年芸人プティジェルヴェー役、当時一五〇㎝の小柄が起用された。

公演後、私は嬉しくもまた恥ずかしくもあったが、しばしば学校内外で「ジェルヴェーよう！」と呼びかけられた。それは、第五景のジャン・バルジャンの台詞に由来する。

場面の筋書は、木の下に休むジャンの足元に、少年ジェルヴェーが放り上げた銀貨を転がし、ジャンがその上に片足を乗せる。少年が足をどけて返してくれとせがむがジャンに脅されて少年は逃げ去る。ジャンは、ややたって我に返り、後を追い、旅の牧師に会うが少年の行方は見ないと言う。ジャンは掠めた銀貨に別の銀貨を足し牧師に寄進する。

このとき、ジャンが（暗い野末に向かって）「ジェルヴェーよう！　ジェルヴェー！　おーいジェルヴェー！（返事はない）ああ。」（と絶望してよろめき）（木の根元に倒れて）

号泣する感動の終幕なのである。

◇　◇

次の年、二年次の昭和二十六年は岸田国士『椎茸と雄弁』公演で、総勢二十六人。私は旅館のおかみの役で端役だが、元前進座の女形が一人来られて、女装の指導を受けた。

更に、三年次の昭和二十七年は秋田雨雀の『三つの魂』公演で、総勢二十七人。この年は会田分校から女子の入部があり、南農最初の男女共演で、『第四回公演ビラ』も賑々しく誇らしく女優名を載せている。私は舞台監督であった。

卒業までの間に演劇班はいつしか演劇部となったが、私と三年続きの仲間は等々力義人氏たった一人しかいない。だから、来る年毎に二十数人もが出入りしながら公演を遂げたのは、今にして感心する。この不撓の数合わせ、力合わせの根源は一体何であったろう。延べ八十人の面々に聞いて見たい気がするのである。

時あたかも母校が創立八十周年を迎えるに当たり、南農演劇部活動の更なる発展を望み、部に身を置いた諸兄姉らと一堂に会して今昔を語り合いたいと念願する。

「おーい、ジェルヴェーよう！」と、安曇野からお呼びくださる奇特な御仁は居りますまいか、心からご期待申しあげる次第であります。

（平成十二年十月、南農同窓会東京瑞穂会会報『みずほ』第十三号）

小学校の学科には体操と並んで武道があり、文武両道を備える軍人になるために、自然に武道に長けるべく期待していたが、終戦で止み、中学校でもその種の活動は閉ざされたので剣道も柔道も見ることさえなくなっていた。南農でも入学当初は野球、籠球、排球、庭球、卓球、陸上競技、水泳、山岳などの運動部はあったが、まだ武道の類《たぐい》は復活していなかった。

ところが、翌二十六年、経緯は知らないが学内の活動が認められ、竹刀競技と名を変えた剣道は兆しただけだったが、柔道の方は動きだした。学校にはまだ畳の用意さえなく、肝心の道場は差し当たり豊科警察署の道場を借りる急場しのぎだが、部員はこれまで市井の町道場にひっそりと通っていた有志らが集まった。松本の清水道場の門下生が主将になり、その仲間も多く、そこに級友の加藤恒安君と降旗三郎君が中萱駅の側近くの修道館から加わり、私が柔道を始める端緒となった。

柔道部へ入る前に、まず修道館へ入門して手ほどきを受けることにし、暑くなる六月二十五日から通い始めた。放課後も何やかやと遅くなるが帰宅するやすぐ夕飯を掻っ込み、下校そのままの自転車を乗り次ぎ、四キロ先の中萱へ走った。師範六段の宮沢先生はほとんど道場に姿を見せず、師範代や他の黒帯らに受け身から教わり始め順々に仕込まれたが、加藤君は背負いで中信地区で三指に入る選手、降旗君は足技の名手で、特に降旗君に教わると初めは得意の足払いの連続でほとんど立っていることさえできなかった。

始めて間もなく暑中稽古になったが、私は一日も休まず通い八月八日付で「皆勤を証する」賞状、九月二十五日付で「柔道六級に進むる」免状を受けて、やっと柔道部に入る素地が整い警察の道場での練習に参加し始めた。

右の背負いと肩車、左の内股と大内刈りを軸にして、級友直伝の出足払いを効果的に、体をかわすのが割合うまくて、そう投げられない柔道をしたが、寝業はからきし弱かった。対校試合は二度ほど二軍で出たが、引き分けばかりだった。

修道館に大人びた中学三年生がいて、門下では先輩だから乱取りで投げられて悔しい思いをしたが、次の年に南農に入学してきて柔道部で袖を連ねた。約半年だが、彼はもう倒れ放題で全く私の敵ではなく、「強くなりましたね」と驚嘆し、私も自分ながら練習の成果に驚いていた。

秋祭りの時季、ある集落の宵宮に出かけ、演芸を見やったり夜店を冷やかした帰りがけに、柔道部の三年生の一団と出くわした。遅かったが更にたむろしていて時間が過ぎ、何人か帰るべき電車がなくなった。降旗君が一緒で、彼の家は近いが雑魚寝をするにしても八人は多いし、女が一人いて具合が悪い。女はある三年生の同級生で、お宮で会ったという。話のはずみで修道館に潜り込むことに決め、降旗君の家から布団だけ運ぼうと、皆で分けてかつぎ道場へ行った。

道場の真ん中に敷布団と掛布団を四組揃え、一組に二人ずつ寝るのだが、「木村、お前が一番真面目そうだから彼女と寝ろ」と、端の組を割り当てられた。三年生らがはやし立て、こそばゆい気持ちで背中合わせに寝たら、布団の中で女の手がそっと私の手を握った。どきどきしながら握り返したりして、そのまま朝になった。

一週間ほどして、女から「会いたい」と短い手紙が来た。年上からの誘いに気持ちが揺れたが、降旗君に相談し、丁寧に断ってもらっておしまいになった。

翌年の春も、やはり祭りの見物に出かけて、思いがけない事態に巻き込まれた。翌日、寝不足気味に登校すると、ゆうべ祭りがあった地籍でわいせつか暴行か婦女が襲われる事件が発生したというのである。自分には関係ないことと聞き流していたが、午前の数学の授業中、川井先生がちょっと席を外して戻ったら、「木村、加藤、降旗」と三人を呼んで警察に出頭せよと言う。

教室を後にしながら加藤君が、「ゆうべの事件に違いないが、お宮で会った柔道部の者の名前は言うなよ」と釘をさすので、「そうはいくまい」と言ったものの、新主将の体面に一応了承した。確かにお宮で会った学校仲間はかなりいて、柔道部員も多く見ていた。

刑事は時々柔道を一緒にやる顔見知りだったが、私情が挟まるわけもなく淡々と、初めは三人別々の取調べで当夜見かけた顔や名前と行動を聞いた。我々が答えなければ進展もないわけで、刑事はやがて昼飯時になると三人を一緒の室に入れ、その前で無言でラーメンを食べはじめた。醤油のいい匂いが立ち込めて腹が鳴り、惨めな気分になった。刑事が丼を置きに行くのを見せかけにして、しばらく席を外したとき、誰ともなく「名前を言おう」と決めて、帰ってくると話しだした。終わったのは下校間近の時間で、川井先生に報告してから弁当を食べたが、腹は空ききっていた。

容疑者として春に卒業したばかりの先輩の名が挙がり、その後すぐ釈放されたと噂に聞いたが、嫌疑不十分だったのか、強制わいせつは親告罪だから告訴が取り下げられたのか詳細は分からない。

同じ組で親交があったのは田口典敬、赤沼克健、宮澤幸雄、小西清経、岩月誉幸の五君である。田口君は堀金小学校の一年生から続く気の知れた親友、赤沼君は野球、宮沢君は卓球が得意のスポーツマン、小西君は三年で校友会会長を務めた雄弁家、岩月君は兼業の博労を助けた苦労人で、それぞれ一家言をもった優秀な仲間だった。

二年生の半ば頃からは三カ月ごとにコンパをすることにして、各家を回り持ちで飲み、我が家の当番は丁度新築したばかりの昭和二十六年暮れだったが、酒は三升が軽く消えた。家の者たちは関係なく自分らだけで飲む決まりだったが、新築披露も兼ねると名目をつけ母も姉も接待役をしたので、六人はわいわいと大騒ぎで、雑魚寝までも楽しかった。

一つ思い出すのは、入学したてに校内弁論大会があり、組を代表する弁士を出すに際して、まだ小西君が目立たないときで、日頃一番元気な男がよかろうと岩月君に衆議決定した。論旨は級長の私が任されて、何とか作り、読み込む練習もしたが、当日の岩月君は全く普段の大声が出ず、弱々しい声音で皆の期待とは裏腹に入賞できなかった。

私は、何かの論説をつぎはぎして次を作ったが、戦後の物の考え方の変化についてはまだ納得が不十分で、自分の気持ちとちぐはぐな論旨に躊躇《ちゅうちょ》したことを覚えている。

「終戦後五ケ年の歳月」

十年一昔と言いますが、五年前の、終戦の日の記憶は我々の胸に生々しく、まだ新しい印象であります。終戦後五ケ年の歳月は決して短くはなく、この間に我々は多くの事をいたしました。身近な衣食住についても、顕著な回復を見せたといって良いでありましょう。食糧の買いだし、頻々たる停電、疲れ切った引揚者、それらの多くは過去の思い出となろうとしていますが、五年前は、今日この程度の生活さえ見当がつかなかった、というのが本当であります。

しかし、先般発表されました政府の経済白書によりますと、我が国の経済水準は戦前に比べて鉱工業生産八割、農林水産九割であり、我々の国民生活水準は七割余に回復したとしています。ただし二割も増加した人口を思えば、決して高い水準ではないのでありまして、貿易がまだ戦前の三割しか回復して居らないという事も、まだ自立の道が遠い事を教えております。

それにもかかわらず、この程度の回復を見せたという事は、外国の援助、特に米国の援助が大きな力で有りましたが、国民の逞しい努力こそ見逃せない事実であります。

「平和と民主主義」という、我々の新しく掲げた理念についても、五年の歳月は物を言っています。例えば満州開拓団の悲惨極まる集団自決、日本必勝を信じ込んでいた絶望感が、むごたらしい行為をさせたのでありますが、当時の日本人は、それを大した不思議とも考えなく仕込まれていたのであります。

現在、その時と同じ様な環境に置かれたとしまして、日本人らしい道徳と名誉に叶った行として、自ら是認するでしょうか。今なら決して是認しないでありましょう。即ちこれ、我々の考え方の変化の例であります。

虚脱、それからの立ち直り、今度は行き過ぎやはき違え等、批判の対象となるものも決して少なくはありませんが、それも徐々に是正されてきております。無論、我々は、五ケ年の歳月を最も有効に活用したとは言えないにしても、全体として空費した時間は、それ程多くはなかったと言ってもよいでしょう。成長には飛躍の時もありますが、その後には、じっくり踏みしめて歩く努力がより必要なのであります。

口に平和を唱える反面では、暴力、侵略を肯定する者もあり、理想への道はまだ遠いのであります。我々が今後必要とする努力は、今までの努力よりも易しいとは言えず、むしろ困難は倍加すると考えるべきであります。そして、一度拓きかけた成果をくずさず、その上により新しい努力を積み重ねて行くならば、やがて「平和と繁栄の理想」に達するに違いありません。

過去五年間の努力設計の誤りを言うとすれば、五年前に定めた事は何の値打ちもなかった事になります。果してそうか。誤りとする或る意見が伝えられれば、直ちにうのみした様な意見が出るのは誠に遺憾であります。我々は、不完全ではありますが、五年間に作り上げた心構えを、引き続き育て上げて行こうではありませんか！

（『校内弁論大会原稿』南安曇農業高校一年）

学校農業クラブ

入学時の校友会の部は農芸部、新聞部、図書部、弁論部、学芸部、運動各部の順で、さすがに農芸部は農業高校だから建制順序の最右翼に並んでいた。しかし、実際に活動する作物、蔬菜、果樹など十一の組織体は班として下部組織に置かれ、野球部などの部より格下の位置にあった。それが丁度この年の二月、古い農村社会から脱却し明日の新しい農村文化建設の素地を養成するには、高等学校農業課程に在籍する生徒の自主的な計画、自発的な精神に基づくクラブ活動が必要だとの認識のもと、農業クラブ組織の全国連盟が議され、県下から本校に及んでいた。

本校は、学校農業クラブはホームプロジェクトと共に新しい農業教育の両輪であるとして、四月から目的や性格や運営方法の研究を始め、今までの農芸部の内容や組織を農業クラブの線までもっていくと決め、七月に農芸部をそのまま学校の農業クラブと改名し結成した。そして、十一月、日比谷公会堂において「日本学校農業クラブ連盟」を華々しく結成するのに力を貸したのである。

翌年新学期、私は一組から農業クラブ副部長の二年生候補に推され、役員はクラブ総会で選出する決まりで、校友会長などと同じ全校投票が設定され、接戦の選挙に勝ち副部長になった。部長は三年一組の二木良司さんで、一組同志が提携しあった結果だった。

単なるクラブ活動だと軽い感覚でいたところ、実態は厳しく忙しかった。全国組織が発足した大きな期待感の上に、長野県連盟の中で南農という伝統校の体面を保持する責任を負ったのである。

まず自校の基盤の確立が第一で、先生方も関心深く、殊に顧問の宮林弘先生が熱心に動かれ、二木部長を懸命に指導し牽引され、私も自ずから引き込まれていった。夏休みも八月十七日から十九日まで三日間泊まり込みで「長野県学校農業クラブ連盟幹部講習会」に参加し、中信及び南信の北安曇農業、穂高、梓川、桔梗ケ原、下伊那農業、赤穂、上伊那農業、高遠、中箕輪、辰野、富士見の各高校の代表らと、講演を聞き講義をうけ、会の持ち方やキャンプファイアーの仕方まで学習した。後に本校の規約改正、組織づくり、事業計画に取り組んだとき、ここでの勉強が貴重な土台になった。

次の年の選挙で私は会長に当選し、副会長の三年生赤澤安幸君、同じく二年生の藤原保信君とトリオを組んだ。既に校友会の会則を改正して、今まで部の位置にあった農業クラブを、他の部を総合した上の地位に昇格させ、下部組織の作物、蔬菜、果樹などを部としたので部長、副部長の名称は下に移していた。ただし、校内では校友会長との混同を避けるため、会長ではなくクラブ長と呼ぶことにしていた。

会長になって、四月十九日に県連から第三回総会が招集されたが、私は赤澤君と藤原君を派遣して、自分は意図的に欠席した。前々から県連会長に指名される予測があり、私としては自校をまとめる努力で精一杯だから、とても中途半端には受けられないと思ったのである。宮林先生の理のある説得を得ても、なお我を通して不参にしたら、やはり総会で推挙されて、赤澤君が本人の欠席を事由に奮闘してくれ、やっと辞退できた。推挙から辞退まで三時間ばかりの間、仮の県連会長だったのである。長野県の会長という名誉を固辞したことは、公的ばかりか私的にも葛藤があり痛く心に残った。この辺を、後に早稲田大学政治経済学部教授になった藤原君が著書にさらりと記された。

南農は、普通の高校の形の生徒会と農業クラブの二本立てであった。（中略）選挙には、農業クラブ副会長に私が立候補し、当選した。このとき二年次より会長に当選したのが、上高地帝国ホテルの山案内人として有名な木村殖氏の子息木村殖樹氏（現在帝国ホテル勤務）であった。つけ加えておくと、木村氏は県農業クラブの総会で県連の会長に選ばれたが辞退された。次年度南農農業クラブの会長に選ばれた私は、顧問の先生のお考えもあり、県連会長を覚悟していったがこのときは他校が会長校に選ばれほっとしたものである。

（藤原保信『学問へのひとつの道』）

県連の会長は辞退したが、中信地区の理事校となり、理事として地区協議会とか地区研究発表演示会とかを通じて県連の役員には連なっていたが、主体は本校の活動であった。独断専横もしたけれど、農業クラブを軌道に乗せるためにいささか力を尽くしたという自負がある。何をしたか見ると、主には総務本部の活動だが、次のような報告がある。長い報告なので各項は略して要点のみである。

「本校農業クラブ第三年目の活動」
南安曇農業高等学校農業クラブ会長　木村殖樹
〝基礎の強化と共に本質的な活動への展開〟これが我が農業クラブ第三年目を迎えての主目標であった。だから総てがこの線に沿って行われ、三年目という重要な時期の確立はこれによって図られたのである。しかし、「果して目標は達成されたのであろうか」、私は今日ここに一抹の疑念と期待の中に今年一年クラブが歩んだ道をたどり、少しく回顧してみたいと思う。

旧年度中の三月某日に〝新年度の運営方針〟と銘打ち、計画その他の発表と共にクラブ員の加入と勧誘の第一声を放って以来、活動を開始したのであるが、それから第一回総会が開催されるまでは何となく落ちつかない気運が漂っていた。

待望の総会は六月十九日であったが、この総会開催と同時に〝本質的な活動〟達成が活気づけられたのである。

以下主な行事について記してみよう。

一、総務（本部）の活動

【1】南農市場　豊科町の中央で開催する町の名物、市価の一〜一・五割安

八月夏休み中に七夕・お盆の前後三日間、生徒自身の生産物を生徒自身で販売する市場。野菜、果樹、花卉ほか加工部特製南農ポマードまで販売。

【2】実物鑑定競技会　生きたもので〝生きた眼〟を養成する

九月四日、第三回実物鑑定競技会。麦（穂桿共）類、林檎梨の果樹類、トマト茄子等蔬菜類、菊アスター等花卉類、桑葉、田畑の雑草類を問う。展示一三〇種。

二月五日、第四回実物鑑定競技会。種子（菜豆、草花、麦、籾等）、薬剤、夏期第三回に出なかったもの。ほかに発動機を置き部品名を問う。展示一三四点。

各回入賞者五名に賞状賞品、参加者に参加賞。

【3】リクリエーション会

八月十三日、各研究部別対抗球技会。

【4】研究発表会　ホームプロジェクト実施者を主体

十月二十五日、第四回研究発表会。卒業生の４Ｈクラブ員特別参加。

三月五日、第五回研究発表会。卒業生の農業クラブ賛助会「緑友会」参加。

【5】機関誌及び機関紙の発行

機関誌「緑の農業」発刊。第九号、六月十五日、44頁。第十号、十月十五日、46頁。第十一号、十二月二十五日、48頁。クラブ員全員に配布。

機関紙「農業クラブ報道」発行。随時。

【6】斡旋事業

四月、蔬菜種子・花卉種子。五月、バッヂ・バックル優良品。六月、甘薯苗。十一月、農業図書。一月、便箋・手拭い優良品。二月、蔬菜種子・ビニール。

二、各研究部（分会）の活動

略

三、大品評会　主催は校友会だが農業クラブが中心

略

最後に、本校農業クラブに一層のご支援ご協力を賜りたくお願いし、併せて他校農業クラブ並びに県連盟の発展を祈って終わりとします。

（長野県学校農業クラブ連盟『山彦』第三号）

昭和二十七年十月九日・十日の二日間、東京神田の共立講堂で学校農業クラブの第三回全国大会が挙行され、果樹の清水先生が付き添われ副会長の赤澤君と出席した。全国六百余りの農業クラブの二十万人のうちから参加したという誇りがあった。農事についての

「研究発表」、「クラブ活動の発表」はありきたりに聞いたが、〝農業クラブは今後どんな努力をしたらよいか〞という「協議題に対する意見発表」には、同じ高校生がどんな考えをもつかという関心が大きく、耳を傾けた。

卒業式前日の昭和二十八年三月十六日、久保校長の手を通じて、私は日本学校農業クラブ連盟から表彰状を受けた。「学校農業クラブ活動に尽力し、これが発展に寄与した功績が顕著であるので本連盟の規定によって表彰する」と読まれたとき、自分一人の名誉ではない、学校全体の代表として栄誉を受けるのだとの思いがよぎり、そしてすべてが終わったという安堵感に包まれていた。

純なるもの

先に引いた藤原教授の著書に「国語は傳田静雄先生に教えていただいた。小諸における島崎藤村門下のひとりであり、それだけに文学と教育をこよなく愛しておられた。時には教室で和歌の朗詠をやり、詩吟もされた」と紹介された傳田先生は、同じく私の二年生からの国語の先生である。少し痩せたほほ骨が、ときには詩歌の解釈の熱弁で紅潮した。休みのたびに読後感を記せとか短歌史を書けとか生徒には宿題が多い厄介な先生だったが、卒業直前の年末年始休みの宿題は作文だった。

ざっと書いて提出したら、長い講評が添えられて驚くと同時に感激した。学窓の巣立ちに当たり、激励と指針を熱心に丁寧に書き込まれ、先生の教育の心を確信してありがたかった。あえて評と共に記したい。

「大晦日雑感」

隣の居間の高笑いの声にフッと目が覚めた。どこかで秋刀魚でも焼いた匂いが、かすかに漂っている寝床で、ウーンと一つ大きく背伸びをした。「今日でもう二十七年も終わりだ」そんな気が瞬間に起きてこないでもなかった。

それにしても少し寝過ぎたかなと思って、手探りに枕元の腕時計を取ってみると、もう八時半を少し回っている。昨夜の勉強が余り能率が上がらず、消灯したのが一時近くだったから無理もないと、自分で自分に弁解し、そしていつもの神経質的なくせで何時間寝たのかと指を折って勘定してみたが、標準の八時間にならない。少し惜しい気がしつつ、まあまあと思い直し、少ししぶい眼をこすって布団を上げた。

隣の居間に誰か来ている様なので、寝坊をして今頃起きて行くのが恥ずかしい気がし、折角出て行こうと寝間着の前を正したのに何かためらって、少し埃のもんもんとしている寝室で炬燵にしがみついて、しばらく隣の話を聞く事にした。

大仰なあの話ぶりはどうも隣の啓おばだと思った。家でおばに少し金を貸してあったが、どうもそれの返済に来たらしかった。が、あの人を食った大げさな話ぶりと、人を馬鹿にする様な高笑いは、この暮れの多忙中にという事と相まって気に食わなかった。あの忘れ屋が金を返しに来たのがせめてもの幸い、と一人でクスンと笑った。

母達は一応の用件が済んだらしく、例の茶飲み話に花を咲かせていた。相変わらずの世間話だった。信州の炬燵は、ただ暖を取り冬の気分を余計にかもし出すだけでなく、近隣の人との親密度を増す事もできる、いわば妙に打ち解けて話のし良い場所でもある。が、それと共に人の噂や悪口の絶好の場所でもあるのだ。そしてここでは、新ニュース珍ニュースを豊富に持つおしゃべりばばが重宝がられ、ばばは、ばばで鼻高に多識ぶりを発揮するのだ。

まず、正月の餅を何升ついたという事に始まり、家の親父さんは帰って来ないか、中田の赤ん坊のお宮参りは何日か等、しばらくは他愛ない雑な話だったが、一段と声を小さくして、これが取って置きの話だという風に啓おばが話しだした。母の盛んに茶を勧める声が入り混じった。

「おらネ、こないだ、こんな話を聞いたいねー」

と、一寸形式だけの口止めをして話しだしたのは、私がついぞ今まで聞いた事のない話だった。というのは……、通称「うえき」で通っている松平さん家の事で、

「あそこの梅吉さが、どうも松平さの実の子じゃないらしい」と言うのだ。

「あの新宅の竹次さと、まつえさとチョイチョイ遊んでいたそうだじ」

そういえば、あの竹次さは兄の松平さが嫁をもらった後、新宅を出すまでしばらく同居生活をしていたそうだが、本当かなと思った。

「そういやー、梅吉さはどうも竹次さに似ているじゃねーかい」

「わたしは、叔父だで似ていると思っていたが、その話はふんとかいね」

「あい、どうも梅吉さは松平さの子じゃねーって言うじ。まつえさとチョイチョイ遊んでいたと言うで。きっとそうだに、みましょ」

ついに啓おばは似ているという事で断定してしまった。往々にしてこんな所から悲喜劇

が演ぜられるのであろう。

「やじゃないかねぇ」

本当にいやだ。話の種になっている当人より、得意然として話す御仁までもである。話はここで一段落ついた様だったが、私は棍棒でガンと撲られた気がした。常にあの竹次おじは良い人だと思っていた。それは朝夕の何となく優しい挨拶に、また田植グミを気安くくれたという童心的なものからもくる感じなのだが、事実、世間的にも認められていたのであろう。村会の有力者にまでのし上がっているのは、満更金持ち故でもあるまい。こう考えれば考える程、あの人にもそんな汚い忌まわしい事があったのかと信じられなくなった。

それにしても人の世はそんなに汚いものなのか。

田村泰次郎の『肉塊』なる小説が思い出された。〝人間の生まれた時（赤ん坊）はただ一塊の肉に過ぎない。しかし、それが教養されるにつれ、ほんの少しではあるが倫理道徳が身につく。その時が二十歳前後である。しかし、またそれが四十五十となると、再び生まれた時同様のただの肉塊と化してしまうのだ〟という。私はこんなモノにはなりたくない。といって、これは逃れられない事かも知れぬ。だったら、同じ肉塊でも新鮮な肉塊になりたい。それにはよほど勉強せねばならないだろう。

母と啓おばは、まだ「隣の男やもめとある人妻とがどうのこうの」、と話をしている。

私はどうも我慢がならなかった。いやそれらの話が、我々に満更好奇の眼を見張らせぬ話ではなかった。だが、この年の暮れの最後の日に至ってもまだそんな汚い話をする、それに対する何とも言い様のない潔癖感、嫌悪感がしたからだ。

再度寝間着の前を正して、居間と寝所との間境のからかみを開けた。一瞬話が止んだ。素知らぬ風で予想していた啓おばに挨拶した。言ってから少し声が嗄れていたと思った。母が取りなし顔に、「夕べ遅くまで勉強していたものでネ」と言ってくれたのが嬉しかった。

早々にそこを退却して、下駄を突っかけた。そして少し凍って下駄の跡やらで凸凹になっている川端に歯ブラシをくわえて出た。

「だが、人の世って、皆そんなものかしらん」。見るも聞くも男女関係の忌まわしい行為に関した事ばかりだ。そうしてそれらを、それらの人々は本能に結び付けて素知らぬ顔をしている。決してそれらは本能だけで解決さるべきものではなかろう。

本校の某先生が、一時ある女工と関係して、子供をおろした様な噂が乱れ飛んだ例がある。我々はその時、その話を信用できなかった。中学の先生にはそんな人が居なかったし、余りにも尊敬の念が強すぎてか疑う気さえなかった。そして、先生とはこの世における最も正しい人の集まりとさえ思っていたのであった。だが、その後に至り、それが確実だという情報が入った。上級生がその先生を教室に呼び忠告を与えたという事も伝わった。何故か、我々はその後どうしてもその先生の言うことを聞きたくなくなった。

学校に居る間だけの先生で、外へ出れば自由奔放、ダンスホールその他諸々の娯楽場回りに享楽を追い浮身をやつす生活、先生と全く別人の如き行動をとる先生が少なくないと聞く。それがえてして若い先生と聞く。例え幾程なりとも道徳倫理をわきまえている筈の若い世代の、タダの肉塊と違うべき所の……。これがアプレと言われる所以なのだろうか。

歯を磨く手が時々止まった。胸を伝わって粉が舞い落ちた。だが、連想はなかなか尽きなかった。頭がボーッとした。何が何だか分からなくなった。すべてこの世は複雑だ、その上矛盾ばかりが溢れていると思った。それは余りに我々の理想が大き過ぎる訳ではなかろう。大人の生活が自然にそうしてゆくんだろう。

何にしても、我々は種々の事を知らなさ過ぎる。種々の事に未経験である。それは確かだ。しかし、どんな事にもせよ正しいか否かの判断は一応つくつもりである。だから、我々は、少なくとも私は自分の良心の命ずるがままに、正しい方向へと進みたいと思う。

飼い犬のジョンが後から来て、体をすり寄せた。下駄の高歯がゆらゆらした。川面に冬の曇り空が映っていた。流れる水は人の世も知らぬ気にどこまでも澄んでいた。手にすくって水を口に含んだ。冷たい水だった。歯のズイまでもしみた。

芸術祭参加の放送劇『ボタモチ』の時の、おばあさんがわめいた「悪いこたあーしちゃーならねぇ、悪いこたあーしちゃーならねぇー」という声が、水の冷たさと共にズイまでしみる様な気がした。

（『国語宿題作文』南安曇農業高校三年）

「啓おば」の表現はうまいと思った。世相をよくつかんで、深みに触れんとしている。筆がよく達しているし、中身もよく人生につっこんでいる。学校の先生の問題はすぐ鼻先に対立しすぎるなま臭みがあるせいか、この場合どうかと思った。変に醜悪な感じがしたし、考えようによっては時が経っていないので、今、更に重大な問題を起こす様な現実性をはらむ点で「かりそめ」に口にしてよいことかとも思った。そして文脈も前からの感想につながる様でありながら、そこだけが妙に切り離されて浮いている様に感じられていやな気がした。そして更に事実の程もとりとめもないので。

我々はもう一歩踏み越えて行かねばならぬ。道草は食って居れぬ。雑草どもは切り払いなぎ倒して、ぐいぐいと透徹の一路に邁進せねばならぬ。「天来の新しき輩」はすでに黙々と遥か前方をつき進んでいるかも知れぬ。かく思えば胸もうちふるえるのである。醜悪な地上にうごめく、「我みずから」の愚劣に恥じるのである。つまらぬ周囲にうちひしがれてはならぬ。強く、清く、前進せよと思う。

君の言わんとするものは純なるものである。感じなげいているものもそれである。それだけに、世のけがれにうちふるえる心情は誠にいたましい。君の魂にふれる世の「まこと」に一抹の曇りがかかるとき、君はすでに人生の海上にある。波瀾の浮き沈みの底に更に限りなく深く湛えた謎がある。神秘がある。岩礁がある。

君は深い生命の息を更にひそめて行かねばならぬ。これまでお互いに人生の深い具体性について語ることもなかった。ただ自分は老いてなお幼い眼を失いたくない。神が私達に示してくれるものを、ちらりと感ずる折々に信頼しつつ、君の行く手が健やかであられる様に念じている。

（傳田静雄先生『作文の講評』）

卒業前の岐路の作文だから、もっと不安とか苦悩とか自分自身の内面を綴ろうものを、視点が外向きで批判的なのは、私が少なくとも家庭的には幾らか落ち着いた心境にあったせいと思われる。だが、先生が指摘された「純なるもの」は、その後、私の人生にある程度の枷《かせ》で付いて回った。

ともあれ、その頃は、ようやく家が新築されて住居が定まる安心があった。幼少は社宅住まい、小学校は伯父の家に預けられて居候、後に母と一緒になったが本家の離れの仮住まいと、衣食は足りても住には満たされない思いがあったのに、家が建って解消した。

場所はもともと〝屋敷の畑〟と呼んだ予定の地所で、本家と近間の地籍である。父は二階建ての物置を先に築き、そこを足場に母屋に取りかかる計画を進めたので、着工から完成までは日にちも手間もかかり、ために私は裏寒い晩秋の土曜日曜はほとんど壁塗りの手番で忙殺された。家移りの祝いは昭和二十六年十一月三十日で、囲炉裏の板間と六畳、八畳二間の借家から、七部屋もある二階家に引っ越し、悠々と個室が持て、仲間と比べても引け目を感ずるものは何もなくなってしまった。

その家から、翌年十月二十七日に姉が片づいたが、姉に去られた妹らは淋しさもあり一層寄り合って、仲の良い家族で安心だった。輿入れのとき、嫁ぎ先の風習では祝言に両親の同席が叶わず、私が代わりに式を見守り宴席の盃も受け続け、やはり男の子だと奉られると気分もいい。父の代理で出る集落の会合もおだてられながら続けると、いつしか大人の扱いで大様にもなっていた。

ところで、姉の志げ美はまだ二十歳で結婚したが、前年の夏、奥飛騨の沖中のおじが遠縁にあたる七歳違いの原田竹三を連れて来て、見合いが実ったものである。秋田鉱山専門学校（現秋田大）を出て三井金属鉱業（株）神岡鉱業所に勤める鉱山技師で給料も恵まれ、良縁だった。

姉の方は豊科高等女学校に行ったが併設中学の三年で終え、洋裁学校に通うなどしていたが、実は、近郷では美形として評判が立ち、言い寄る者らにしばしば悩まされて、母も早めの嫁入りが望ましいと考えていた。その元は少し前の十八歳のとき、豊科町の曽山写真館に請われてモデルをしたところ、姉のポートレートが長野県のある写真展で一位になり、その受賞写真があちこちで展覧され顔が売れたからで、南農の品評会場にも特別出品され、私までがモデルの弟だと付け文をされて仲介に煩わされたりした。見合いの日、私は始めたての柔道の暑中稽古中で、言葉少なに酒席を中座したけれど、相手の中に優しさとヤマの男の度胸も見てとって、一遍に嫁にやると賛成したのであった。

しかし、最大の安心は、何といっても卒業後の進路を決めていたことである。夏休みは例年通り上高地に逗留し、合間合間に父と語らって大学進学を選んだ。そろそろ社会も落ち着き始め、世間は進学の傾向が強まっていて、季節営業の上高地帝国ホテルにも学生アルバイトが何人か働いており、父は彼らの動向を踏まえながら、将来は高等教育が問われる、と説いた。父はまるで私がホテルに入るかのように「ホテルなら経済学部かな」と言い、私は農協か役所の勤めを頭に置き農学部がいいと、細部はかみ合わなかったが、とにかく高校入学時には全く考えなかった大学に目標を定めていた。

中央大学の合格通知を学級主任に報告したとき、同時に傳田先生に告げに行くと満面の笑みで肩を叩いてくれた。「純なるもの」にまつわる話はしなかった。

5 中央大学

上京と間借り

昭和二十八年の春、メモに「授業は四月十六日木曜日からはじめる」とあるが、下宿を決めたり入学式に臨むためにそれより前の上京を策し、十一日の夕方、父と豊科町の料亭小綱の酒席にいた。席の名目は私の入学祝いだが、正客は豊科警察署長で芸妓が二人侍って酌をしていた。

父はその頃、上高地地域の保安と登山者の山岳遭難防止に関し警察当局と密接な連絡を取り合う関係にあり、終えつつある冬季の治安のあらましや来る夏山を前にした対策などを話題にしながら、息子を引き回していたのである。私も心得て、学生服のまま「お祝いに免じて」と、未成年を遠慮しつつも芸妓の勧めで大いに飲んでいた。

松本から七時間の夜行準急列車で新宿に着き、タクシーで帝国ホテルへ入ると、早朝のフロントではあらかじめ聞いていたと部屋をくれた。客室並みの洋室だが、地階に設《しつら》えた客に供しない上級社員用の臨時宿泊室で、当分の拠点に使えると言う。お蔭で、実際にその後下宿が決まるまでの間、この部屋を仮住まいに出入りし助かったが、父はホテルの犬丸社長の出社を待ってすぐにお礼を述べ、次いでホテル内の幹部や仲間の部署を順に挨拶に回った。

滅多に上京しない父は、好機のついでにと、田園調布に住まう社長夫人を訪ねたり、また役員らから晩餐に招かれたりして、私も連れ立つほどに社会的地位にある上流階層の暮らしに触れ、屋敷も家庭も応対も話しぶりも、自分が住む田舎のそれとは全く異質であることに驚いた。さすがに話題は山にまつわる話に集中したが、父は豊富な体験を面白く語り、どこでも笑いが渦巻いた。

あちこちで父の知る人々に会い挨拶をするうち、特に深く引き合わされたのが榊原辰雄先輩である。まだこの春卒業した新入社員なのに、もう背広を着て株式係に配置されており、普通、新入りはボーイやコックなど現場のユニフォーム姿から始まるはずだけれど、上高地で従事した学生アルバイトの経験と成績を買われての特別待遇なのだと聞いた。信州人で旧制松本商業を経た中央大学の卒業生である。つまり、父を通じて私に中央大学を薦めてくれたり、後々様々な厄介を背負ってくれる人である。

そもそも私が中央大学に進んだ経過だが、実は、にわかに大学進学を決めたとき、両親は特にこだわらなかったけれど、私の側に少し家族や暮らしへの遠慮があり、受験は国立と私立と二校だけに絞ると約束していた。すぐに、一つは農業高校出として何かしら農業あるいは農村に関わる仕事を前提に手近な信州大学農学部と帰結したが、もう一つは帝国ホテルへの入社を念頭に置いた私大の社会科学系学部とするだけで、まだ大学を選別する知識が足りずなかなか決められないでいた。

父も懸念して上高地で交わる人々に情報を求めるうち、榊原さんら学生に中央大学を薦められ、私も次第にその意見に傾き、確かに七十年の伝統があり、「質実剛健、家族的情味」の堅実な学風があり、しかも学費は私学では一、二の低廉さにあると知るに及んで決めたのである。

父は幸いホテルに入社が内定したばかりの榊原さんをつてに頼み、一月早々に「入学案内」を届けてもらうや、私は専門科目一覧表を考量して経済学部に即決した。中央大学は法科で盛名をはせると読んだが、法制や法律よりも経済や政治に関する専門科目の方に惹かれたからである。二月に出願して、三月六日の筆答試験は国語と一般社会と英語の三科目を選択し、七日に面接と身体検査を受け、そして、試験後十日も経たないうちに合格が知らされた。

とんとん拍子に進んだのはいいが、問題は三日以内に入学手続きをしなければならないことだった。つまり入学金六〇〇〇円、授業料一万七〇〇〇円、設備資金六〇〇〇円、暖房費三〇〇円、学友会費六〇〇円、計二万九九〇〇円を納付するのだが、もし信州大学へ行けば納めた費用は戻らない。私はここが決断だと、信州大学の合格にかかわらず上京したい旨を両親に告げた。先の受験に際し既に入学選考料を二〇〇〇円納めたり、上京で支出した上、更に父のおよそ二カ月分もの月収に近い費用を捨てられない打算と、ふと垣間見た都会をもう少し知りたい欲望とが重なった。信州大学への未練は完全に捨てたのである。

入学を決めると同時に、東京での住まいは長野県出身者の学生寮に入ろうと杉並区馬橋にある信濃学寮を目途に、財団法人信濃育英会あてに入寮願書ほか履歴書、成績証明書、学校長入寮推薦書など一定の書類を出した。志願者が多いため選考の次第で入れるかどうか分からないと聞いていたが、やはり残念ながら学生自治会メンバーによる面接の結果は四月十五日付け「入寮選考に漏れた」旨の通知であった。寮は空き次第に随時選考するというが、予定が立たないので、とにかく差し当たり入る部屋を改めて探さねばならず、上京して最初の難題に当たった。

受験のときは従兄の中田清正兄の所に二泊したが、そこは従兄が父の引きで入社した港区芝パークホテルの従業員寮で、たまたま二段ベッドの空きに偶然もぐり込めた幸運に過ぎず長期の滞在は適わない。東京には他に縁者がおらず、知り合いにしてもすぐおいそれと頼めるような事柄ではない。

思い余って、榊原先輩の居室が信濃学寮と同じ二丁目にあることを端緒に、迷惑でも寮に入るまでの間を先輩の部屋に一時同居させてもらえないかと請うた。行きがかりで唐突だが、同居の要件は家主の承諾である。随伴して大家へ赴き挨拶をしたら、当主は当時東京地方簡易保険局課長の山崎今朝保さんで、なんと南安曇農学校を大正十三年に卒業した第三回生と分かり、それなら先輩後輩の仲である。否応もなく喫緊の事情を理解してくれ、榊原先輩と一緒に住むことになった。馬橋二丁目であった。

よもやの展開からやっと寄宿先が決まり、大学の方も始業からの一連の手順に目鼻をつけたので、一旦、十八日に父と一緒に家に帰ると、二十日から二十一日は田多井の村祭りでタイミングの良い入学祝いになった。そして、翌二十二日再び東京へ舞い戻り学生生活を開始した。

部屋は山崎家の二階の六畳間である。南側に窓が開いて明るく、通りに面する東側は高小窓で夜は月が覗けた。布団一式はチッキ（鉄道手荷物）で持参したが、勉強机は榊原先輩が丁度新品を買ったばかりで二つあり、部屋も狭いので古い方を借りることにした。朝夕の食事は阿佐ヶ谷駅近くの外食券食堂で、当時はいちいち配給の外食券が要ったが、家は農家だから送られた米を食堂に持ち込み外食券に引き換えた。

その後信濃学寮からは日時を七月十二日とする選考通知が確かにあったが、折悪しく私は夏休み中のアルバイトで上高地にいて面接の機会を逸し、再び通知が来ることはなかった。山崎家には、私とたまたま中大同期生になる長男がおり、その下に高校入試を控えた長女がいて、もともとすぐにも個室を必要とする年頃で、一年限りの間貸しだった。夏休み後、私は改めて年度末まで居続けになる事情を述べ、了承を得た。

翌二十九年二月半ば、榊原先輩が神奈川県大船の縁者へ引っ越すとき、彼の大型の重い机を、運送で運ぶと傷が付くからと肩で担ぎ電車を乗り次いで運んであげた。一年間同居のせめてもの恩返しだったが、逆に帰りに牛鍋を奢《おご》られて恐縮した。そして、その後私は不動産屋で時間をかけて、今まで折半した部屋代一一〇〇円の費用に近い三畳間を探した。希望に合う物件はなかなかなく、北向きの暗い部屋だったが出窓分だけ広いし、一五〇〇円は値頃だろうと手を打ったのが、阿佐ヶ谷駅を挟んで反対側の杉並区天沼三丁目、有澤丈太郎・房子夫妻方であった。

主人は元判事、奥さんは主人の介護に熱心だった。他に同じ間借り人が二人いて、間借り人同士は結構行き来した。老齢の主人はいつも籐椅子の背もたれに少し不自由そうな体を埋めていたが、六月のある夜、えらく大いびきが聞こえたと思ったら、奥さんが「大変！　大変！」と騒ぐので、隣室を覗くと蚊帳《かや》の中で主人が目を剥いていた。私が近所の医者を呼びに走り、すぐに脳出血と診断され、結局奥さんは未亡人になったが、引き続きこの家で大学卒業までの三年間を過ごした。

まさかの優等賞

私の学籍番号は七五八番、経済学部の八組であった。入学案内では募集人員を三〇〇人としていたから、一組の構成が一〇〇人ならば優に三倍余りが入学したかと思われた。学生は授業の開始にあたり修得すべき単位数を目途に各々が好む科目を選択するが、第一外国語の英語は唯一全員の必修科目で、従って組別は英語の時間割の組別であった。

英語は四単位で、会話を含み三人の先生が担任されたが、三つのどの時間も同じ顔ぶれだから親しみが増して、十一月には組で選出した自治会委員の発案で「八組親睦会」を開いたりした。大学の地下食堂で会費二〇〇円のアルコールなしの会だったが、野口啓祐先生だけが出席された。

中央大学は都心にあるお茶の水渓流をはさんで、左には江戸時代学問の淵叢であった史蹟湯島聖堂を、右には明治文化の暁鐘の響きを伝えるニコライ堂と聖橋に近く、西に遠く富嶽を望む景勝の文化地区駿河台にあって、交通機関の便利なことは都下大学随一である。

校舎は地階共五階建（三、五二一坪）の本館と、創立五十周年を記念して昭和十年に新築された四千人を収容する大講堂および地階とも五階（一、五〇〇坪）の新館とはすべてゴシック式鉄筋コンクリートの大建築である。

（中央大学『昭和二八年度入学案内』）

一年目の私は、始業からおよそ夏休みまでの間、ひたすら間借りの部屋と学校の間を行き来するだけだった。わざわざ東京まで勉強に来たというやや興奮の状態で、遊びは論外で、休みの日さえ食事と銭湯以外は部屋に籠もりきりで机に向かっていた。

これまで農業高校では専ら農学だけに集中していた教科が、法学や社会学など幅広い分野に開けて刺激され、意欲が高まったこともあるが、もう一面、学友らがほとんど普通高校の出身で、一般教科で培った知識は相当広く見え、更に有名進学校の名がちらちらするのを聞くと負けてはならじと思わされていた。

差し当たりは英語の力不足を補うため、初歩の文法を復習したり辞書を引き引き訳読の予習をした。読書の差が知識の差だと考え、幸いに榊原先輩の本棚に並ぶ本を片っ端から借りて読み始め、中には前から読みたいと思っていた吉川英治の『太閤記』全巻もあり楽しくもあった。一通り読み終えると次は自費だが、倹約して安い古本や手頃な岩波文庫を漁り、ただ自分の文集を一つ揃えたいとして河出書房の現代文豪名作全集を一冊ずつ買い集めた。

出歩かないのは金の余裕がなかったせいもある。私の進学で家計は厳しいはずだから、自分の持ち出し分を極度に詰めようと、両親の気遣いをさり気なく遠慮して小遣い銭がなかった。授業料は年度初めに一括払いして後は月々の生活費だが、六〇〇〇円に決めたところ、食費で半分、部屋代で四分の一が消えると残りは約一五〇〇円、定期代だの床屋だの銭湯だのと出費すると二、三百円の本一冊さえやり繰りが必要で、喫茶店に行くのが惜しまれた。

夏休みを終えて再び上京してからは、だんだんと気心が知れた学友らと交際が始まり、そうそう本ばかり読んでもおられず遊びも増して部屋を明けた。アルバイトの稼ぎを小遣いに当てるものの、それも次第に不足がちになり、ついに日本育英会から奨学金を借りようと二学年のとき厚生課に申し出て学内面接を受けることになった。

運良く認められ月額一〇〇〇円を貸与され始めると大いに助かったが、更に四学年で増額申請をして月額二〇〇〇円にしてもらった。集計すると在学中に総額四万円丁度の貸与を受け、これを後に年賦二〇〇〇円で二十年にわたり返還したが、無利子の上に通貨膨張の恵みが重なり、昭和五十三年の最終返還二〇〇〇円などは生活に何の痛痒もない額で貸与の恩恵をしみじみと思いやった。

四年間を通じてみれば、履修届をした授業は滅多に遅刻や欠席をせず、ノートも小まめに取って真面目な部類の学生だったろう。履修の合間合間に時間が空くが、それも無駄にしまいと何の講義の教室にでももぐり込み、例えば樫田忠美先生の犯罪心理学を聴講すると大講堂はぎっしりの学生で埋まり、評判の高さを実感した。教職過程を履修すれば社会科の中学一級、高等学校二級の教員無試験検定の資格が取れると思ったが、それは上京の目的にはなかったので履修しなかった。

卒業には合計一二四単位を必要とし、一学年では三十六単位修得できるから一杯に取れば最高一四四単位まで可能である。私は三学年までは所定通り一杯の一〇八単位を修めたが、四学年では半分の十八単位に止めて、合計一二六単位ぎりぎりにした。一科目落としても単位不足で留年になるから、本当は四学年では余裕を持つべきだったと思うが、当時は敢えて自分を追い込んでいたようである。

履修する教科はごく普通に選択したが、やや傾向的なのは農業経済論を選択したのと演習＝ゼミナールで景気変動論を選択したのとである。つまり前者はいかにも農業高校の出身として離れられない科目であり、後者は演習に論文が必須ならば、やはり農家として関心がある農業恐慌に視点を置いた考察を晴らしたいと景気変動論に至った。

演習での論題は「農業恐慌について—主に理論的な、その本質の解明」で、四〇〇字詰め原稿用紙に研究動機と概要で十五枚、本文が一四六枚、合わせて一六一枚を付表八枚付きで書いた。内容は稚拙だったが、緑川敬先生の短い講評を頂いた。

純正な学問的情熱を高く評価したい。あたたかい心と冷静な頭脳の統一を希念したい。

（緑川　敬先生『講評』）


学年試験が終わると学務課で結果を確かめ成績表に書き込んでもらうが、もし〝不可〟ならば落第で再履修しなければならず、どの年も落ちはしないと思いながらも自信のない照会に行った。一学年では英語の訳読が当初から明らかに力不足だったからやはり〝良〟は仕方がなかったが、他は〝優〟が十一もあり予想以上の出来で安心した。ところが二学年では哲学、経済原理、民法の三教科が〝良〟となり、途端に〝優〟は八つに減って不勉強のさまを来したので、三学年から四学年にかけては反省して少し熱を入れたら、商法の一教科だけを〝良〟にした以外は十三の〝優〟を得た。

自分では気にしていなかったが、学友らは「君は〝可〟が一つもないのか」と驚いて、それはたまたま成り行きだと思うに過ぎなかった。


昭和三十二年三月、卒業式を間近に控え、私はふと学内中庭の掲示板を見て驚いた。経済学部の卒業生で優等賞を受ける十三人の氏名が掲出された中に私の名前があって、しかも、なんと私が三席に位置して特別賞に該当していたのである。

首席はもちろん総長賞、そして次席は原・馬場賞、更に首席から三席までは南甲倶楽部賞があると報じ、中央大学では卒業生ＯＢを「学員」と称するが、その学員組織「南甲倶楽部」が各学部三人までを褒賞するという。

半信半疑ながら掲示に従い学務課に出頭すると、卒業式当日の式次第について簡単な説明があり、首席、次席に続いて三席にも役割があり優等生代表として登壇し賞状・賞品を受けるから遅れないようにと指示があった。まさかの驚きが、いよいよ本当になって、すぐに母宛てに、

「三バンデソツギョウ　ユウトウショウ　シゲキ」と電報を打った。

よもやの驚きは学友にも及んだ。交友については後に触れるが、確かに私は授業には真面目に対処はしたが、反面で飲む・打つ・買うという遊びもそう仲間に引けを取らず、貧乏だがほぼ同じ程度に気張ってきたから、その私が賞にあやかろうとは誰も想像していなかった。会う口々に褒めそやしてくれるのは嬉しいが、何か抜け駆けしたような滅入る気分にもなってしまい、「誰にでも機会があったんだよ」と言うしかないのであった。

全成績は次のとおりである。

優	史学		人文科学
良	哲学		
優	倫理学		
良	訳読	第一外国語英語	
優	文法・作文		
優	会話		
優	訳読		
優	文法		
優	訳読・文法	第二外国語仏語	
優	訳読・文法		
優	訳読・文法		
優	訳読・文法		
優	講義		体育
良	実技		
優	法学		社会科学
優	社会学		
優	経済学		
優	生物学		自然科学
優	地学		
優	心理学		

良	経済原理	必修及び準必修科目
優	経済学史	
優	欧米経済史	
優	財政学総論	
優	農業経済論	
優	社会政策	
優	簿記原理	
優	憲法	
良	民法	
良	商法	
優	名著研究　英語	
優	演習	
優	経済　政策原理	選択科目
優	経営学	
優	貨幣金融論	
優	人口論	
優	経済　特殊問題	
優	経済　特殊問題	

三月二十五日、卒業式が行われ経済学部の新学士は九五六人と聞いた。私は白髪の総長

から「木村君、優等賞」と呼びかけられ、壇上で賞状と水引の優等賞目録を受け、後で学務課へ寄って品物を二つもらい、十人余の仲間と待ち合わせた校門へ行った。キャンパスのあちこちで記念のスナップを幾枚か撮り、卒業の祝杯を上げようと飲み屋の座敷に陣取った。

賞の中身を披露しろと言うので広げると、賞状には、

「経済学部　木村殖樹、右積年勤勉成績優秀なるを以て特に褒賞する、中央大学総長法学博士　林頼三郎」とあり、品の一つは中央大学からの象牙の印材、一つは南甲倶楽部からの目覚時計で、それぞれに木村殖樹君と名を彫り込んである。

「確かに君のだ」と仲間たちの歓声が上がった。輝ける学生生活最後の日だった。

アルバイト

小学校から高校まで、毎年、夏には日数の長短はあるが上高地の父の下で涼んでいたから、大学でも同じように上高地へ行って、しかも帝国ホテルでアルバイトができればなおいいと思ったが、採用数が限られていて難しいらしかった。

募集条件は七月から八月まで夏期二カ月間の住み込み三食付きで、期間は丁度夏休みにぴったりである。それに、まだ米が配給制で自由にならない当時だから食事付きの条件が全く稀少で、仕事は多少きつくても避暑をしながら学費が稼げるとは垂涎《すいぜん》の的である。

しかし、ホテル側の採用方針はホテル業界へ就職志向を持つホテル研究会の学生やホテル学校の生徒ら、いわゆる夏期実習生が中心で、彼らを受け入れれば即戦力としても当てにもなるから、一般学生への門戸は狭く、開いていないに等しかった。

何とか父の縁故を通して面接の段取りまで運び、試問の当日、会場の有楽町・糖業会館地下にある帝国ホテル直営レストラン「リッツ」に行くと、待合には学校別らしいグループが固まったりしてかなりの人数がいる。この数から採用されるのは難儀だと思ったが、順番が来て面接に向かうと、面接官は上高地で見知った父と懇意の人で、この夏の支配人だという。大いに安心して型通りの質疑に答え、説明を聞くと、職種は客室ボーイ、本給は三〇〇〇円と分かり、賃金が意外と安いのには内心少しがっかりしたが否応はない。一つ決心を要したのは、ホテルの開館は七月一日で、従業員は準備のためにそれ以前に着任するが、そうすると六月二十五日にフランス語の中間試験が予告されているのを必然的に欠席せねばならなかった。やがて採用が決まり、やむなく試験は振る結果になった。

後日談だが、学年末過ぎにフランス語の大井征先生に手紙を書いたところ、「前期得点九五、後期得点九五、殆ド満点ニ近イ好成績デスガ、中間試験ヲ受ケテイナイタメニ辛ウジテ優デス」と返事をもらった。


昭和二十八年を初回として三十一年まで四回、大学四年間の夏はすべて上高地帝国ホテルでのアルバイトで過ごした。どの年も仕事は同じ客室係のボーイで、客が泊まる部屋の清掃とベッドメークを主業務に、掃除の合間は客の求めや頼みに応じて着衣のブラシ掛けや靴磨きや飲み水の差し替え、その他言いつけられた用事をこなすのである。

ホテルは四階建てで、一階にはフロント、バー、三つの食堂、図書室・卓球室・売店など付属設備があった。客室は二階から上で二階に十七室、三階に二十二室、四階に十六室、計五十五室あったが、ホテルらしい造作や家具を備えた部屋は二階と三階にとどまり、四階は宿泊料が一人五〇〇〇円のスチューデントルーム＝学生部屋と呼ぶ極めて簡素な山小屋並みの部屋であった。

バス付き室は二、三階に各四室ずつしかないから、他の部屋の客が使う浴室や便所は共用で別にあり、この掃除も客室係の範囲である。部屋はほとんど洋室だが和室も三階に二室、学生部屋に六室あり、畳敷きだから夜具は和式の上げ下ろしでボーイが行う。ふとんや毛布やシーツを張る時にズック靴を脱ぐが、昼間の作業で汗ばんだ足がひどく臭う仲間がいると閉口した。

ボーイの総勢は九人、うち本社から出向する社員は「キャプテン」と呼ぶボーイ頭を含め最初の年は三人、翌年は四人、更に六人と増えて、その欠員を埋める学生アルバイトはその分減っていった。就労が難しいと思った初年は幸いに学生が六人と多い年で、前年経験者が二人、夏期実習生が三人（立教大学ホテル研究会一人、ＹＭＣＡホテル学校二人）いて、私一人が即戦力外でも良いような状況にあり助かったのである。

もっとも、縁故でありついたのは私だけでなく、翌年、これはよほどの事情による例外と思われるが、東京外国語大学卒という変わり種がいたことがある。中国語科を卒業して大学助手を務めていたが、太縁のロイド眼鏡を掛けてとてもボーイ風情には見えない風格が漂い「先生」とあだ名していたところ、たまたま日本語も英語も話せない中国人客の泊まりがあった際に、難なく中国語をあしらって皆が感嘆した。

従業員の宿舎は女子はホテル本館の一階にあったが、男子は本館とは別棟の三棟（社宅・支配人社宅・焼見社宅）に分散した。社宅の階下には管理人宿舎があり父の住居だが、そこはそもそも私が小学校に上がるまで育ち、その後も毎年夏休みを過ごした住まいである。しかし、当然ながら父とは別になり、ルームボーイが四人ずつ組分けられたのに従い二階の一室に入った。部屋は六畳で営業前の準備期間は四人が一斉に布団を敷くと部屋一面ぎしぎしに占めて狭かったが、開館してから後はホテルに毎夜二人ずつ宿直者が詰めるので、宿舎の部屋は誰かしら数を欠き畳に余裕ができた。

従業員食堂は宿舎の階下で朝・昼・夕の三食とも米飯だった。米は配給制だから配給量を確保するため、各自が居住地の役場や役所から住民登録はそのままにして米の配給籍だけを抜く移動証明書と呼ぶ書類を取り、上高地着任時に会社へ提示し会社が一括して配給米を受領していた。しかし、とても三食分には量が足らないので、地元に顔がきく父が裏であちこちに働きかけ闇取引の米を仕入れていた。お蔭で、山の清新な空気は誰の食欲も一段と増したが、当時としては思う存分のご飯が振る舞われた。

反面、米代に予算が削られたのか惣菜の内容には一喜一憂があった。豪雨で道路が不通になって惣菜材料の品切れを来したとき、土地のフキの煮物だけの昼食になったが、それでも茶碗七杯のお代わりをして「フキ八片で飯七杯」と揶揄《やゆ》される男が出たりした。

幼時から社宅に出入りしてホテルには近しかったが、戦後は全く田舎に馴染んで農家の暮らしで育ったから、ホテルとは何かもよく知らず、アルバイトに就いて初めてホテルそのものに当面し、キャプテンから研修を受けた。

例えば用語ではバスタブ＝湯船、ベシン＝洗面器、ワードローブ＝洋服箪笥、机の類もセンターテーブル、ライティングデスク、ヘッドボードの別、タオルもバスタオル、ルームタオル、ウォッシュクロスの区分という、ほんの初歩からである。夏期実習生として採用された他の都会育ちの者と比べると、私のホテルの知識不足は歴然であった。

だが、力仕事と山の説明ではいささか勝っていたと思われる。力仕事では例えば暖炉の薪である。ロビーの暖炉は夕方から火を焚きつけ赤々と燃すが、燃料の薪はボーイが支度するのである。施設の給湯ボイラーは燃料に重油のほか薪を併用していて、人夫や雑役が冬のうちに電柱ほどの太さに切り割りしてあるが、それは暖炉には大きすぎて、更に横半分に切りかつ縦四分の一くらいに割らなければ使えない。従って、常にボーイたちが裏庭の一角で鋸《のこぎり》と斧《おの》を持って薪割りを行い、作った割り木を二階に運び上げるのである。腕も体力も要って、田舎育ちの私が頼られる作業であった。

客からしばしば上高地の地理や案内を尋ねられるが、穂高岳や焼岳など周辺に見える山はもちろん奥まった山々も私の手の内で、説明が十分にできて得意だった。場合によっては遊山日程まで助言して、質問されたボーイらを助太刀し重宝がられもした。

「ボーイステーション」と呼ぶボーイの待機室があり、作業や用事がない手透き時の溜まり場で、雑談したり碁将棋で遊んでいたりする。客が客室から呼び鈴を押すと、ステーションのベルが鳴りボードに室名が表示されるので、その場にいる者が率先して該当の客室を訪ねるが、より新参のボーイから発つのが暗黙の順である。どの社員よりもアルバイトが先行するのは自然だが、アルバイト同士では序列がないから骨惜しみの度や尻の軽重で順が出来る。私はいつも身軽に動いて新参の風情であった。

客との対面が多くなればチップの額も増してボーイ筆頭の稼ぎをしたが、チップは全部キャプテンに預ける方式で、閉館時に社員もアルバイトも差別なく均等割りで分配された。アルバイト料は日給月給の本給が初年三〇〇〇円、翌年三一〇〇円と一夏ごとの経験で一〇〇円ずつ上がった。これに面接で言われなかった手当が最初六〇〇円付きホッとしたら、その後も月により率を違えながら七〇〇円内外が加算され、月額四〇〇〇円そこそこになった。決して多いという額ではなかったが、余禄はチップの配分で、二カ月一括だけれど初年の三二五〇円から最終年は六〇〇〇円余りもあり、賃金の低額感が補われた。

初めの年だけだったが、売上が上がった日に大入袋として一人ひとりに小銭が入ったポチ袋が配られたり、閉館にマネージャーチップとして二〇〇円支給されたりしたことがある。

社員は上高地でも公休を取れたが、休まない場合は出向期間中の日曜日の数を閉館後に連続して取れる取り決めがあり、特別な事情がない限りは公休する者がなかった。せっかく公休にしても、映画館やデパートなどへ行くには松本市まで約五十キロの道のりである。手間がかかり、従って下山した後にのんびり連休を楽しむつもりで、着任から離任まで二カ月余りは缶詰生活に耐えていた。

つまり通期無休なのだが、しかし全く働きづめかというと、来客の少ない日はお互いにやり繰り交代で余暇を生み、乗鞍岳から平湯温泉に遊ぶバスハイクをしたり、焼岳や西穂高岳への登山をしたりして休養していた。

社員はそれとしても、アルバイトは社員のような閉館後の連休は無関係だから、本来は公休が与えられるべきなのに明確な休日という休日はなかった。社員と同じ勤務シフトに混じって働き、宿直明けは昼上がりで午後は休息できるのに、時にはそれさえ返上した。にもかかわらず不平もなく勤めたのは、社員と同じ折々の余暇作りで、結構山遊びが堪能できたり楽しめたからである。

社員とは年齢の差もあるから、アルバイトだけの行動も多く、仕事の後の夕涼みに散歩がてら他の旅館へ遊びに行った。旅館にとっては競業関係の従業員なのに親切に相手をしてくれたり、温泉に入れてくれたりしたが、学生だから得られる特権だった。

夜中の帰り道、グループが大声で歌いながら庄吉小屋の脇を通ると、護岸工事で仮泊中の人夫から怒鳴り返されたりした。山間は星が出ないと本当に何も見えない漆黒の闇となる。誰も明かりを持たないので、あるとき一人が田代橋のたもとを迷い梓川に滑り落ちて、声を頼りに彼を引き揚げたが、翌日その場を見て震えた。丁度川岸と大きな岩との狭間の場所で、ともすれば激流に巻かれ溺れ死んだかもしれなかった。

宿舎に持ち込むトランクには、いつも勉強をするつもりで相応の参考書を詰め込んで来たが、大抵は読まないまま不勉強のままで終わった。仕事が仕舞えば自分の自由時間だけれど、共同部屋で一人で読書をするには相応の強い意志が要った。殊に夜ともなると誰もが退屈して、トランプや花札、将棋や囲碁の遊び相手を探して誘うから、とても「勉強をする」と言える雰囲気ではなかった。

アルバイト同士はトランプが主だったが、社員はオイチョカブだのコイコイだの花札の手遊びもあり、僅かな金だが賭けていた。将棋は小学生から知っていたが、囲碁は初めて参戦するうちに習い覚えることとなり、いつしか時間潰しにはもったいないほど楽しいゲームになっていった。

中には知的な遊びもしようと言う人がいて、歌や詩の即興の競作もしたが、場にそぐわず何回も続かなかった。例えば、その頃のアルバムの余白に書き留めた一篇がある。

「上高地にて詠めるうた」（昭和二十九年七月）

一、（穂高）　仰ぎ見る勇壮の穂高　雪渓は夕日に燃えて

そびえ立つ岩壁の嶺は　空を裂きいよよ高けり
浮雲は茜の空に　岳人の夢を乗せつつ
ゆるやかに流れ行きたり

二、（梓川）
たたずむは梓の河畔　清流は夕日に映えて
砂礫かみさざなむ水は　冷やかにいよよ澄みたり
飛雲は川面に浮かび　歌人の夢を乗せつつ
静やかに流れ行きたり

一緒にアルバイトをした私を含む十一人は、うち六人がその後帝国ホテルに入社した。中でも一年次で会った海野洋君、三年次で会った山田篤君は入社も同じ同期生となった。両君とも立教大学で、海野君の父君は元帝国ホテル副総支配人、山田君の父君はある公社経理部長とそれぞれ錚々《そうそう》たる後押しの縁故があった。交友の過程は後に追い追いと述べる。ほかには立教大学から帝国ホテルに入社したが、後に請われて幾つかのホテルを経験し、取締役総務部長にまでなった大庭騏一郎さん、青山学院大学から証券会社に入り取締役総務部長にまでなった堆最一さんがいた。共に優秀な学生の先輩として、仕事も生活も教えを受け薫陶された。

空手部

入学式後の十六日、学内のあちらこちらに〝新人来たれ〟とか〝部員募集〟とか学友会の勧誘ビラが張られていて、そのうち大講堂前で幾つかの文言を見たり読んだりしていると、張り紙の傍《そば》にいた小柄だが精悍な男子が話しかけてきた。彼は四年生で空手部だと言った。そして、私はふた言か三言を交わしただけですぐ彼の後について本館の階段を下り、地階の道場に着くや入部金二〇〇円を納めてしまった。私はほんの瞬時の決断で、空手部に入部したのである。

もともと何か体育系の部に入るつもりがあり、上京する列車でも父と雑談していた。受験用の「入学案内」で見た体育部は二十八部あり、陸上競技部、フェンシング部、レスリング部、相撲部、野球部の順序で、それらは花形の部なのか活動状況を長めに紹介して、他は一、二行の短評であった。強い関心をもった柔道部は「一昨年漸く復活し」と、南農柔道部と期を同じく始めたばかりの寸描であった。

ところで、穂高連峰を眼前にした上高地に育ち、登山の魅力を語る大勢の人々と交わってきたはずの私が、山岳部を全く入部の対象にしていないわけではなかった。しかし、父は私が高校の山岳部に入ろうとするのさえ渋ったから、ましてや大学の部に入るのは到底納得させられないと思っていた。

父は常々から「山は恐ろしいものだ」と言い、仲間同士が好天に尾根歩きをする程度の山遊びならよしとしても、部活動など知力や体力や技術を応用する登山には懐疑的だった。よしんば部活でなくても、本格的な山登りには機嫌を損ねた。それは自分が狩猟や山歩きで一度ならず遭遇した落石や雪崩の体験から、山岳事故の偶発性を正直に恐れていたこと、また遭難対策に対面している立場から、我が子くらいは未然抑止をするべきだという世間への遠慮があったと思われる。

だから私は、上高地にいてさえ西穂高岳、焼岳、霞沢岳、家にいても鍋冠山から大滝山越え、中房温泉から燕岳など日帰りかハイキング並みの歩きしかしていない。ただ一度だけ、父に内緒で南農山岳部の後立山縦走に加わったが、罰が当たったか激しい豪雨に遭い、白馬鑓岳から中断下山したことがある。

ハイキング並みの一例には、大学四年の昭和三十一年九月二日、夏季アルバイトを終えた後の上高地に居残った同じアルバイト仲間の山本桂君との槍ケ岳行きがある。働く日々を終えて何もない朝方、父に退屈しのぎに槍へでも登ってくるかと言うと難なく領くので、十一時十五分にホテル社宅前を出発した。

明神十二時十分、徳沢十二時三十五分、横尾十三時二十五分、一ノ俣十四時、岩小屋十四時四十分、大槍休憩所十六時三十五分、殺生小屋十七時二十分。同行の山本君は立教大

学の空手部員。まずまずの健脚で、それに背荷物無しの空身だから急げたが、さすがに最後は歩が鈍って槍岳山荘は十八時着になった。
父の七光りか、山荘主藤原さんのご好意があり、宿泊は無料の待遇を頂いて感激した。翌三日は、山荘七時五分発、槍頂上七時三十分、一時間ほど眺望を楽しんで頂上八時三十分発、山荘八時四十五分帰着。帰途は各所でゆっくり休憩をとりながら写真を撮りつつ、ホテル社宅に十五時十五分に戻った。

今冬は槍・穂高で相つぐ遭難があった。それらの新聞記事の最後には、必ず〝上高地・木村殖氏談〟というのが載せられている（中略）
それ故か山に対する考え方も厳しい。令息の殖樹氏（東京・帝国ホテル勤務）が東京の大学に入った時、山岳部に入れてくれといったが〝お前みたいな奴には山は登れない！〟と断固許さなかったと殖樹さんからうかがったことがある。本当の山を知っている親父の二代目はそのほとんどがこの例であるようだ。
（『山と高原』昭和三十四年二月号）

空手の稽古の始まりの子細は覚えていないが、そう広くない道場の板敷きに自分が予想したよりかなり多い人数が集まっていて、整列のとき三列ほどに分かれなければならなかった。しかし、主将がこれまでに空手をした経験を尋ねると、あるとしたのはたった一人で、その一人さえ中央大学の流派の松濤館ではなく、従って全員が同じ稽古を始める初心者ばかりだという安心感があった。

新入生の稽古は最初は立ち方や突き方の初歩だから動きは易しく、また時間も昼休みに当たる十二時前後から始まり一時過ぎ頃に終える短い間なので、体もそう疲れず午後からの受講に障りはなかった。

だが、日を追うにつれ稽古は次第に厳しさを増してきて、もちろん空手だから叩かれる蹴られるは覚悟しているけれど、兎飛びで道場を何周もする極限の訓練や、踏み出し間際の避けようのない足を払って倒すなど、さながら苛めもどきの練習になると、体力や気力の果てに耐えきれず辞める者が続いた。

更に、稽古の時間が延びて履修する講義にかち合い始めると、受講したいけれど早退の申し出がしにくいし、度重なると躊躇もするし、また稽古を休めば休むだけ技も遅れるから、ついに稽古と講義の狭間で両立を諦める退部者もあり、とうとう夏休み前には整列が一列で済むほどの人数に減った。

稽古は握り拳を左右交互に、初めは専ら人の鳩尾《みぞおち》辺りの正面中段の高さを突き進むのだが、先輩が順繰りに正対しながらその拳を受け放していく。最初に対面したとき、一、二回は手刀で受けていた先輩が、やおら自分の鳩尾を指さして「真直に突いて来い」と言うので驚いた。私のそれまでの知識では、鳩尾を強く突くのは当て身で常人なら失神すると思っていた。「えっ」と聞き返しながら、そして加減したつもりで一撃目を突くと、拳は相手の腹筋に見事に跳ね返された。半信半疑で次は少しむきになり、やがては全く渾身の力を込めた拳を突き出してみたが、どれも鈍い音がして先輩の鳩尾はびくともせず眼前にはだかっていた。

二カ月ほどの後、稽古の合間の休みに拳や蹴りの強さについて雑談していると、先輩が「素人が蹴ってもこの程度だ」と私ら新人の鳩尾を正拳で突いて回った。重い拳がずしんと腹にこたえたが、瞬間的に腹筋が固まって受け止め、気絶などする恐れがないことを自覚した。自分さえ気づかない間に、稽古はいつしか腕や足ばかりでなく腹筋までも強く鍛えていたのである。

夏休みが来て、空手部も夏季合宿を行ったが、私はアルバイトのため加われず、休み後に稽古を再開したとき、合宿に参加した新部員たちから過酷な練習の実態を笑い話交じりで聞いたが、彼らは格段に鍛えられて強くなっていた。その差を縮めようと、負けまいと励んだが、秋の頃、体がやたら疲れてきて持久力が衰えたのを感じた。稽古が終わると、道場と同じ地階にある風呂場で隣の柔道部員らと一緒に汗を流すのだが、着替えた後に全く爽快感がない。思い余って大学敷設の診療所に行った。

当時、最も恐れていたのは、まだ病類別の死亡数が上位を占め国民病とさえいわれていた結核であった。私は中学から高校までを通じ、結核の感染を見分けるツベルクリン反応検査がずっと陰性で、従って毎年ＢＣＧを接種して発病を予防していたが、この春もやはり陰性のままなのでＢＣＧを再接種していた。結核はこれという自覚症状がないのが特徴というので、疑心暗鬼もありツベルクリン反応をみたら、何と初めて陽性に転化した。診療所は、今は問題ないが万一の発病を予防するためには一年間は日常生活に注意し、殊に過労や激しい運動は控えるべきだと言った。

当面は何をおいても休養が優先で、空手部での稽古は続けられない。事柄が事柄だけに悩みはしたが、そう決めて、十月限りで休む旨の「休部届」を持って主将に提出した。あえて退部届にしなかったのは中断の理由を正当化したい意地で、内心は復部をしないまま自然退部となる結末を描いていた。こうして私の空手修行は短期で終わった。

事実上の退部で、課題が一つ生じた。大学では体育実技の二単位を必修として全員に課しており、一年次は基礎体育、二年次は応用体育に分けて二学年の末までに履修することになっていた。ただし、体育部に属す者は部の活動をもって単位を満たすとされ、私も空手部員として毎週定時の体育実技の授業には一回も出席していなかったのである。出席は総時間数の八十パーセントを必要とするが今からでは全く足りず、卒業するためには後から必ず取ることを要す、つまり体育実技は留年してしまった。

結局、二年次の応用体育はバレーボールを選択し所定どおりに進んだが、基礎体育は最終の四年次において、その年の新入生に交じって履修する羽目となり、遅ればせに単位を取得して間に合ったのだった。

旅行、コーラス、県人会

上京したての頃、交際は堀金中学や南農の卒業生など同郷人の範囲に限られていたが、やがて上高地でアルバイトをした後からは、寝食を共にして働いて打ち解けた学生やホテルの人たちに広がっていった。しかし、やはり普段相手にするのは学内で会う学友らで、年と共にその数も増えていった。

元は大学を同じにしたところに始まった出会いだが、日常の触れ合いを重ねるうちに、お互いの選別の中でだんだんと気を許し合える仲に固まっていき、いつしか各々が同志とか親友とか呼び合い、そして小人数の仲良しグループを形成してピクニックや旅行に出かけるようになった。

交友に軽重はないとしても、残した写真の数に差があるのは当時の親密さの度合いを示していよう。例えば、二年次の秋に伊豆大島、三年次の秋に日光を共に二泊三日の旅をしたが、その双方の写真に写る同行学友はその後あれこれの写真に頻出していて、間断なく交際を続けたいわゆる親友である。次の三君である。

宮野松博君は空手部で出会い、同じ八組と知るや英語などの必修科目を一緒に受講して早くから懇意になった。島根県益田の出だが、お姉さんが若手実業家に嫁いでいて東京に住み、幸いにその食客にあやかっていた。文京区本郷菊坂に家があり大学までは徒歩で通える近間だから、登下校の寄り道に寄りやすく、たびたび部屋に上がり込んだ。性格は全く直情率直、生一本で、いつもお姉さんから片意地過ぎて情趣を解さないと苦言を呈されていたが、私とは硬派的な心情が合い親交が続いた。私がやむを得ず中断した空手道を、彼は卒業までやり続け、大学祭の催しなどで行う空手部の演武会に登場して、試し割りでは殊に得意とする猿臂《えんぴ》で瓦十枚を軽々と割って見せた。

下校時に時々、宮野君の帰りを待って道場へ寄ると、一般の見学は道場の間口で覗き見るだけしかできないが、私は名目上は休部中の部員なので、入場して道場内の椅子席に座って見ることができた。反面、練習後の清掃を手伝わされそうになることがあり、そのうち見学に寄るのをやめた。

空手をやる者は少なくてやや特異な印象があったろう。宮野君と私はグループの中でも少し距離を置かれている感じがあって、その分が深い付き合いになり、二人だけの行動もして、例えば三年次の夏休みの七月末、宮野君が私のアルバイト先の上高地まで訪ねて来たりした。来る前に、「山は初心者だから教えを乞う」と読書で得た過大な知識を下地に質問をしてきて、私は辟易《へきえき》しながら「気楽な日帰り登山だから軽装で」と答えたが、登山靴とカンジキは捨てながら、なんと食料一式にコッヘルまで詰めてきて、余りの真面目さ加減を笑えなかった。一日だけ焼岳に連れ、あと西穂高岳には単独で行かせたが「山で心が清められた」と興奮して、四泊ほどした夜の語らいには感動が迸《ほとばし》っていた。

宮野君はすっかり山の景観に魅せられ、山並みを眺望する安曇野からひいては信州のとりこになり、四年次になる春休みには私の実家を宿に一週間ほど過ごした。毎日、特に遠出はせず、家から近間の室山とか須砂渡とか、日帰りだが、安曇野の範囲の中を自転車で巡りながら常念岳や白馬岳を眺めていた。

詩吟が堪能で、真子流の調子を口伝えで教えてくれた。

藤岡達雄君は入学早々から意気投合した。山口県大島から上京して中央大学が幾つか有する学生寮のうち板橋区板橋寮の寮生だった。私が信濃学寮に振られた経過から寮生活に憧れや興味があり、知り合ってすぐ寮に案内してもらった。すると、寮は共用自炊場を別にした共同部屋で、自分の領域をカーテンで仕切るなど工夫をしていたが、どう区切ろうとも狭く雑然とした室内で、他の寮生らの出入りも騒がしく、性格が温和で行動や表現に節度深い藤岡君には適さないように見えた。

案の定、しばらくして大学へ通うのに最も便利な中央線沿線に下宿を探し始め、仕送りも恵まれていたので自然の成り行きだが、住宅地で割高な、最初は信濃町の三畳間、後には東中野の六畳間に移った。彼が越した先はどちらも私の通学路上で、宮野君の所よりも更に寄りやすく道草を食うのに適当だった。そして、彼の下宿先から思いがけない人の輪が広がったりした。

信濃町の部屋はまだ新しい瀟洒《しょうしゃ》な家の一室で、大家は小ぎれいな奥さんで高校生の娘と二人暮らしだった。訳は知らないが主人を見かけず、その代わりに近くの千駄ヶ谷に姉がいて、その一家の家族らがよく出入りし、殊に娘と従姉妹同士になる三人姉妹が賑やかに訪れていた。

下宿人は藤岡君の他にも数人がいたけれど、藤岡君は気配りがきき人間関係が穏やかで女性にもてる素養が備わっていて、とりわけ大家も気を許し世話をよく見てくれるうちに、この三姉妹らとも打ち解けた。私もしばしば訪ねて顔を見知る間に、ある春の日、藤岡君から「琴の温習会がある」と呼ばれて出向くと、三姉妹の一人が稽古に通う琴の発表会に二人一緒で招かれたと言う。華やかに着飾った大勢の女性に交じり、顔を火照らせながら琴の演奏を聞きご馳走になる初体験をした。

これをきっかけに、千駄ヶ谷の三人姉妹の家にも近づき始め、やがて誕生日とか期末試験終了とか適当な名目で開かれる家族パーティに参入して、ゲームやら合唱やら遊ぶ仲間になった。

喫茶店や酒場に出没するときの仲間はいろいろな組み合わせになるが、私は藤岡君との二人連れが多かった。ロマンスへの憧れが似通っていたとしか言えないが、話が同じように広がるので楽しく、たまに議論をしてもすぐに共通の結論が導き出された。そして、談論に片がついた後は酒や歌などに癒しの場を求めていった。

藤岡君は声が良く素人離れした歌い手で、音楽一般に造詣が深くて、私はその影響で興味を高めたのだが、新宿の音楽喫茶「ラ・セーヌ」でパラダイスキングの坂本九や九重佑三子の歌に拍手し、歌声酒場「どん底」で焼酎カクテルを片手に合唱した。東中野の一杯飲み屋「いかれや」では民謡合戦もしたが、民謡ならば私は子供の頃から父の酒席で聞き覚え、白頭山節や鴨緑江節など多少難しいものも含めて数だけは人並み以上に唄えた。飲み屋で同席した親父さんグループと競っても引けを取らず、「二人ともどういう学生さんか」と呆《あき》れられるほどだった。

藤岡君は学外で幾つか歌の会に入っていて、私が空手部を休んでから何もやらず、殊に放課後の時間を持て余しているのを見かね、一緒にやらないかと誘ってくれた。初めは「森のコーラス会」という合唱の同好会、次いで「竹の子会」というある地域の青年会であった。

前者は桐朋学園の先生方が本格指導する純粋なコーラス会で、授業を終えた学生や勤め帰りの社会人ら若い男女が集まって合唱し、時には日曜日に、例えば名栗渓谷などピクニックへの招集もあり、呼びかけに応じて出かけると、歌うばかりでなくゲームに興じたりする触れ合いの場だった。

後者は民意起こし運動の類の、いわゆる進歩的青年の活動集会のようで、例えば子供会に参加して親ぐるみに余興の紙芝居を見せるが、その登場人物を配役して科白《せりふ》を読み合わせる練習などがあり、歌も歌うが歌自体が目的でなく付け足しだった。私はコーラス会の方だけをやることにして、青年会の方はそれなりの面白さはあったけれど、その種の運動は本意でなく数カ月の入会でやめてしまった。

藤岡君は軟式野球も得意なので、四年次のとき、学生自治会が主催する全学野球大会に参加しようと図り、彼を主将にして草野球チーム「チュー・ウイスキーズ」を結成した。メンバーは、監督に野球部員で正二塁手だった荒木正三君を据え、あとのプレーヤーは八組を中心に同好有志を募ったが、上手な者は少なく、一勝して意気を上げたものの二回戦で敗退し、チーム名どおり亀戸の飲み屋で焼酎とウイスキーを呷《あお》って解散した。

湯本（現姓・小林）俊幸君は、同じ長野県の出身同士として知り合い、他にも幾人かの同県人と近づきになったが、特に懇意となって交友が深まった。

家は長野市の善光寺に近く、長野北高校の卒業である。彼と話していると、他愛ない雑談の中にも、さすが県下屈指の名門進学校に学んだと思わせる知識の深さを感じ、自分の勉学不足を覚え同時に知識欲が啓発された。さればとて、湯本君は決して博識をひけらかすわけでなく、穏やかで鷹揚で大人の風格の人柄であった。

手元に、表紙に「中央大学長野県人会々員名簿」昭和三十年盛夏とした、B6判54頁のガリ版刷りの名簿がある。小冊子には、信濃国歌、中央大学校歌、中央大学長野県人会々則に続き、役員の項があるが、まず学員側で会長は中央大学人事委員会常務委員の小松東三郎先生、副会長は中央大学教授の山口忠夫先生、次いで学生側は幹事長、副幹事長二名、幹事十名がいるが、この副幹事長の一人の四年生は後にイトーヨーカ堂代表取締役会長に上る鈴木敏文先輩、そして幹事十名の中に湯本君と私の名が並んでいる。

出来上がった名簿に基づいて招集したのは、その秋、長野県選出の井出一太郎代議士の紹介による衆議院の議員会館における総会であった。学生向きの安価な、だが賑やかな親睦会になって、役員らも面目を施したが、湯本君と私はそういう下働きも共にしていたのである。

ただ、この名簿自体の編集委員は八名で、編集後記に私の名は連なるが湯本君の名はない。何で一緒のはずの湯本君が抜けたのか、経緯は覚えていないが、多分、大した出来ばえは期待できないと先見したものであろう。

余談だが、名簿は全く栄えない体裁だったが、発行には様々な苦労があり、殊に印刷代など発行費用の調達には労力を要した。つまり長野県出身の学員ら卒業生からの寄付に頼るとしたので、見知らぬ先輩らの家を戸別に訪問して集めるためには、気を入れて歩く足の努力が必要だった。私はその役を引き受けて歩き回り、結局、寄付金の大半は私が稼ぐのだが、角帽に学生服の出で立ちで、学生の名刺の信用だけで寄付を頂くのは容易でなかった。今日ならば大方は玄関払いだろうが、まだ人情の厚い時代で幸せだった。

三年次の春休み、湯本君の誘いで、宮野君と一緒に、権堂町の彼の実家を手始めに長野市から渋温泉、上林温泉まで案内をしてもらい遊び歩いた。湯本家は屋号を山形屋といって、宮野君が雑談中に、「国定忠治が登場する芝居で、山形屋乗り込みという名代の場面があるが、お宅はその昔の山形屋ではないかね」と聞くほどの旧家であった。

渋温泉には湯本君のお姉さんが嫁いでいる古久屋旅館があり、湯本君の弟と弟の友人と都合五人にもなったが、宿賃も払わずお世話になる望外の旅だった。昼間は善光寺はもとより足の届く近間の名所旧跡などを巡り、夜は夜でトランプや将棋で夜更かしをした。勉強や就職や人生の話題もなくはなく、湯本君がそれに対しては誰に何を聞かれても適切な返事を返し、どんな問題対応にも一日の長があるのに感心した。

私が卒業時の褒賞を受けたとき、本来は湯本君であるべきだと思ったものである。

円満な人格の発達に欠くことのできない知・情・意の錬磨については、以上三人の友が私の目標だった。意志の強さは宮野君、感情の豊かさは藤岡君、知性の輝きは湯本君で、切磋する恩恵に浴した若い日の交友の数々を、今もって感謝申し上げる次第である。

硬派の恋心

好んで正義を主張し、時に腕力をふるう者を硬派と呼ぶなら、私は硬派であるまいか。その元は、日中戦争のさなかに就学し、更にその暮れに太平洋戦争が勃発し、終戦を五年生の夏に迎えるまで、小学校の大半を戦時下で教育されたことに起因する。

人は誰でも、常に道理にかない正しくあるべきだと教えられた。それは、いつの時、どの世でも認められる教えである。だが、同時に、戦争の根本は国の正義を守ることにあり、日本の戦いは連合国の不正を暴く聖戦であると教えられた。そして、だから男子たる者は、不正を憎み正義のために行動するべきで、向かう所は不正の徒である米英撃滅の戦場だと叩き込まれたのである。

少年たちは挙《こぞ》って「撃ちてし止まん」の意気に燃え、血を躍らせた。私はなまじの成績に恵まれ陸軍幼年学校さえ志望していたから、彼らより一層信奉が強かった。

終戦で、当然ながらこの種の教育は否定され、新たに個人の尊厳として自由と民主とを教えられ、また身近に男女平等が図られた。小学校までの男女別組の指導を、新制中学では一変して男女混合の組に直し、両性の間にあった仕切りを外した。

民主教育の進展と男女の和合の効果もあり、次第に参戦を阻止された軍国少年の悲壮な一途さは和らぎ始めたが、まだ国粋に対する信念の方はつっかえていた。神格化は不当としても万世一系の天皇制、紀元二千六百年は疑問としても建国僅か二〇〇年もない米国より古い国史、軍備優先は論外としても開国間もなく列強に伍した優秀勤勉な国民、いずれも日本の美点なのに、声高に言われないのである。内心にわだかまったまま、中学はごく普通に過ぎた。

南安曇農業高校に入ってから、二年間は全く男子だけだった。三年生のとき、定時制課程の会田分校から、共学している女子生徒らが所定の本校スクーリングに来たが、それまでは校内にはたった一人の女事務員がいるだけで、いかにもむさ苦しかった。上級生は旧制の中等課程から持ち上がったから、戦時教育をより強く受けているわけで遺風やら旧弊やらを残していて、しばしば南農魂で喝を入れたり、バンカラを見せびらかしていた。

しかし、私はそれらに一脈相通じるものを感じ気持ちよかった。酒を飲んだりした始末は前に書いたが、好んで上級生に近づき、そして可愛がられた。

学校に柔道が復活すると早速に柔道部に加入した。正義を主張したいとき、もしも体力勝負があればその場で引けを取らない、あるいは惨敗を喫しないための自信を得たかったのである。そして、大学に入ると、今度は空手部である。やはり、硬派ではあるまいか。

硬派にはもう一つ、女性とは縁が遠い、がある。正義の行動は情実を排するから、個人的な感情や関係は邪魔で、殊に異性にやたら近づいたり近づけたりしないのである。もちろん硬派とて女性に全然無縁ではないわけで、硬派ではない普通の人々よりも意識して自ら縁を遠くしているというのだが、どうやら私もこの範疇に入りそうな気質である。

中学の学級は、ある時期から男と女と三人ずつ六人の班に分け、班ごとに机を寄せて座っていた。班のメンバーはいつも顔が向き合わせで、授業でもホームルームでもまず話し合いを始める相手で、それに教室の掃除当番やその他の組内で生じる持ち回り当番などを一緒にこなす仲間だから、仲良くなるのは自然だった。

しかし、人間関係に不満やら飽き足らない班が生まれると、時々は入れ替えが議題に上がって仲間を変えるのである。ある時の班替えで、私と並んでいた女子が入れ替えを強く拒み、突っ伏して泣いて、彼女と私の仲が級友たちに囃《はや》したてられる事態を招いた。その後しばらくの間、彼女は違う班なのに事あるごとに私を慕う素振りを見せてきたが、私はわざと平静を装い近づかなかった。

高校の演劇部で、三年次のとき初めて女子と組んだ。会田分校の女生徒たちで、本校スクーリングに通う定時制の四年生と五年生だから、皆が私ら本校の男子より一歳か二歳か年上の安心感もあり、気安く打ち解けていった。昭和二十七年度の演劇『三つの魂』の公演は、大品評会が開催された十一月二、三日で、各十時と十五時の計四回の出番を無難に終えた。最後の芝居がはねた後、大道具を片づけ、下級生を帰すと、卒業年次の男女部員たちが、合宿までして稽古に励んだ仲間が一緒に語るのは今日限りだと、解散と締めくくりのために部室に集合した。

　畳敷きの部屋は、作業でくたびれた体を投げ出すのに丁度良く、てんでに横になったり腹這いになったり寝ころんで、演出の部員と舞台監督の私と二人だけが壁際にもたれて座り、皆を見ていた。一通り練習の苦労を笑い話にしたり公演の出来ばえを讃え合ったりしていたが、さよならの時が近づくと、やはり個々に離れていく感傷を来して言葉が少なくなった。

　ふと、私は女子の一人の眼が、私に突き刺すような視線を向けているのを知った。それは誰が見ても分かるほど、激しい感情を訴えている眼差しだった。

「明日の休み、皆で一度会田分校を見に行き解散しよう」と、急に出た提案をホッとしながら決め、解散は一日延ばすことで家路についた。その別れ際、演出の部員が、「木村、彼女がお前を見つめていたが、どうするかね」と、やはり気づいたらしく案じたように言った。

　翌日は快晴で、一同が会田分校に集まると学校施設の内外を見学した後、付近の小高い丘に登って遊んだ。持ち寄った食べ物を囲みながら、下げてきた酒を注ぎ合った。あの彼女の眼は私に変わらない視線を注いでいたが、精一杯気づかない振りでそらし、他の女子と同じ程度の話しか交わさなかった。

晩秋には暖か過ぎる陽の光の下、やがて私は「酔った酔った」と触れ回り、枯れ草の上に寝そべった。丘にはそこかしこに人を隠すほどの茂みがあった。彼女の眼は怒りを含み、やおら男子の一人を捕まえると、私にこれ見よがしに見せつけながら連れて、茂みの方に歩いて行った。

大学で、私の知る仲間うちでは、藤岡君が最も女性の友達を持っていただろう。親戚や知人の筋も多かったが、前に述べたようにいろいろな会に関係していて、女性と出会う度合いや機会が私らと雲泥の差があった。

二年次の頃、私としては二の足を踏む提案だったけれど、「知り合いを紹介するから」と言って、彼の女友達に同じ洋裁学校の女生徒を連れて来させた。神宮の絵画館辺りから新宿御苑へ行き、初めのうちは四人揃って散策していたが、だんだんと二人連れ同士に分かれて話すようになり、これは藤岡君らの仕掛けと思ったが、その女生徒が至極闊達《かったつ》な人柄で楽しい時間を過ごした。

喫茶店で別れた後、「いい子だろう、交際してみなよ」と促されたが、下宿に帰るやすぐ、楽しかったお礼と共に今日だけの付き合いで終わるお詫びの手紙を書いて、今さっき聞いたばかりの二人の住所にそれぞれ送った。その当時、藤岡君の親戚に、清楚な感じで売り出し中の筑紫あけみという映画女優がいた。藤岡君が交際が実らなかった結果について悔しがるので、「筑紫あけみさんなら良いけどね」とはぐらかし、お終《しま》いになった。

前置きが長過ぎたが、主題は硬派の心底に眠っていた恋心が、ついに、大学三年次の昭和三十年の夏に起動し、長年秘めていた思いをラブレターで出した経緯である。相手は、小学校の初等科三年間と中学校三年間を一緒に学んだ同級生、臼井さんである。

大元をたどれば、小学校のつづりかたに、夢で子供の潜在意識として残っている。

「ゆ　め」

（前略）もらったキャラメルをかみにつつんでしまっておきました。するとうすいさんが、ぼくのキャラメルをみんなたべてしまいました。ぼくは、おこって、うすいさんはなきました。（後略）

（『つづりかた』堀金国民学校初等科二年）

戦時下の小学校高学年で男と女と別組にされたが、戦後、中学校は男女を一緒の組に混ぜ、私は再び臼井さんと同じ組になった。初めは組中が男女間の接触に慣れずにぎこちなかったが、お互いに戸惑いつつも打ち解けてくると、何せ思春期だから、異性に対して好意などを持ちはじめた。私も幾人かに向けて親近感を覚えたが、まだまだ誰とも定まらない茫洋《ぼうよう》とした気持ちだった。

中学が終わり組が離れ離れになると、もう元の組の女子たちへの親近感の幾つかは薄れて、違う高校に通う道すがらに交わす朝夕の挨拶だけになった。しかし、挨拶をする他は、少し顔を見合わすだけで何の話もしないのに、妙に一人だけ、心がときめく女子がいた。本当に自然だったというしかないが、臼井さんである。

彼女が通う豊科高校は、南農の南西の方角に建つので南農生から親しみで〝巽《たつみ》〟と呼ばれたが、吉野神社の森を隔てたすぐ先で、放課後にでも会おうとすれば容易に近づくことができた。しかし、まだそれほど強く固まった心ではなく、淡く浅いもので、通学途上の挨拶だけで満ち足りた。

ようやく話を交わしたのは、二年次の夏で、まだ中学に残られていた望月先生を介して三年二組同級会が男子十二人、女子十一人で行われ、中学校に集まった時である。そしてその年末から、年賀状をやりとりするようになった。

大学に入学して全く会える機会をなくしたが、下宿住まいはかえって望郷とか相思とか思いめぐらす時間を生み、好きな気持ちはほのぼのと灯り続けていた。手紙でもと考え、夏休みのアルバイトで上高地にいたとき、暇を持て余すある夜のつれづれに、暑中見舞いを兼ねて手紙を書いた。上高地に登る路線バスの中で、「人を思えば山が恋しく、山を思えば人が恋しい」というガイドの案内を聞き、山にいて人恋しさに触発された程度は書こうとした。年賀状より当然長く書くのだから、好きだという気持ちも入れようとしたが、結局、仕上がりはごく普通の内容と変わらなかった。

そして、次の二年次になった夏も、同じアルバイトをした上高地から、また前の年と大差のない暑中見舞いを送った。彼女から来た折り返しの返事は丁寧な長文で、嬉しかったので更に私から拝復でもう一通を出して、都合この夏は二度の往復文通をした。

三度目の夏が来た。去年もらった彼女の二通の手紙を読み返しながら、この実直な返事を書かせるために、自分が今まで、一昨年も、昨年も何を言ってきたのかと反省した。自分が本当に彼女に伝えたい心を隠しておいて、ありきたりの時候の挨拶しか書かない卑怯を恥じた。真意を述べない弱さ、正々堂々としない卑劣さに苛立《いらだ》った。私の気持ちが受け入れられない場合は、彼女には彼女の心があり、それはやむを得ないと諦める。今年は並の暑中見舞いは書かない、自分の気持ちを真っ直ぐ、正直に言う、と決めた。


ついに、恋する心を吐露する決断をした。そして、その後の短い経過と結末は、後年、ある会報に投稿した通りである。なお、文中で綴本にしたという手紙は、八月二十六日付けから十二月三十日付けまで十通、ぎっしり五十一枚の便箋である。


「青春の譜」

「恋文」と「判こ」、判じ物のような二つの品は、私の気負ったけど淡かった青春を偲ばせるよすがであり、定年にすぐ届く今の齢では、いささか面映いが私の宝物である。

遡ること四十年前の十八歳の春、信州安曇野在の農家の長男だった私は、地元の農業高校を卒業するや、いずれ家を継ぐ際は戻ると親に約束をし、進取の気概が赴くまま東都へ旅立ち、大学の門を叩いた。

入学時、部活は空手部に籍を置いた。のち事情により退部するが、当初は文武両道を欲張り、より闘争心が燃えるとみて、高校での柔道から転進を図ったのである。

そんな武張った青雲の志の隙間に、春が芽吹いた。それこそ、ふと知らぬ間に育まれていた、小学校で同級だった素封家の箱入り娘への恋であった。高校は別学であったから一層懐かしく、想うほどに胸が痛んだ。

拒絶止むなし、その折は男らしく諦める、と意を決して相聞文を送った。そして、数日後、小躍りする返事を手中にし、以来、熱い血潮と慕情が拙い文字を介して行き交った。

突然、あるときから音信が途絶えた。暫くして、祖母の指図で親戚筋に預けられ、嫁入修行の監視下にあり、私からの書簡は届かなくなったと、悲しみの手紙が来た。

恋は、全くプラトニックのままに終わった。そして、私の手元には甘さと苦さがない交ぜの、「恋文」が綴本になって残った。

憔悴はしない代わりに、酒量があがり夜の巷では時々暴れた。大勢に打ちのめされ体の傷も負った。反動で、試験だけは妙に適度に身が入ったか、よもやの僥倖で卒業式には学部卒業生九百余人の三番となり、壇上で総長から褒状を頂いた。優等賞は時計と「判こ」だった。時計は壊れて捨て、判こだけがある。

（平成五年三月、東京株式懇話会『会報』第四九八号）

6　帝国ホテル

試験と現場研修

就職難の時代で、大学の仲間たちはおおよそが、在学中ずっと、卒業後の就職口を懸念していた。官公庁や有名大会社は当然に難関で、中小企業でも応募者が集中して競争率が高く、普通に試験を経て入るのは並大抵ではなく、いきおい縁故関係を探ったりして、入学はもはや就職戦争の始まりで、早々に戦線への参加が強いられる状況にあった。

私の場合は、そもそも帝国ホテル入社を念頭に中央大学を選んだもので、初めから的を定めているから、後はどのように矢を射るかの方法論だった。父親が現役社員という縁故を利して入り口までは行けるが、同様な縁故応募者がざらだと必ずしも中まで入れるとは限らない。ここは上高地帝国ホテルでアルバイトをして、他と比較したときの有利な条件を持っておくべきだと、幸いに、四度の夏休みで実習の実績を残すことができた。

せっかくある縁故関係も持ち腐れしないよう、機会があればホテルへ顔を出し、見知った人々やいろいろな窓口に就職志望を伝えた。人事の権限は経営のトップだから、犬丸取締役社長と高田専務取締役と二人の自宅訪問は必須の事項と捉え、入社選考の直前には必ず応募のご挨拶かたがた採用方をお願いすることにした。

昭和三十一年十一月、あらかじめ葉書で都合を伺った後、まず犬丸社長を訪ねると、

「木村の子供だからといって、贔屓はできないよ」と言われたが、にこやかな話し方で心中密かに安堵した。一週後の日曜日、十一日は高田専務のお宅に上がり、返事の葉書に、「十五日に英語の試験をするそうですが、大したことはないでせう。まだ内容はきまって居りませんので、はっきりした事は分かりません」と書かれていた件に関し、さり気なく試験内容の傾向を探ると、「今週きまるが、英字新聞のレベルだよ」とのことだった。

前年まで、ホテルの入社選考は面接だけで筆記試験はないと聞いていて、私らに対しても従来通りないと読んでいたから、筆記試験が初めて課されると知り慌てた。後ればせながら対応するしかなく、英字新聞のレベルと言われたヒントを元に、とりあえず英紙ジャパンタイムスの社説を標的に定めて、翌日から赤坂の国会図書館（現・迎賓館）へ出かけた。借り出した新聞の社説欄は知らない単語が並ぶが、日にちがなく転記さえできず、とにかく辞書を引き引き文脈をつなぎ、遡って約二週間分ほどの社説を通読した。

「来る十五日（木）に入社に関する試験を致します」と、期日ぎりぎり、十一月十二日付けの通知葉書が庶務係から来た。当日、どれほどの人数か気になった応募者は私も含め五人だけと少なく、しかもその中に同じ上高地のアルバイト仲間だった海野君と山田君がいて、この三人はほとんど同等の条件だから人数は上限に絞ったものと見え、きっと試験は名目で全員が採用されると思えた。勘は的中して、五人全員が採用され入社した。

ところで、試験は会話、聞き取り、和訳だった。会話の時、私は最初に、

「あなたは内片教授ですね。私は中央大学の学生で講義を聞いたことがあります」と、下手な英語で話した。驚いたことに、試験官は私が時々法学部の潜り聴講をしたことがある中央大学の内片孫一教授で、私は全く知らなかったが、ホテルが従業員に施す英会話教室の嘱託講師をされていたのである。

聞き取りは、主題が数字で、例えばミリオンの桁取りを正しく聞き書きするものだった。試験の中心は和訳だが、問題文を見てすぐにジャパンタイムスのある日の社説だと分かり、図書館で調べた努力が無駄でなかったことを喜んだ。問題の提題にgistという単語があり、それも知らなかったが、内片先生が「gistが分からないと困るな、要点とか要旨という意味だ」と説明してくれ、それなら問題文に先日の知らない単語が並んでいても意訳で文脈をつなげられ、予習に添って容易に解答できた。

入社後、国際基督教大学の女子、横浜市立大学の男子の二人はすぐにフロント係へ配属になり、残る三人は、海野君が表食堂、山田君が宴会、そして私はグリル食堂とウェイター職種の配置になったが、フロントとウェイターに区分した元はこの試験における英会話力の差と思われた。

入社は昭和三十二年四月一日。庶務係員に連れられて社長室へ行くなり、一同は、「君達が来ると臭い！」と犬丸社長に一喝された。若者連れの匂いか、本当に臭かったのか分からないが、ホテルマンは常に身を清潔に保てという教えの始まりであった。自宅を訪れた時のにこやかさとはまるで違い、苦虫を噛みつぶした厳しい顔で、その後も仕事の関係で会う時は常に怖い顔だった。そのくせ、廊下ですれ違う時などは、「仕事にかこつけて遊びに来いよ」などと人が違う優しい言葉をかけてくれたりした。

入社書類の身許保証書は二人の保証人が必要で、父の他は思い切って高田専務に頼みに行った。提出が少し遅れて庶務係から催促がきたので、

「高田専務が直接に係に渡すと言われたが、まだなら急いでもらいます」と答えると、「急がなくとも、いい」となった。「専務に頼むとは、君は大物だな」とも言われ、係員の私を見る目が少し変わった。

ホテルは、新入の大学卒業者は誰でも幹部候補生扱いで現場研修を施していた。ホテル営業を支える接客・宿泊・食堂・料理をポイントとしてベルボーイ・ルームボーイ・ウェイター・コックの職種を、それぞれ約半年ずつ体験すると二年間ほどかかる。ところが、私らの採用年からこのシステムの方針を変え、既にフロント係らはベルボーイの体験なしで直に配置したし、私ら三人も短期の育成で済ませて配置すると聞いた。

まず、新入社最初のグリル食堂は四月一日から五月三十一日まで二カ月間、短期の現場だった。基礎に触れるだけでいい研修とはいえ、余りに短すぎ、私は初体験のウェイター

職は覚えたいこともいろいろあり惜しいと思った。それでもメニューはグリルの肉料理は当然として、直上階にあるプルニエ食堂の魚料理の日替わりメニューもどうにか理解するようになって、後半は責任テーブルを二卓ほど持ち、客からオーダーも受けた。

グリルは朝食時間は開かず昼食と夕・夜食を対象にしたが、「夜マテ」と呼ばれる夕の部の勤務を最終まで通すと夜中になるので、大抵の人は敬遠気味だった。私は生活が夜型で苦にならず、「昼マテよりも夜マテを」と希望して重宝がられた。もっとも夜マテの場合、仕事が済むと皆でグリルの裏（パントリー）に寄り、仕込んだ料理の余りを夜食につまんで帰るのでメニューを賞味できるし、アルコールもそこそこに飲める余禄があった。

次は、六月一日から客室係に配置転換され、当時はまだライト館しかなく南館・北館各三階ずつ六係に区分していたが、中でも最上の客室がある北二階係になった。キャプテンは、終戦直後九月二日、米国戦艦ミズーリ号上において降伏文書に調印した全権重光葵外務大臣をホテルから送り出したエピソードで有名になった竹谷年子さんで、何でも丁寧に教えてくれる優しい人柄だった。客室の仕事はアルバイトの経験がもろに生きたが、全室がバス付きだと、居室の清掃は古参の人の持ち場であってほとんどさせてもらえず、新人は専らバスルームの清掃に集中した。

北二階で一カ月経つと夏が来て上高地出向が発令され、上高地の客室係になった。同時に、新人研修中の山田君が同じ客室係、海野君が食堂係に発令され、学生アルバイト仲間が揃った。ホテルは入社後二カ月間は試用期間としていて、三人とも六月一日付けで本採用となりやっと一人前に扱われ始めたところで、若さもあり精一杯に働いた。

そして、上高地の業務を終え所定の休日を消化した後、上京出社すると、即日、九月十九日から庶務係への配転が命じられた。もう一カ所、コックとして料理場研修を望んでいたが叶わず、残念だったが止むを得ず現場研修は終了したのである。

これで、私の行く道はほぼ営業部門から遠ざかり、事務管理部門の方向をたどることになった。

転々・上高地要員

入社に先立ち間借りの部屋を引っ越し、住所を変えた。丸四年間足場にした阿佐ヶ谷駅は、中央大学には中央線一本で便利でも、帝国ホテルには乗り換えの手間が要る。山手線沿いにでも越そうとしたら、従兄の木村茂宝兄が、相部屋の青柳玉大さんが都合で出るので後が空くと言う。

実は、兄ら二人は共に本来は田舎で家を継ぐ立場の長男だが、これまた共に次男の弟らに農業を託して自分たちは独歩の道を選ぶと決め、私の父に口利きを頼み、数年前から帝国ホテルへ入社し、茂宝兄は営繕係電気職、玉大さんは料理係コック職で勤め始め、幼友達同士で同居していたのである。品川駅まで徒歩五分、ホテルまで僅かに三駅目と近い絶好の場所で、すぐ後釜に頼んでもらい茂宝兄と同居することになった。

港区芝高輪南町二七番地、浅海キン様方、毛利家の使用人社宅が並ぶ一画で、ご主人は亡く妹さんと住まっていて、二階にある二室の片方である。茂宝兄もしばらく後に引っ越したので、以後一人になったが、結婚するまで都合四年八カ月住んだ。

ホテル業務は年中無休だから、従業員の勤務は二十四時間に対応して三交代とか二交代とかが組まれ、部署ごとに始業・終業の時間が異なり、宿泊勤務はおろか遅番・早番はざらで、私もグリル食堂では夜の遅い退出、客室では朝の早い出勤が普通だった。それが庶務係になると朝八時半から夕五時半まで、今までの現場と違い毎日一定したスケジュールを繰り返し、全く役所や一般会社並みの拘束九時間勤務になって、月給取りの態である。

私が庶務係に所属したのは会社の裁定で、会社が私のやるべき仕事は事務方がよかろうと判断して割り当てた結果だから、もはや短期の異動はしまい。それに、当時の庶務係は人事・給与・厚生など管理事務全般を担当する部署で、多様な事務を一通り覚えてこなすまでには相当な時間を要すると見て、少なくとも二年は庶務係から動かないものと予想した。

実際に従事してみても、係員は私を含め九名だったが、例えば給与計算は算盤《そろばん》だし、台帳類や給料明細書など記帳や転記はすべて手書き、失業保険の資格得喪で飯田橋公共職業安定所へも行く、従業員の検便や食堂厨房の害虫駆除作業にも立ち会うとなると、そこそこ下限の員数で、そうたびたびたやすく新人に替え得る状況にはなかった。

上司は「主任」と呼び、著名な柔道家三船久蔵十段の女婿三船貢さんだったが、係員とは全く別格の風で個室を構え、事務は下に任せきりで決裁だけしていた。ただし、三船主任は歌人・美船航児でもあり、文章には殊の外やかましく、慰安旅行の時に自慢の作歌を吟詠したりするのはいいが、仕事で手紙を書かせられるや推敲に念が入り過ぎるのには閉口した。

庶務係で迎えた入社初の年末は、営業部門がクリスマスで賑わうのを横目に、給与改定の事務で忙しかった。給与規定による定期昇給は毎年一月で、その計算なのだが、私の昇給は平均以上と知り優越感があった。

大まかに言えば一般の昇給率が五パーセントのところ、庶務係には五・五パーセントと職務の考課が付き、同期入社の彼らを凌《しの》いでいた。本給は試用期間中は四二〇〇円、大卒本採用は六〇〇〇円（ちなみに大卒でない者は四八〇〇円）と同額だったが、ここで三〇〇円対三三〇円と差がつき、僅か三十円の差だが先々に波及するのが楽しみだった。

後にも述べるが、当時、月例賃金は本給一本ではなく、家族手当や深夜業・時間外手当は別として、本給比例で加算する地域手当、普通手当、特別手当があり、それら手当三種類の合計は本給並みから月によっては本給額を超えていた。加えて、九月と三月の賞与、六月と十二月の手当金など、年に四回支給される一時金も本給が基で比率計算されるから、三十円の差が生きてくるのである。

新年が明けると、建築中だった第二新館の竣工を八月一日に控え、従業員の採用が必要で、人事関係の事務が込んできた。今までのホテルは私らも含め縁故採用だけで足りていたが、客室四五〇室、食堂・バー五カ所、宴会場三室など今度の大規模施設に対応するには大量の採用が必要で、つてではとても員数を集めきれず、ついに新規高等学校卒業者の公開募集にふみきったのである。そして、前年の私ら大卒者に続き、初の高卒者入社試験を実施した結果、四月一日付けで男女合わせて一四四名を採用した。

庶務で一番の下っぱも、古参の上役らのお蔭でだんだんと周囲から持ち上げられる。庶務係に特に力があるわけでもないのに、周囲は何か庶務係の威光みたいなものに従う様子が見えて、古参らも心得たもので、それを笠にきて新参者を引き連れて回るのである。

出勤後の頃合いに誰かから目配せがあり、その人の後について部屋を出て行くと、大抵どこかの食堂の裏か厨房の陰に立ち寄る。「おはよう」と一声かけると、コーヒーかジュースが当たり前に出され、トーストとか卵とか言えばその皿が並ぶ。連れる人によって、せわしない早食いかのんびりした猫舌かは違うが、ご相伴である。慣れない間は環視の眼が気が気でなかったが、悪い慣習にせよ、つまみ食いの中に人々がいろいろにつながっているのを知った。

順調に庶務係に馴染んできたのに、突如、よもやしばらくはあるまいと高をくくっていた異動の話が出て驚いた。行く先は、先年、新たに設置された調査係である。ホテルは飲食を伴う業務柄、どの部署でも誰でも商品である料理や飲料に近づけられ、例えば庶務係員が朝の軽食をつまめたように、口にしようとすればする方法は幾らでもあった。現場は現場で、試食試飲とはとても言えないつまみ食いや従業員食堂まがいの不正な食事をし、中には食材を半ば公然と持ち出す話も聞こえ、規律の弛緩が見えてきたのである。

料理や飲料の原材料を適正に管理しないと利潤が損なわれるのは道理で、経営の根幹を揺るがす大事に至る。会社は、やっと料理原価や飲料原価の重要性を認識し、出庫の統制や在庫の調節で数値を引き締める、いわば内部監査の組織として調査係を立ち上げた。主任一人、係員四人で緒についたが、更に期待の高い部署で、今一人の増員を要するというのである。

否応なく、昭和三十三年六月一日から新部署へ移った。主任は犬丸社長の懐刀とも噂される人だが、本務が別にあり調査職は兼務で週の半分しか出社しないため、係員たちは自主と裁量を負って執務に活気があった。

私は差し当たり出庫伝票の検印が日課で、厨房入り口に仮囲いした関所の窓口で、品名と数量を記載した伝票に「倉出し可」を意味する認印を押していた。どの部署も倉出しは若い衆の使い走りで、先日入社したばかりのコックやウェイトレスらが行き来した。関所の前は広い土間で、仕入れ品の納品場として野菜・魚介・肉など生鮮食材が運び込まれると、業者と仕入係と料理係の責任者とで検品をするのが見られた。無論、生鮮食材も出庫伝票の対象であった。

検印押しを半月もしない六月半ば、また夏を迎える上高地出向が発令された。いつの年も地元の出身者が指名されやすく、私も地元として予期しないではなかったが、今度は事務所に属し、指示をされる側ではなく逆に指示を伝える方の立場に立ち、しかも庶務と経理を担当すると言われ、支配人の手足となる役目なのかと緊張が走った。

ちなみに、地元者は、この年も松本市出身で大学当時からの恩人榊原先輩が同じ事務所内の会計担当、同郷の茂宝兄が営繕係電気担当で前年に続いて出向になったが、青柳玉大さんは外れた。

上高地での仕事のあらましは後に別項で述べるが、初めてした庶務経理の仕事に大過がなく翌年も翌々年もと重なり、実に昭和三十八年まで六回続いた。上高地は昭和二十八年から学生アルバイトを四回、入社後は客室係一回、そして庶務経理をやり、最後の昭和三十九年は会計に代わって一回、通算して十二回だが、うち庶務経理が半分である。

ところで、毎年夏に同じ仕事の出向が続いて、私がすっかり上高地要員に定着したと見なされると、私の原籍がある調査係では今後も毎夏出面が一名減ると予想し、それでは年間恒常的に抱える作業量が夏期はこなせないと懸念する。それに、上高地帝国ホテルは七月と八月の原則二カ月営業というけれど、例えば客室係なら出向は上高地で実際に働く二カ月だけで前後に何もなく済むが、庶務経理の事務は準備に半月、残務に半月と出向前後に日数を要して実質三カ月と長くなり負担が多い。ついに、調査係員から三回目の出向が終えた昭和三十五年九月二十日限り、調査係を出され、宴会会計係に異動になった。

調査係での勤務は正味で一年八カ月余りしかなく、従って月末のインベントリー（在庫調査）など集中的に人手の要る作業には加わったが、後は主に検印押しで、合間は食堂・バー・ルームサービスのチッツ（売上伝票）を検算し算盤の乗算・加算違いを正したり、チッツコントロール（欠番調査）で連番伝票の欠番を追って売上金の逸失を防いだりする程度の内容に過ぎず、大した役割は与えられなかった。しかし、調査係が介在してから、不正な飲食が牽制され、料理や飲料の原価が相当に補正されたという実感があった。

宴会会計係は元は定数三の職場で、榊原先輩が夏場の上高地会計から帰向して三人に復元したばかりだが、私が入って四人になり要員過剰になった。ホテルの宴会部門は、俗にニッパチと言われる二月と八月は不景気で、殊に当時は宴会などない日さえある正に夏枯れ状態で、だから宴会係のウェイターは夏場は同様に空く、すきやき食堂のウェイトレスと相まって上高地食堂係に出向させられていた。そして、宴会会計も付随して暇になるので、上高地要員を置くには最も適当な配所であった。

宴会は大まかには昼と夜との二代わりだから、会計係は一日当たり早番・遅番二人いれば足り、遅い宴会がない日は一人でも良かった。そこに四人も所属すると、誰かが他所へ抜かれるまでは一人休んでもまだ一人が余り、狭いカウンターに所在なくいるのも目立った。結局、交代で休憩しているしかなく、私の暇つぶしは外出で、映画館へ行くことが多く、その時分に上映された映画のほとんどを見たほど楽な職場だった。

その上、仕事が済んだ帰りには軽く飲食ができ、孔雀・松・竹・梅・新館と五つに分かれたブロックのどこかに寄った。遅番のときは「会計さん」とわざわざ呼びに来てくれもして、品数や量が多いと車座の中で長居になり、しこたま飲んだ雇いボーイが酩酊して千鳥足になるのを見た。

食べ物は皿盛料理の余りや欠席者の手つかず、飲み物は注文数の残余だから、どちらも既に売上に計上されていて会社の品を飲食していない理屈であった。結婚披露宴の献立には一番上等な牛ヒレのトルネードステーキがあったが、披露宴が重なる時季にはトルネードが毎夜続くので、「カクテルパーティが恋しい」と笑ったりした。

会計とはいえ、会社主催パーティでも結婚披露宴でも宴会代の支払いは現金払いは全く稀で、ほとんどが後日請求だから、勘定書はすなわち請求書で、終宴後に確認署名さえもらえば良かった。しかも宴会の件数は限られ、勘定書作りは少ない。それなら、あちこち関連の明細書が付いていて項目が多いし金額も張るので綺麗に見やすくしようと、摘要はゴム印で印字を押し、数字はタイプライターで打つなど手間をかけた。

計算は算盤だが、私が宴会会計係に在籍した間は誠に手軽な思いをした。というのは、宴会会計のカウンターは宴会場プロムナードの中央にあって、プロムナードには客に会場案内をする役目の「廊下トンビ」と呼ぶ専任のウェイターが配置され、彼はまた会計に付随する雑用も仕事の内にあった。当時の廊下トンビは、後に帝国ホテル健康保険組合の事務長に上がる赤澤純君だが、珠算検定一級を小学校で取得し平方根まで解く有段の技能を持ち、四桁×三桁の掛け算や一〇〇万程度の足し算は訳もなかった。一日の帳簿を締める時、私は口頭で数字を読み上げつつ彼が暗算で出す答えを書き留めれば良く、私が算盤を使うのは彼が休みの日だけだった。

そんなに楽をした宴会会計係もたった二年で、昭和三十七年九月二十四日、上高地から戻るとフロント会計係へ回された。同じ会計課内だから単なる配置換えなのだが、宴会対象と宿泊対象では仕事の内容が全く違うので、私には人事異動と変わらない他課配転並みの衝撃があった。

まず第一には全く新人としての配置で、入社五年の経歴が閉ざされた格下げ感があった。職場では誰にも会計処理上で使う個人番号が振られ、番号は上が抜けると順次繰り上がる序列だった。職場には十三人いたから、私には十四番が与えられた。しかし、私よりも若く社歴も浅い者が五人ほど上になったのである。

第二はフロント周辺への配置で、不得意な英会話の下に晒される自信喪失感である。庶務・調査・宴会など外国人と余り接しない職場に慣れきって、すっかり英語の研鑽を怠っていた身が悔いられた。

後に、二つの衝撃は杞憂《きゆう》に終わる。番号や序列はあっても、資格や地位の要は人柄であり、見事な仕事さえすれば頭を下げられるか一目置かれるようになると悟り、英語も会計の範囲内で済むので、通常平易なやり取りで進められたのである。

フロント会計係の勤務には朝番・午後番・ナイト（夜勤）があって、男子だけがナイトをしたが、ナイトの場合はスイングと呼び、午後番から連続して翌朝になる二日分の勤務だった。

新人は初めはナイトだけをやる慣行で、私も最小基準の二カ月間を夜勤だけで通したが、新人がやる慣行にしたのはその分、古参がやる夜勤を減らせる方便だと思った。夜二十二時から翌朝七時まで働き、帰宅して昼間寝る、まるで夜と昼と逆になる生活が毎日続く経験は初めてで、昼間はつい寝そびれて睡眠不足になった。

通年夜勤専門の係員が一人いて「よく続きますね」と慰めると、「夜の方が気が楽だ」と答えたが、彼は一日の客室・飲食・その他の各部門別売上を精査照合するのが仕事で、客の接遇はないからなるほどと思った。一方、私らナイトは客の出入りに応対しながら、部屋代の計上をするのが主要な作業で、室ごとの勘定書をホテルマシンと呼ぶ大きな電動計算機に入れ室料・サービス料・税金を打ち込み、その後夜勤専門の係員と日中から累積した他の部門別数字をも併せ照合した。いつも多少の誤差を生んだが、必ず探し出して一致させた。数字が早く合うとロビーの隅に座って雑談したり、時には数時間もの仮眠が取れることがあった。

朝番・午後番は客がチェックインすると号室・氏名を記入した勘定書を起こし、食堂・バー・その他からチッツが回るとその金額を加算していった。ホテルマシンがひっきりなしに音を立てた。そしてチェックアウト時に現金を領収するのである。

当時、帝国ホテルの客室は八三三室あり、会計カウンターは二三六室分を扱うライト館カウンター、第一新館と第二新館の五九七室分を扱う新館カウンターと二カ所に分かれていた。係員は交代で番に当たるが、ライト館は顧客が多いから顔をよく知るベテランの配置が必要だとして、古参の女子が専任され、次第にその女史の眼鏡に適う者が行く成り行きにあった。

私がまだ昼間の勤務に慣れないのに穴埋め番を二度三度とするうち、やがて女史のお呼びがかかり、ライト館の担当が多くなった。部屋数から比べても、仕事はナイトを含めてライト館の方が新館の方より楽だった。

私がフロント会計係にいた間に、ホテルにあるまじき集団赤痢事件が起きて強烈な印象が残った。そのあらましは、昭和三十八年五月二十四日、従業員から赤痢患者が発生して、東京都衛生局が従業員食堂を閉鎖したのに始まった。二十六日には患者・保菌者が計三十五人の集団になり、更に二十七日には八十二人に達した。ホテルは二十七日の昼食で客用の食堂も閉鎖し、夕からは飲食のサービスを全面中止にした。同時に自主的に二週間の営業停止を決定して、八〇〇人ほどいた宿泊客には他のホテルへの移動斡旋を始め、予約客や新規客へも断りと斡旋を開始し、この対応は各紙夕刊に掲載された。ついに三十日夕には一七五三人の全従業員中、一九三人が入院する集団赤痢事件になったのである。

　六月十日までの十四日間、職場からも病院に収容される者が次々と出て、働く員数が少なくなった。しかし、私ら残留出勤者の小人数に対し、滞在客も二五〇人ほどが斡旋されたホテルへ移っていき宿泊客数が減ったし、それに飲食関係のチッツが一枚も回って来ないから、まるで持ち場は火の消えた静けさで暇を持て余した。ただし、このとき、ライト館には来日中のスカルノ・インドネシア大統領が滞在していて、他のホテルへの移動を拒否され、ご一行の室料の打ち込みだけは続いていて、大きな励ましになった。


　フロント会計係にいながら、昭和三十八年夏の上高地出向は会計の担当ではなく、相変わらず庶務経理の担当だった。集団赤痢事件が治まった直後で、会社はあたかも事件の反省から病気の早期発見と予防体制確立を急務として、上高地でも手洗いと消毒の励行、検便の月一回実施など諸対策の実行が望まれたから、現地の保健所の対応を考慮すると旧知の庶務担当が良いと人選の変更がためらわれたのかもしれない。

　そして、翌昭和三十九年夏の上高地出向で、初めて会計として発令された。そして、更に、この年をもって私の上高地要員の任は解かれたのである。

昭和四十年二月一日、人事異動があり、私は二年余りのフロント会計係から列車食堂部営業課へ転属を命じられ、営業係長になった。

上高地事務所

昭和三十三年以後の上高地出向は毎回事務所に属したが、最初に庶務経理を任された時の支配人は志賀高原ホテルなどリゾートホテルでの経験が豊富な渡辺銀生さんだった。発令されすぐ準備日程の打ち合わせに行くと、次々と予定事項を列挙し即決されるので、強い後ろ楯を負う安心感を得た。

この年は雨が多く、上高地線は道路が崩壊してバスの往来がままならず、客足が途絶えてホテルの営業は極端に悪かったけれど、渡辺支配人は終始どっしり構えていた。成績は上がらないにもかかわらず、事務所の閉館打ち上げは事務所員を十分楽しませる慰労会になり、気配りも一流だった。私は七回の事務所勤めで、歴代五人の支配人に仕えてきたけれど、上司のあり方に最も影響を受けた支配人だった。

上高地出向はある面では人材育成の場と捉えられていて、確かに上高地は東京よりずっと小型のホテルで全体像を見渡しやすいから、殊に職場の責任者クラスは若い人を年々交代させ知識を深める体験に役立てていた。支配人の任用は尚更で、若い人が配置されると教育と見る向きがあって、一回限り、もしくは長くても二回だろうと憶測された。

支配人の成績はその夏二カ月間の営業利益ですぐ表れる。歴代の支配人には、成績を気にする余り妙に支出を抑制し、日々の仕入れや出金ならまだしも、建物維持に欠かせないトタン屋根の赤ペンキ塗りやベランダのクレオソート塗りまで制限したがる人がいた。次の年に再任されなければそれで良いとしたのである。また、好天で売上が順調に伸びていて、事務所員らは内心では賑やかな慰労会を期待しているのに、何もなしで解散した年もあった。庶務経理としては常に一応の意見具申はするが、最後は支配人の決裁である。

上高地帝国ホテルの営業は、いつの年も、秋冬春十カ月弱の閉鎖を通した後に開館するので、そのつどが新規開業並みに一からの出直しで、支度には大変な手間を要した。事務的には関係各役所への届けはもとより、営業的には日本交通公社と、当時はまだ少なかった他ホテルへパンフレットと新タリフを持って車で回るのである。資材面では現地で調達できない帝国ホテル固有の食料品・飲料・物品等について、一夏中の商売を支え切る量を揃えトラックで配送する。施設面では最も厄介な要員面と関わるが建物・機器の点検を営繕係の先遣隊に先乗りさせ、社宅の整備と同時に地元臨時雇を採用し、そしてやっと本隊に留意事項を伝達し最終出発する。庶務担当はすべてに関わり忙しい日々であった。

しかし、現地に人と物が着けば一段落で、それからは各職場の責任者の下にそれぞれ応分の人や物の管理を委ねて肩が軽くなった。職場区分は事務所がフロント、会計、仕入、そして私の庶務経理、現場が客室、食堂、料理、営繕、締めて八人の責任者である。衣料と従業員食堂は、地元臨時雇を主体に仕事を進める関係から庶務の管轄に入れた。

経理の仕事は発令に際し「初めてだろうから事務のあらましを経理係に教われ」と言われ、手透きの合間に帳簿つけなど初歩を泥縄で習ったが、実務に全く触れたこともなく、恥ずかしながら横線小切手さえ初めて知る知識だった。しかし、上高地では日記帳の収支記載が主な内容で、扱う金額も高が知れていて容易だった。資材の大部分はあらかじめ東京からトラックで入庫してあるから、地元で仕入れる品種は少なく、従って支出するのはボイラーの重油に酒・ビール、それに日々の生鮮食品くらいであった。

従業員食堂は三食給付で、このメニューの作成は庶務の所管事項だから、庶務としては美味い総菜を供したいが、経理としては材料費のかかり過ぎはできず、二面性の中で葛藤があった。仕入代金を松本市の業者に支払いに行くと、肉屋が、「帝国ホテルはサーロインばかり買って、肉屋にはバラ肉が溜まり過ぎて町家では捌ききれない。他の部位も買ってくれ」と苦情を言ったが、なるほどホテルのメニューは高級部位ばかりで使用量は他の部位を圧倒して多い。全頭卸しの肉屋は注文がヒレ肉だけに偏られては文字通り苦肉に違いなかった。さればとて従業員用に回す肉はそう買えないのであった。

上高地出向中は日がな一日事務所暮らしだった。事務所に属す四人の寝床は事務所とドア一枚隔てただけの隣室だから、朝起きてから夜寝るまでどころか就寝中さえ宿直のようで、稀に夜間に突発的な急病人が出てもすぐに対応できた。

私が毎日する仕事は収支日記帳の記載と従業員食堂のメニュー管理くらいで、後は給与の支給、検便の実施、保健所の検査や衛生講話の打ち合わせ、請求書の集計、月末支払いなどせいぜい月々一回まとめればいい仕事で、作業量が少なかったから手透き時間が余った。時には、従業員の慰安も必要で、また周辺地理を見聞することも接客上欠かせないから、福利厚生の一環と研修視察を兼ねて「平湯温泉と乗鞍岳行きバスハイク」を計画し実施した。

余裕の時間は、結局、普段は事務所の留守居番で電話交換機の交換手をするか、客が混む時には手伝いをするかで、フロントがやる予約の受付、ベルボーイがやる入出客の荷物運び、会計がやるチェックアウト時の清算、食堂・バー売上の日計などをした。後に私が会計担当になったとき、逆に事務所の皆にチェックアウトを助けてもらったが、協力のありがたさが身に沁みた。

夜はフロントと会計が宿泊売上を締めると一段落で、事務所の卓で酒盛りをした。誰彼の区別なく寄りたい人は寄れとしたが、やはり若い人は遠慮がちで責任者や年配者の場になったが、放談を交わす居酒屋風だった。父は別棟住まいだが、夜間は本館の内外を防犯防火で巡視していて、事務所にも三、四日に一度くらいの頻度で立ち寄り、山の話をしていった。父が顔を出すと、皆が「四番長島が登場！」などと大いに喜んだが、そのたびに酒や缶詰の差し入れが伴うのを期待したわけで、父もさり気なく私の顔を立ててくれた。

仕事には全く関係なく、上高地では幾つかの自死に遭遇した。遭遇したというより、事件と聞くや、仕事に障りがない限り現場に行った。山々に自然の神秘を感じ、人に生命の神秘を感じながら、なぜ山に来てまで自ら生命を絶つのか関心があった。

父が山岳遭難の対策や救助の要にあり、遭難事故が起こると父の木村小屋が対策本部として関係者が出入りし、遭難した死傷者の搬入も目にした。しかし、遭難はあくまでも偶然・外来の事故死だから、哀悼するだけであった。印象に残る幾つかを簡略に記して、冥福を祈りたい。

女子高校生が西穂高岳登山口からすぐの沢辺で死んだ。届けたのは男子高校生で、恋仲の女子を刺したが、自分は死にきれず片割れ心中になった。元は自分が死ぬと言いだし、彼女は止めについてきたが説得しきれず、ついに一緒に死ぬなら先に死なせてと頼んだ。彼女はショパンの「別れの曲」を歌った。胸を刺すと、口ずさみながら息が絶えたという。

まぶしいほど若い裸体が仰向けになって、環視の中で検視解剖が行われた。刺された左胸の傷周りに血のりは少なく、流血は内側に溜まり内部で圧迫を強めたと所見された。腹を一文字に割ったメスの跡が丁寧過ぎるほど縫合されると、警官の一人が沢端からフキをもぎ取り、その葉で裸体の乳房と下腹部を覆い隠した。

大正池に近いバス道路を少し右上に入った千丈沢のデブリで、二人の女子が死んだ。それぞれが「○○子、ブロバリン二○○錠服用す」と、自分の名の下に同じ短文を記したメモを置いていて、相図った同性心中であった。真夏の晴天下、太陽がぎらぎらと照りつけ、石河原を背に上を向く屍体には日光が直射していた。紫外線は容赦なく降り、皮膚は死後も日焼けし手足も顔もどす黒くコーヒー色に焼いた。しかも、鼻孔から口内にかけ蛆虫《うじむし》が山盛りに蠢《うごめ》いて、まだなお金蝿が顔の周りを飛び回っていた。美しくは死ねないのだ。

霞沢岳を大分登った沢の脇で男が死んだ。夕暮れ近くに発見され検視は翌日になるのだが、私は場所を確かめたくて大急ぎで霞沢に取りついた。勾配がきつく岩石がごろごろする沢筋を相当に直登して、まだかまだかと思う頃、それまで挟まっていた切岸の左に洲が開け、中ほどに木の枝を重ねた高まりがあった。

もしやと思い下の方の枝を持ち上げ、肝を潰すほど驚いた。うつ伏せの屍体を発見者が起こして置き直したのだろうが、半開きの口周りから頬一帯に汚物や土がこびりつき、半眼で、五指が虚空をつかんだ半身が現れたのである。沢水が右岸をチョロチョロ流れていたから、服毒の苦しみに水を求めて樹林から這い出し、流れに今一歩届かず絶えたと思われた。夕闇に暮れた帰路は足が震えた。

田代橋から僅か下った梓川のほとりで女が死んだ。水色のスーツを着た細い体と聞き、私らが今し方焼岳からの下山時にすれ違ったばかりの女だと直感し、現場に走ると、救助隊員らが蘇生を諦めたところだった。まだ生温かく生き返りそうに見えたが、確かめに耳を寄せても鼻口に息は聞こえず、薄い胸に鼓動はなく、細い腕に脈はなかった。行き交った時は、青ざめた顔色で少しふらつきながら歩いていて、それに妙に甘い匂いの息を嗅いだ。日がある時間のまだ人通りがする場所である。既に薬を飲んで彷徨《さまよ》っていたとは到底分からなかったが、ひと声でもかければ良かったと思った。

岳沢から右へ上った前穂高岳下のガラ場に白骨体が出た。過去の遭難扱いに不明者はなく、事故で埋もれた体がこの年の雪崩か落石に動かされて出たとされた。身元を調べに山案内人が警察の嘱託医を連れて現場に向かうと聞き、父と私とついて行った。

山の峰が頭上に迫り、重太郎新道の道が険しく登りが急になると、太り気味の嘱託医は息が切れて足が出なくなり「ここで待つから頭蓋骨だけ持ってきてくれ」とへたり込んだ。もう少し登ると山案内人は登山道を外れ、現場を見込んだガラ場を行き目的を見つけた。ヤッケ様の衣服はぼろぼろに破れていたが、中をまさぐると骨が転んで見えた。骨のほとんどは綺麗な白骨で、山案内人が「パイプにできるな」と言うほど染みがなかった。山案内人は頭蓋骨だけ取り上げ、途中で待っていた嘱託医に手渡すと、嘱託医は矯《た》めつ眇《すが》めつ調べて年齢を推定した。検視が終わった頭蓋骨は、再びガラ場に近い岩の上に置かれ、収容時の目印になった。

上高地帝国ホテルの閉館後の片づけは、来夏まで十カ月弱も完全閉鎖するので、例えばカーテンや絨毯《じゅうたん》は晒したままだと色焼けをするから、変色しないようすべてのカーテンは窓から外し絨毯は床から巻き上げて収納するなど、扉をただ閉めるだけでは済まない作業が要った。職場により作業量が違うので、帰京の日はまちまちになり、止水栓を最終確認する営繕を最後とし、事務所は更に営繕を送ってから下りるのが通例だった。

閉館当夜は全員が食堂に集まり祝宴を張った。二カ月の缶詰暮らしから解き放たれる喜びで、賑やかな騒がしい飲み会になった。一方では貴重な経験を刻み込んだ、人それぞれの交歓の会であった。

当時、会社が創刊し始めた社報に、私が上高地から送った記事が載った。いつの年も、閉館前後は同じような状況だったのが懐かしく思い出される。

「上高地短信」

○六月二十五日

午前八時新宿発第二アルプス号で本隊二十四名が本社の皆さんの盛大な見送りを受けて出発。天気予報は曇時々雨。その通り途中から雨になり、その中を上高地へ登る。

午後四時ホテル到着。柏崎支配人以下十名の先発隊の出迎えを受ける。
夕食は上高地名物ライスカレー。午後七時より第一回責任者会議開催。
○六月二十六日
午前八時全員二階ロビーに集合し仕事開始について支配人より訓示を受ける。その後それぞれ係毎に開業準備にとりかかり第一日を終える。

作業後各人思い思いに初の散歩や岩魚釣りに出かけ、釣組の中には四尾をものにして鼻高々の天狗が出た。
○六月二十七日
別名上高地の主ことヒゲの木村氏の天気予報どおり雨となる。
終日開業準備に大童。
○六月二十八日
アルバイト学生軍がぞくぞく到着。これで本年の上高地従業員の顔ぶれも揃った。本社、アルバイトの別なく仲良く二カ月間をすごしたいもの。
○六月二十九日
十カ月間のほこりも落ち見違えるほど清掃された。各係とも大方のめどはついた。
○六月三十日
午後五時定食堂において恒例の開館祝。冷酒とスルメで乾杯。催しはささやかであっても、この六十日間に結集する力の息吹きが、隠し芸の披露や歓談のあいまに哄笑爆笑のうずを巻きおこした。
○七月一日
いよいよ開館。第一陣のお客様は御婦人ばかり九名。「やはり商売というものはよい」と、この数日清掃ばかりに明け暮れた各人の蔭の声。

開館への祝電がしめて十三通。皆さんの期待がひしひしと身に迫る。

初日の御宿泊計二十名様。
○七月二日
お客様の御到着少なく、体を持て余し気味の一同、郵便屋さんの配達を待ちこがれる。山の楽しみ三傑は、寝ること、食うこと、そして手紙とか。受け取った人と来ない人の悲喜こもごもの顔々。
○七月三日
終日雨でお客様もまだまだ。予約係だけがしきりと入る電話に多忙。
○七月四日
視察と慰安を兼ねた乗鞍登山第一陣出発。午前七時、三十四名が貸切バスに乗車し頂上を極める。あいにくのガスに眺望絶佳とまでいかなかったが、下山する頃より晴れ間がみえ、雲の彼方に加賀の白山が美しく眺められたのがせめてもの慰めだった。

帰途平湯温泉に立ち寄り入浴と昼食休憩して、放歌高吟しながら午後四時帰着。
○七月五日
暫くぶりの晴天をみてそれぞれ洗濯に余念がなく、従業員の専用洗濯機もフル回転する。主婦の苦労を身に沁みて感じ、変な所で感謝しているパパも居るようだ。
○七月六日
午前九時半玄関前で一同記念撮影。この記念写真が十二枚目になるという連続出向記録をもつ人も居る。
○七月七日
乗鞍行第二陣出発。やはりあいにくの曇天で平湯温泉だけが印象に残ったとか。
○七月八日
朝から雨足強く遂に土砂の崩落で上高地線不通となる。雨の止まぬ限り修復見通しも不能で、早速客用、従業員用の食糧のストックを検討する。一週間は大丈夫との事で安心する。午後十一時ついに停電。例によって上高地名物の始まりか。
○七月九日
午前中停電と断水。しかし各係ともベテランが居てあわてる事はない。お客様も缶詰になり道路状況についての問い合わせがしきりと入る。
○七月十日

道路一部修復なり、三十分の徒歩連絡でバスも乗継運行となる。歩いてお帰りになるお客様へ従業員の気の毒がる言葉が行き交う。

到着予定のお客様の取消が多く残念なこと。
○七月十一日
開通。折からの土曜日でバスも満員でぞくぞく登り始めた。

従業員も暇なうちにと散歩や写真撮影に付近を歩き回る。
○七月十二日
団体を二組迎えてホテル内も活気があふれる。久しぶりに本格的サービスの腕をふるえた、と一同もにこやかになる。宿泊客計百二十名様。売上も九十%と好調。
○七月十三日
松本からとこやさんが登り理髪をする。下界は暑いという話を聞いて妙な優越感に満足するのは上高地に暮らす人間の偽りない心か。
○七月十四日
本社より人事部長と勤労課長が視察に来高される。年々上高地についても関心が高まり、それだけに従業員も仕事甲斐があるというもの。

精一杯の努力で大いなる成果を挙げようと張り切って居る今日この頃です。

（昭和三十九年八月十日、帝国ホテル『社報』第三号）

私と帝国ホテル

通算して二十二歳から六十五歳まで正味四十三年余り働いたが、職歴はすべて、帝国ホテルとその傘下の会社であった。入社した時は一貫して帝国ホテル本社を職場に働くものと想定したが、時世により赴く先が子会社やら関連会社になったのである。一旦そのあらましを概観して、私と帝国ホテルとのつながりをまとめてみる。

まず、帝国ホテルに入社してから列車食堂部に異動するまでは次の通りである。

係	異動年月日	上高地出向中（七月～八月）の係
グリル食堂	昭和三十二年四月　一日	
客室（北二階）	同年六月　一日	客室　昭和三十二年
庶務係	同年九月　十九日	
調査係	昭和三十三年六月　一日	庶務経理　昭和三十三・三十四・三十五年
宴会会計	昭和三十五年九月二十一日	庶務経理　昭和三十六・三十七年
フロント会計	昭和三十七年九月二十四日	庶務経理　昭和三十八年

列車食堂部	昭和四十　年二月　一日	会計	昭和三十九年

ところが、昭和四十六年九月に帝国ホテル列車食堂株式会社が設立されて、列車食堂部は、翌昭和四十七年三月に帝国ホテルの一部門から分離独立して子会社になった。その結果、列車食堂部に所属する全社員は帝国ホテルを退社させられて新子会社に移籍した。つまり、以後十九年弱の間、私は帝国ホテルの社員ではなくなったのである。

しかし、委細は後に述べるが、子会社から親会社へ出向していたさなかの平成三年二月、私は再び帝国ホテルに入社する事態になり復帰した。そして、総務部総務課に勤め続け管理職で六十歳定年を迎え、親子会社で通算三十七年十カ月を勤続した旨の退職金算定を受け、更にいくばくか定年過ぎも引き継ぎの仕事を経た後に、帝国ホテルを退いた。

会社名	入退社年月日	勤続期間
株式会社帝国ホテル	退社・昭和四十七年三月二十一日	十四年十月
帝国ホテル列車食堂株式会社	入社・昭和四十七年三月二十二日 退社・平成三年　一月三十一日	十八年十月

株式会社帝国ホテル		
入社・平成三年	二月　一日	四年二月
退社・平成七年	三月三十一日	
嘱託・平成七年	四月　一日	三月
退職・平成七年	六月三十 日	

総務課にいたとき、たまたまある業界誌の求めに応じて帝国ホテルの概要についてまとめたことがある。先方の紙面の都合で字数を一〇〇〇字内に制限されたため次のような簡略な説明であるが、大筋は言いえていよう。

「会社の概要説明・株式会社帝国ホテル」（平成五年十二月）

○〔特色〕

明治期の国策を体現し、諸外国の賓客を接遇する「迎賓館」として創業した精神を継ぐ、日本の代表ホテルである。国際的ベストホテルを目指し、最も優れたサービスと商品を提供する。

○〔創業・開業からライト館完成まで〕

一八八七年外務卿井上馨、渋沢栄一らの呼応に、宮内省までも出資し設立した有限責任帝国ホテル会社が、一八九〇（明治二三）年十一月外国人賓客の迎賓館たる初のグランドホテル「帝国ホテル」を開業した。

一九〇六年別館を新築、〇七年株式会社メトロポールホテルと合併して現在の「株式会社帝国ホテル」の設立となる。

一九一六年内務省から新館用敷地の使用許可が、借用交渉の開始から十四年ぶりに下り、新ホテル建設を決議、十二月フランク・ロイド・ライトが来日した。十九年新ホテルを漸く起工したが、同じ年に別館を全焼し、続いて二二年本館をも全焼した。

一九二三（大正十二）年多くの歳月と資金を投じたライト館が全館完成、九月一日披露宴準備中に関東大震災に遭遇するも、被害は軽微で建築の卓抜さを喧伝された。
○〔基盤確立から拡大模索期〕
一九二七年から四〇年まで東京会館の受託営業をしたほか、営業多角化と新規事業で横浜税関内桟橋食堂、鎌倉山ロッジ、府中競馬場内食堂、山小屋燕山荘などの経営や運営をするが、いずれも短期間で、三三年開業の上高地帝国ホテルだけが今日に至る。四二年から四四年の戦中、バンコク・ラングーン・シンガポール・スマトラの海外ホテルも開業したが今はない。

一九四五年連合軍将官およびGHQ高官用宿舎として接収されたが、五二年解除で自由営業再開となる。国際社会への復帰を目指し五四年第一新館を完成、引き続き五八年第二新館を営業開始した。五四年博多帝国ホテルを営業するも六九年に閉じた。

この間五二年政府登録ホテル第一号に指定され、また六一年には二六年来の店頭承認株式を、東証市場第二部に上場した。

○〔本館開業から発展期・現況〕

一九七〇（昭和四五）年新本館を開業、大衆化社会の到来にあわせライト館を終焉し、八三年第一・第二新館跡地に、インペリアルタワーを開業して、高級路線を再確認し新世紀に向け事業展開の出発をした。

九二年海外でバリインペリアルホテル、子会社運営の一号店「クレストホテル津田沼」を開業した。九五年に帝国ホテル大阪開業を計画、以後もグループの結集で一店巨艦主義から多店化の飛躍を期している。

定年により帝国ホテルで終わるはずの会社生活だったが、帝国ホテルが新たに帝国ホテル大阪として大阪進出をするに当たり、私は更に請われて株式会社ニューサービスシステムに再就職することになった。同社は帝国ホテルグループにあり、宴会サービス請負を主業とする帝国ホテルが五十一パーセント出資する関連会社である。

会社名	入退社年月日	勤続期間
株式会社ニューサービスシステム	入社・平成　七年九月　一日 退社・平成十二年六月三十日	四年十月

帝国ホテルの接客現場と事務係、列車食堂部から子会社、再び帝国ホテル、そして宴会請負業の関連会社、いずれも私が経た職場には陽に陰に帝国ホテルの存在があった。帝国ホテルの名は、時代と社会が変化する中でも常に耳目を引き、正に私の業務推進の拠り所であり、その名の下で仕事に携われた半生は幸せであった。

私と帝国ホテル本体に限ってまとめると、明確に三つのホテルに区分できる。地域と建物の思い出を併せながら、一連の接点を眺めると次になる。

「私とホテル」

【1】上高地帝国ホテル

昭和十年から十六年まで小学校入学前の六年間、夏冬を通して上高地で育った。父が管理人をしていた上高地帝国ホテルの社宅が住まいだった。

周囲に子どものいる民家が一戸もないから、遊び相手は姉か妹だけで、大抵は一人遊びだった。それも、海抜一、五〇〇メートルの高地である。冬は雪と凍結が厳しく、戸外を自由に駆けられるのは、人が「山の銀座」で賑わう季節に限られた。

暖かい陽が射し、登山者が集まり、宿泊客でホテルが活気を帯びると、私も遊びに出ていた。料理場の匂いを嗅ぎ、ボイラーの熱にあたり、時にはロビーの賓客をのぞき見、外国婦人に抱かれたりした。

上高地帝国ホテルは、昭和八年十月五日に開業した、我が国最初の本格的山岳観光ホテルである。美しい落葉松や白樺に囲まれ、穂高岳など山々の眺望に調和した赤い屋根とスイス・コッテージ風の建物は、上高地の風景をスイス・アルプスと見まがうばかりに変えたといわれる風格がある。

しかし、幼い私には、いかなる由緒のホテルかは関係なく、庭も建物も住まいからただ手近な心楽しい遊び場に過ぎなかった。

時を経て、昭和二十八年に大学生になり、夏休みのアルバイトを上高地帝国ホテルに求め、以後卒業まで四度の夏を客室ボーイで稼ぎつつ過ごした。仕事はきつかったが、清澄な大気と紺青の空、山の峰の輝きと満天の星の瞬きが、気持ちを癒した。

幼い時と同じ、心が和む自然と憩いの場があった。

【2】帝国ホテル

就職難のさなか、昭和三十二年、父親の縁故で帝国ホテルに入社した。若いうちは食堂、客室、宴会、フロントなど接客の現場を、一通り勤めた。ホテルを覚え、かたわら労働組合の役員やら健康保健組合の議員やらを経験して、だんだんと事務系の管理職に就いた。

職業が生活を支える手段だから、普段の仕事に全くの自由は有りはしないが、日々が人との出会いなので、一様に明るい雰囲気の中で充実していた。

帝国ホテルは、明治期の国策を体現し諸外国の賓客を接遇する「迎賓館」として、明治二十三年十一月に開業した初のグランドホテルである。創業の精神を継ぐ日本の代表ホテルとして、国際的ベストホテルを目指し、常に、優れたサービスの提供を基本とする。

しかも、往時の建物は、有名な建築家F・L・ライトが設計し、関東大震災にも耐えた「ライト館」で自慢であった。後に、老朽化の末、昭和四十二年に取り壊し、文化財として愛知県犬山市の博物館明治村へ移築した。

企業としての帝国ホテルは営業多角化や新規事業にも熱心で、結婚式やバイキングなどを創始し、帝国ホテルが発祥の事柄が数多い。北アルプス燕岳の山小屋「燕山荘」を建設した歴史もある。

列車食堂営業の子会社化に伴い、一時、私もホテル外に転出したが、復帰して、改築した新本館とタワー館で、新世紀に向けた超高級路線の展開に従事した。

平成二年、開業百周年を迎え、祝賀行事の「社史」の編纂委員に任じた。正史・普及版・英語版と三部作の社史は他に比類ないと自負している。

平成七年三月、三十八年余を勤め定年。慰留で三カ月間延長し嘱託で辞した。

【3】帝国ホテル大阪

平成七年九月、生来の気儘から定年限りで隠居する積もりが、ついつい請われて再就職した。帝国ホテルの傘下で宴会サービス請負を主業とする関連会社「株式会社ニューサービスシステム」である。

あたかも、帝国ホテルが関西圏への進出を決め、大阪に新ホテルを設立しているさなかで、関連会社も当然ながら連帯して作業中にあり、はなから新規開業に関わる事となった。戦後、オリンピック、万国博覧会、アジア諸国の来訪時とホテルブームは三度起きたが、帝国ホテルは多店舗展開を図らずに、首都だけに一店の巨艦主義を通した。しかし、関西国際空港の開港で、大阪が世界に飛躍すると見通したのである。

帝国ホテル大阪は、平成八年三月十五日に開業した。三菱系の新しい大規模複合都市「OAP」が、オフィス・ショップ・マンション・公園などを整備した立地環境の中にある、国際水準のラグジュアリーホテルである。

開幕を手伝うだけの短期予定で、だから私は単身赴任をしたのだが、いつしか大阪在住が五年にもなって、平成十二年六月に終わった。

その間、仕事や暮らしで、種々の歴史に育まれた大阪という西の文化・伝統・生活様式に触れ、東に居ては到底得られない貴重な体験をした。人にも物にも金にも味わいがあった。加えて、余暇は奈良や京都の寺社ほか関西近郊の観光に費やし、十分に堪能して、正に余禄だった。

ホテルは、旅客がくつろぎ、旅客が安らぎ、旅客が人と触れ合いを得る場である。だが、帝国ホテル大阪では旅客ならぬ私自身が得たのであった。

【1】平成十四年四月一日、『堀金村公民館報』第四〇九号)

【2】平成十四年五月一日、『堀金村公民館報』第四一〇号)

【3】平成十四年六月一日、『堀金村公民館報』第四一一号)

(全・平成十五年一月十日、『白門エコミニ通信』第十二号)

列車食堂部指令長

私が列車食堂部に着任したとき、列車食堂部は既に四カ月前の昭和三十九年十月一日をもって、それまでの東海道本線のつばめ・はと・富士・おおとりなど八本の在来線列車食堂営業から、ひかり・こだまの新幹線列車食堂営業に切り替わっていた。国鉄が東海道本線の昼間特急を廃止し新幹線の東京・新大阪間営業に移行する施策に依った結果である。移行には大きな変更が伴い困惑や混乱があったが、幾らか落ち着き始めた頃であった。

変更の一つは、新幹線が「夢の超特急」と呼ぶ高速化と幹線輸送力増強に併せて、食堂車を廃止し簡易なビュフェ車を登場させたことである。当然に列車食堂営業はビュフェ用のメニューを採用し、関連して車内販売の対応を変えたり、地上調理基地の支援態勢を見直したりした。乗務するコックらは従来のストーブで焼いたり煮たりする調理を失って電子レンジのボタンを押す作業に代わり、例えばサーロインステーキが焼けず冷凍ハンバーグをチンと温めるだけで、仕事の簡略化は職分をおとしめられたような気にさせた。

もう一つは、列車営業の根本のシステムだが、従来の列車持ちシステム（後にダイヤ持ちシステムという）が車両編成持ちシステムに変更された。列車持ち（ダイヤ持ち）とは個別のダイヤが業者に割り当てられ、例えばつばめのダイヤは帝国ホテルの持ち分として常に帝国ホテルが専有して営業するシステムである。それが、車両編成持ちシステムだと車両を業者に割り当て、業者は割り当てられた車両が走る列車ダイヤを営業する。つまり、一つの列車ダイヤに異なる業者の車両が運用されて、新幹線ではすべてのひかり号・こだま号が業者を特定せず、例えばひかり1号の業者は日替わりで変わることになる。

もともと在来線でもつばめ号という専用車両があるわけではなく、車両は検査や修理の交番の必要から複数あり、つばめと設定する一定のダイヤを走るときの車両が「つばめ号」であり「つばめ号」の看板を掛ける。帝国ホテルはどの車両が走ろうともつばめのダイヤに自社独自の営業態勢を整える。什器食器を積み込み、商品材料を持ち込み、乗務員を配置するのである。だが、このシステムには一つの難点があった。それは車両への什器食器類の積み込みで、容積も重量もあるから車両が替わるつどの作業には相当な労力が要った。

新幹線は全列車が優等列車だから、全列車にサービスとして列車食堂営業をするが、なにせ本数が多く東京・新大阪間三十往復で六十本を数える。込み入ったダイヤの中、特にホーム折り返しや停留時間の短い列車などは、降りる業者とこれから乗る業者の双方とも、什器食器の積み替え対応が困難で、発車時分に支障を来す恐れがあると考えられた。そのため、業者は什器食器を積んだままにして、その車両が当たる列車を自社の責任として営業する方法、即ち自社の器を積んだままの車両編成持ちシステムが良いとした。

新幹線開業時の車両編成数は十二両連結が三十編成で、うち日本食堂株式会社が二十一編成、株式会社帝国ホテルが九編成を持ち分として分け、それぞれに自社の什器食器を積んだ。一方、ダイヤの三十往復六十本は東京運転所と大阪運転所が折半し、帝国ホテルの編成は東京運転所方の運用下に置かれた。つまり、帝国の九編成は東京運転所が差配する三十列車に運用されるのである。

そして運用が始まって、初めて車両の整備や入出庫に厳しい制約がある実態に当面して驚いたのである。運転所はある程度運用の予定は立てるものの、修理や検査の都合で変更が日常的に重なり、決定は直前ぎりぎりになるのである。帝国ホテルの営業すべき列車名と本数の最終確認は、おおかた前日の夕方になった。

問題の原因は車両編成持ちに帰するが、新幹線移行で最も混乱したのは乗務員のスケジュールであった。

会社は列車名が決定して初めて営業態勢を組み、乗務員の配置を決める順を追うのだが、どの車両がどの列車に充当されるかという運用の確定が前日なので、乗務員に対して出勤指示が的確にできなくなってきたのである。つまり、従来はつばめなり富士なり乗務する列車があらかじめ確定していたから、出退勤の時間は列車ごとに固定し、休日は曜日こそぶれるものの一定パターンの周期に沿って予定が立っていたが、新幹線になってからはそれが全く崩れて分からなくなってしまった。

それでも最初のうちは従来並みに五日出勤して一日休む程度のパターン化を試み、休日だけでも予測するように努めたが、もともと変則乗務だから中身が一様にならない無理があり、無理は更にしわ寄せを重ねてパターン化も体をなさず、その日暮らしのスケジュールになっていった。

乗務員は今日の夕方会社に戻ると明日のスケジュールならば分かる。しかし、午前中の明けや明日が休日に当たる乗務員には、明後日どころかまだ明日の列車名すら決まっていない。やむなく想定列車を立て、その時間で出勤指示をする。だが、想定どおりなら良し、もし想定を十時発としていて実際の乗務列車が九時発の時は、一時間も遅刻して間に合わなくなる。当時は電報による出勤時刻の繰り上げ呼び出し通知が絶えず行われた。

その後、新幹線は車両編成を続々と増車し、ダイヤも臨時列車をはじめ季節に対応する多客列車を増発した。

編成の増車に伴い、帝国ホテルの持ち分も昭和四十四年八月には十九編成まで倍増し、営業する列車本数も飛躍的に増え、当然に乗務員も増員する必要に迫られてきた。新幹線の発展とともに、乗務員の対応にはますます厳しさが加わったのである。


列車食堂部は、昭和28年8月国鉄の要請により帝国ホテルの一部門として誕生し、当時の東海道本線の花形〝特急ツバメ号〟の営業を開始しました。以来国鉄の発展に従って列車食堂部も拡充され、今日の新幹線列車食堂の営業に至るまで、常にわが国の鉄道の代表的列車のサービスにあたり、旅客のよき慰めとなり、国鉄と表裏一体となって日本観光事業に寄与いたしております。

現在担当している列車は、〝超特急ひかり号〟・〝特急こだま号〟で、約五〇〇名の従業員がこの仕事にあたっており、近い将来更に施設を拡充し、従業員の増加を予定しております。

（昭和四十二年、株式会社帝国ホテル列車食堂部『入社案内』）

列車食堂部への異動で係長の辞令を受けるとき、「大阪営業所へ転勤する含みがある」と内示され、係長なら所長代理待遇でそれも良しと転勤を覚悟していたが、十日ほど経つと同期の山田君が同じく営業課係長で異動してきて、彼が間もなく大阪営業所へ転勤して行った。呆気《あっけ》に取られた反面、丁度子供の誕生で越したばかりの新築の家の心配が消えてホッとした。

新職場では顔つなぎに毎夕誘われて飲み歩いたが、その間、部課長ら上司は私を観察し在京に留め置く方針に変えたと思われた。後に「所長と代理と大酒飲みが二人寄るのを避けた」と、満更の嘘でもなさそうな笑い話を聞いて、真偽はともかく、急に転勤命令を受けた山田君には気の毒だった。

大阪へ行かないと決まり、私は営業課の事務所で「指令」の担当を命ぜられ、四人の部下を預かって指令長と呼ばれることになった。

列車食堂営業は、文字通り列車が走らなければ何も始まらない業態で、列車が動いて初めて営業態勢が敷かれ売上が計られる。指令の業務は、帝国ホテルが持つ車両編成がどの列車に運用されるかを確認し、当該列車に関わる運行の一切を静岡・名古屋・大阪など出先を含めた部内各部署に指令して営業態勢を整えさせる、いわば営業準備の中枢であった。

列車の発着時間や停車駅など主要事項はもとより、ホーム停留時間や折り返し・回送など関連事項を指令して、要員の乗降や物品の積み卸し作業を円滑にさせる。時には旅客の乗車効率や団体客乗車など列車ごとの性格に鑑み、該当列車のビュフェや車内販売の営業対応を加減調整させていく。指令のミスは一部の作業阻害だけでは済まず、結局は営業全体に及び売上成績をも左右するので、指令長として格別の注意が要った。

中でも、指令の最大の業務は列車に乗務員を配置することであった。乗務員こそ売上の要だから整然とした配置が必要になるのだが、変則乗務の下では最難問で、指令係員と乗務員との間にはしばしば衝突が起き、指令長はそれらのトラブルを解消する責務も大きかった。

当時、一列車に乗務するクルーは、食堂長以下ウェイター・料理長・コック・ヘッドウェイトレス・会計・ウェイトレスら十五人編成を一組とした。そして、組数は当初は十八組、昭和四十四年八月には三十三組まで増えたが、どの列車にどの組を配置するかという作業が困難なのである。

混乱する変則的な列車運用の中で、乗務員はその日暮らしのスケジュールの不満を訴えてくる。指令は指令の職務として、日々どの列車にどの組を宛てがうか取捨した末に決定し乗務を指定するが、食堂長は組員らの苦情を代表して、遅めの出勤時間への変更や次の休日の予定など緩やかなスケジュールを要望する。しかし、指令にはもはや再考する余地はなく、一旦決定した列車に乗務するようただ説得を強めるしか手はなかった。指令と乗務員はますます反発し合うのである。

食堂長の中には、名指しは避けつつ年功や能力など力が上の食堂長の組と自分の組ではスケジュールに片寄りがあり「差別だ」という不満があった。私が着任時の指令には、それらの指摘に対し反論する何の資料も作っておらず、口論が繰り返されたので、私は過去の全列車配置を組別に調べて一覧表にまとめてみた。そして、一部に事実片寄った不公平な例を把握したので、以後は過去の実績を照合して全組を平均的に配置し、日々いかに公平に指定したかの記録を組別に示し説明することにした。

スケジュールは相変わらず変則で苦情はなくなりはしなかったが、他組と比較してまずまず順当な指定だと分かるとある程度は納得し、指令とのトラブルは減っていった。指令長が出ていく場面も少なくなった。

しかし、新幹線がめざましく成長するのに伴い、車両編成持ちのシステムはどうにもならない状況になった。帝国ホテルが持つ車両編成は、先に述べたように開業時の九編成から十九編成へと倍増し、これに対応する乗務員も十八組から三十三組に膨張していた。持ち編成数が増えれば列車の運用まわしの波動も大きく、編成の稼働が高く列車が走れば乗務員のスケジュールは一杯に詰まるし、稼働が低ければ列車は走らず乗務せずに地上予備組で遊ぶ人員が増す理屈で、列車本数の多い少ないは乗務員の乗務パターンに過酷に反映した。

例えば、東京・新大阪間はトンボ（往復）が通常であるのに、トンボの後に引き続き片道を乗って新大阪止まり（ドン）となる一往復半が普通になった。また、一往復半した翌日は明けで東京に戻るが、家に帰らず（中抜け）再び新大阪ドンに乗る逆トンボ（往復）があったりした。会社に三連泊することもあった。年々強化される新幹線の輸送体制の中で、指令はどの組にも公平に割り振るとはいえ、公平それ自体が過酷であった。

これまでに輸送したお客の数を各年度ごと（一日平均）にみますと、開業した年の39年度には約6万人、40年度は約8・5万人、41年度は約12万人、42年度は約15万人、43年度は約18万人と、約3万人ずつ早いスピードで伸びています。

開業当初30往復（30編成）であった輸送力が44年10月には、平日93往復（77編成）と大幅に増加しました。なお、42年10月よりは、利用客の動きに合わせて、平日、土曜、休日の3本立ダイヤを実施しています。

このほか、春、夏、秋、年末の多客期には臨時列車を設定して、さらに輸送力を増強しています。


（昭和四十五年一月、東海道新幹線支社『東海道新幹線5年のあゆみ』）


ついに、昭和四十四年十月、新幹線食堂営業三社は車両編成持ちシステムは「要員運用上のロスが多い」として、ダイヤ持ちシステムに移行する委員会を設置し、要員施策の転換を図ることになった。在来線当時のいわゆる列車持ちシステムへの回帰である。

特に前年十月から列車食堂業者に新規参入した株式会社ビュフェとうきょうが、知名度が弱く、要員不足を来す現状では定着性を高めるために乗務行路の安定が必至だと説き、日本食堂も帝国ホテルも共通の悩みとして同調したのである。

ダイヤ持ちシステムへ移行するには、まず什器食器の積み替え問題の解消が前提で、これは三社共通の什器食器を導入することで理解が得られる素地があった。しかし、ダイヤ持ちシステムは要員運用を合理化する長所がある反面、受け持つ列車の割り当てについては公平な配分が難しいという根本的な短所を内在していて、三社間には列車の配分を巡る熾烈な折衝が待っていたのである。

列車はひかり号の超特急、こだま号の特急の区別のほか、名古屋発着の区間列車もあるし、朝・昼・晩の時間帯、また同時帯でも00分丁度発と10分・20分・30分発など発車時分に違いがある。どの会社も結局は営業成績を上げたいから、旅客の乗車効率が高く、しかも食事時間帯にかかる有効列車を欲しがり、例えば簡単な例だと朝の6時発・昼の10時発・夕の18時発の列車を比較するなら、おしなべて夕食とアルコール類の需要が高く売上が最も期待できる18時発列車の獲得を争うことになる。20分発より00分丁度発を争うのである。

システム移行の委員会は、そうした違いのある各列車を総合してどのように公平に配分するかという割り当ては運用の分科会に委ね、年明けの一月二十六日から、国鉄が持つ文京区の本郷閣において丁々発止の議論を開始した。

帝国ホテルは私に列車配分についての権限を委ね、私は指令長として運用分科会での責任を負った。他社の委員は本社勤務の肩書をもつ幹部ばかりだったが、当社は私を含め指令の若者らが委員で、日頃は乗務員らと列車運用の問題を直接折衝している現場担当者に過ぎなかった。しかし、ダイヤ持ちを検討する場合に、会社間の引き継ぎや物品の積み替え作業など細部の詰めになると、当社の委員らは現状と実態に明るいから説得力ある主張が展開でき、ほぼ満足の割り当て列車を得た。

昭和四十五年三月八日、前日のドン列車から始めた作業をもってすべてがダイヤ持ちに移行した。営業列車の固定化は、地上要員にとっても作業を長期かつ計画的に運ぶ体制に切り換えていく好機となった。だが、やはり最大のメリットは新幹線開業以来五年半も続いた乗務員のその日暮らしの変則乗務が解消し、予定スケジュールが組めるようになったことであった。お蔭で、指令は煩瑣《はんさ》な気遣いから解放され、指令長も気が楽になった。

列車配分はその後も指令長の権限下で、私は列車食堂業者間のダイヤ配分の会議や談合に皆勤した。まず、システム移行からすぐ半年後、昭和四十五年十月一日のダイヤ改正があって、ついこの間苦労して割り当てたばかりの全列車を見直す事態となり、再び割り当てをし直したが、実は三社間の配分調整は移行時よりも紛糾した。一旦自社が持った有効列車を手離すか手離さないか、やはり取り合いの問題であった。

次は、昭和四十七年三月十五日の新大阪・岡山間開業で、初登場した岡山直通列車の配分が必須だった。そして、昭和五十年三月十日の岡山・博多間開業で、この時は列車食堂業者に新たに都ホテル列車食堂株式会社の参入があり、都合四社による博多直通列車を含む全列車の配分をした。

確かに列車食堂業者間では厳しい折衝があったが、一方、日本国有鉄道当局に対しては同業各社が一致して当たる協力の絆もあった。国鉄本社管財部（後に事業局）が管掌する許認可事項に関わる会議には、大抵私も列車食堂部長に随伴して出席し、新幹線のほか在来線列車食堂を営む株式会社新大阪ホテル、株式会社聚楽、それに全国車内販売の財団法人鉄道弘済会と一緒になった。

当社の業務は東海道新幹線支社（後に新幹線総局）の管轄下で、通常は支社の管理と指導を受けていたから、従って当社の「ご当局」である新幹線支社の窓口に対しては、常に同じ関係にある同業他社と緊密な連携を保ちながら申請やら要望やらを進めていた。一連の列車配分も当然に当局の監督下にあり、業者間の協同が必要であった。

しかし、そうした緊張関係の中で、当局の若手と業者の若手らが全く業務を離れて幾度か寄り合い、例えば伊豆伊東沖のカサゴ釣りを泊まりがけで楽しんだり、群馬万座から白根山系を朝駆けで登って汗を流したりなどしたのは、人間関係の深まりの表れであった。

私は当局にも他社にも相当生意気な物言いをしたが、仕事を大過なく進められたのは、こうした集いで接した人々のお許しと温かい支えを得たお蔭で、誠に感謝に堪えない。

ところで、指令長の職名だが、昭和四十四年一月十日付の辞令は「列車食堂部課長代理を命ずる（指令担当）」と指令を明記するが、実は列車食堂本部に組織変更した同年九月二十二日は課長代理、同年十二月一日は第二課長代理、翌年九月十一日は第二課長で、指令の明記はない。指令係が営業第二課になった後も指令長と呼ばれ続けたが、呼び名には愛着があった。指令長を手離すのは総務部門へ異動した昭和五十一年で、満十一年後である。

労働組合役員

世間に求職者があふれている中をすんなり帝国ホテルに入社できて喜んだが、内心には小さな不足感があった。帝国ホテルの労働条件はあらかじめ上高地でアルバイト学生のかたわらおおよそは聞いていたけれど、いざ社会人として現実の生活を委ねてみると厳しい環境であった。

労働時間は一日実働八時間だが、現場研修で初めて体験したグリルなど食堂部門には断続勤務があって、拘束時間が長く、例えば午前十一時に出勤し休憩一時間ならば午後八時には退勤するはずなのに、昼食客の少ない午後二時から四時までは実働にしない中抜けと称する長時間休憩を挟み、午後十時に終業するのだった。三が日の出勤はいいとして、代わりの正月休暇はやっとこの年に二日を認められたばかりだった。

その他、帝国ホテルは世界のホテルと誉めそやされるほど評判が高いのに、自分がホテル勤めを人に話すとき、従業員の待遇でひけらかすものがなかった。誰もがホテルは雅《みやび》な仕事場と見て、さぞかし優れた処遇だろうと推量して聞くが、強いて言っても、献立内容の善し悪しを言わなければ一カ月二〇〇円の賄費で食べられる従業員食堂があること、いつでも入浴できる従業員風呂があることぐらいがせいぜいで、労働諸条件、殊に賃金は世間並みより劣るので話したくなかった。

実は唯一、ホテルは既に男子の定年を六十歳に協定済みで、その頃では正に先駆的な条項だったが、まだ私も若くて先々の重みが分からず言い惜しんでいた。

賃金には多少の不服があったが、しかし、そう深刻にはならなかった。私はいずれ故郷へ戻り家と農業を継ぐ立場で、もし父と同じく帝国ホテルに籍を置き上高地で勤めるとしても、兼業農家だから安い賃金だけに依存するのとは少し違うという思惑があった。所詮は、給料は多いに越したことはないので、労働組合にお任せしている状態だった。

帝国ホテルには、昭和二十一年五月二十一日に従業員組合として結成した後、昭和二十九年六月六日に帝国ホテル労働組合と改称した労働組合があった。「全日本ホテル・レストラン労働組合連合会」（後に「全日本ホテル労働組合連合会」）及び「全国中立労組連絡会議」の所属であった。重役を除くすべての従業員が一体となって発足した、いわゆる「ポツダム組合」の歴史からして、労使関係は一進一退があるものの総じて穏やかに推移し、「御用組合」と揶揄されたりしていたが、昭和三十年から起こった春闘の影響の下、次第に要求に切実な声があがり始め、組織の姿勢が変わっていった。

「団体交渉をするといっても、組合長と社長が話し合って、執行委員会、常任委員会で話し合われ、全部異議なくきまった」（中略）蜜月は漸く去っていきます。

（帝国ホテル労働組合『帝国ホテル労働組合30年のあゆみ、窓　大谷石』）

もとより、従業員もホテルの賃金が一般の水準より低いのは不満で、大体において賃金体系が複雑だから低賃金を温存すると改善を求めていた。昭和二十一年七月一日から、明治以来のチップ制度や大正以降の心付分配制度を廃止して月給制度に移行したはいいが、その内容は、基準内に本給、家族手当、地域手当、普通手当があり、基準外でも深夜作業手当、時間外手当の他に特別手当があった。

地域手当は本給の二十パーセント、普通手当は本給の十二パーセント、特別手当は月間の成績に連動して本給の五十パーセントから八十パーセントぐらいがついた。特別手当の原資はチップの代わりに生んだサービス料だが、その配分には労使が絡み、昭和二十八年に従業員四対会社六だった配分率は、三十年五対五、三十一年六対四、三十二年七対三、三十六年七・五対二・五、三十七年八対二、三十九年九対一と小刻みな改定折衝を繰り返す元凶だった。後に、会社側の配分が消え、昭和四十六年に特別手当は廃止になるのである。

賞与が三月と九月、手当金が六月と十二月にあり、一時金が年に四回も支給されるのは聞こえはいいが、何せ賞与も手当金も月給給料にやや上乗せがある程度の額だから、一回当たりの低額を回数でカムフラージュしているようだった。

昭和三十九年に九月賞与の支給をやめて十二月の年末手当金に移行し、やっと合算支給額や率を世間と比較ができるようになった。このときはまだ三月賞与に本給一カ月分だけ残したが、それも昭和四十五年限りでやめ、以後は夏季及び年末一時金とし純然たる年二回支給になるのである。

（前略）帝国ホテルは賃金制度上二つの重要な改革をおこないました。ひとつは、六四（昭39）年年末賞与から総額方式を個別方式にし、それによって従来の賞与――業績配分――が、一時金――生活賃金の一部――へと変化したことです。

もうひとつは、翌六五（昭40）年四月一日から一月昇給を四月昇給に切り換えたことです。これによって賃上げの性格はホテルの特殊性から全産業並みの一般性へと変化し、ホテル労働者も〝春闘で闘う〟基礎固めができました。

（帝国ホテル労働組合『帝国ホテル労働組合30年のあゆみ、窓　大谷石』）

私が列車食堂部に異動する少し前の昭和四十年一月十五日、全国のホテル、レストラン労働組合三十九単組が「全国ホテル労働組合春闘共闘会議」を発足させ、団結して今年の春闘を共に闘うと声明書を出した。声明の筆頭組合は帝国ホテル労働組合で、その意気込みから春闘の成果が期待されたが結果は低額に終わった。会社が労務対策の専門家として招請し据えた、東京大学卒の勤労課長の指揮する労務管理が奏効したと言われた。そんな春闘が一段落して労働組合が大会の準備を始めた頃、非組合員の上司だからもちろん雑談としてであるが、会社の上司から第二十期役員選挙に立候補しないかと仕向けられた。

当時の役員の任期は年次大会より次期年次大会まで一年で、列車食堂部を母体とした当期の役員は二名いたが、一人が仕事の都合で会合を欠席しがちになるから退任を決めたという。あたかも労使交渉は年々緊迫感を増していて、労使関係の有り様は、特に国鉄当局の許認可権の下にある列車食堂営業では、もしリボン闘争などの紛争が絡めば当局の裁量に大きく影響を及ぼし、存廃にも関わる。労働組合にしても、列車食堂の置かれた立場を力説する委員がいなければ事の深刻さの理解が深まらず、せっかく将来の博多を目指した新幹線移行の会社の決断が無になる。結局、暗に当局の意向を忖度すると言うが、目的は労使交渉では会社側の意向を汲むようにであり、新勤労課長の差し金があると見た。

私は立候補を即決した。前の職場でもその前の職場でも、持ち回りだが常任委員をしていて、大会に次ぐ決議機関の常任委員会には結構真面目に出席し、組合活動に疎いわけではなかった。ある期の常任委員のときには、大会に際して運動方針案の短期目標の草案を割り当てられ、憮然として「大会議案書は執行部が書くべきもので、私は審議する側の委員だ」と反論したが、結局言いくるめられて書きさえしたことがあった。そのとき同じ委員で共同案文した佐々木吉郎さんは、後に書記長から委員長に上った。
それに、もう一つの動機があった。私は既に結婚して子もいて家も建て、田舎へ戻らないかもしれないと思い始めていて、そうすると入社時の思惑とは違い、帝国ホテルから受ける賃金に全生計を託すのだから、組合運動も意識せざるを得なくなっていた。

列車食堂部は組合員数が多いのを利して候補者を三人立て、三人とも当選した。私は、その第二十期（昭和四十年六月〜四十一年七月）以来、第二十一期（昭和四十一年七月〜四十二年七月）、第二十二期（昭和四十二年七月〜四十三年七月）と三期三年を務めることになる。

組合役員は組合長（後に委員長）一名、副組合長（後に副委員長）二名、書記長一名、監査一名、執行委員十一名、会計（後に財政）二名、の業務があり、最初の執行委員会で業務の互選をした。すると、私ともう一人列車食堂部選出の岡田英明君の二人が会計に選ばれた。組合規約によれば「会計担当は各会議に出席し発言権のみ有す」である。列車食堂部の二名を共に会計に擬するとは、選出母体の議決権を考えると公平でないと抵抗したが、議論の末に採決には二人の発言を最大に尊重して議決すると言われ、仕方なく折れた。

確かにその後、議決で不利になる事態はなかったが、ホテル部門対列車食堂部門という構図の中での策をもって押さえ込まれた気がした。その結果、私が本旨の組合会計、岡田君は組合が管理する売店や展示販売等の厚生特別会計を区分担当することに決まった。

会計の業務に関しては、任期の三年間を通じ特に取り上げる事柄はなかった。日常の入出金は書記局の専従職員が処理し、私は時々目を通しながら期末に集計し、作成した収支計算書と貸借対照表を大会議案書に盛ればよかった。会計報告は一般会計と特別会計と二部に分け、なお特別会計は救援資金会計・闘争資金会計・福祉活動会計に三分するが、使途目的の仕訳に過ぎず面倒はなかった。

大会の議場で予算超過等の説明に関して質疑を交わすのを億劫《おっくう》に思ったが、どの年も報告の冒頭に会場の笑いを誘う表現を入れて、すんなりと承認された。例えば、一年目は「主要な所とそうでない所と緩急をつけて、スロースロー、クイッククイックと、ブルースのリズムで参ります」といった類である。思いつきだったが、周囲では「場を和ませるに十分」と褒められた。

役員として初の第二十一回定期大会は昭和四十一年七月十二日で、折しも組合結成満二十年の年であった。大会会場はいつもホテル内の宴会場か演芸場を借りるが、二十年を記念して初めて外部へ持ち出し、箱根町の強羅ホテルで開いた。大会自体は一日だが、後泊した夜に集会をして、閉会後は茶碗酒が入り喧々囂々《けんけんごうごう》の議論と懇親とで盛り上がり、お互いに胸襟を開く良い機会になった。

翌年第二十二回大会は国労会館、第二十三回大会は共済会館と、定期大会は外で開くようになったが、泊まりはこの年だけだった。

当時の組合役員は定員十八名で、私に関してだけ見ると、私を含め十五名はその後も三期連続一緒で、この当時の役員改選にしては入り代わりが少なく、同じ顔ぶれが揃うのは強羅ホテルの団結意識が根ざしたと思われた。

なお、二期一緒だったのは二名、従って一期だけの付き合いで終わった人は延べ五十四名のうち五名に過ぎない。三期も一緒にやると気心が知れてきて、中でも酒好き同士は酒席で隣り合う度も多くなり更に遠慮もなく、私は年長者もかまわず意見をぶつけた。組合運動に長けた年長者たちは、列車食堂部の問題に理解を示すほか何かと新参者をかばってくれ、私も面目を施していた。

しかし、肝心の春闘の方はなかなか進捗しなかった。一年目は組合結成二十年の年というのに出だしから変調で、執行委員会が要求作成に提示した賃上げ五〇〇〇円の共闘案が常任委員会で反対され、挙げ句は四〇〇〇円に下げられてしまった。

従来の常任委員会には持ち回りの若手や、あるいはお座なりの委員らがいたが、今や仕事を担う中堅からベテランどころが委員として顔を揃え、議事の進行は緊迫さながらの雰囲気に質を変え、明らかに会社側の労務対策の息を感じた。

身内の抵抗を早々に受けた執行委員会は以後も沈痛を極め、低額の要求であるだけにかえって達成するのには難渋して、妥結までは指名ストライキまがいの会議に次ぐ会議という会議戦術を背景に交渉をしていった。私はただ一度だけ第何回目かの団体交渉を経験したが、労使双方共に始めと終わりに片言を交わしただけで、中間の時間は全く一言も発しない沈黙の睨み合いで過ぎた。

明けた翌昭和四十二年の春闘も低迷に終わった。低迷の背景には、会社が前年の十月二十七日に開催した取締役会において、本館（ライト館）を取り壊してその跡地に新本館を建設する件を決議し、それが従業員に伝わってから様々な問題が取り沙汰され、殊に雇用不安を生むという事情があった。結局、低い賃上げで集約し、「本館改築に伴う人員整理は行わない」ことの確約を得ることで治まったのである。

更に私には執行部最後の四十三年の春闘になった。会社は前年十二月一日から本館の取り壊しを開始し、二月二十五日に取り壊しが完了すると、すぐ二十八日に新本館起工式を行った。新本館の竣工は二年後の四十五年三月とされ、会社は開業後の構想を喧伝して、夢を広げていた。

一方、現実の春闘は厳しく過ぎて、「三七〇〇〇円の二年間協定」を締結した。世間相場は五二〇〇〇円でこれをはるかに下回ったが、三権委譲投票を実施しても賛成四十五・八パーセント、反対四十九・二パーセントで否決され、スト権がたたぬ組織では妥結の他なかった。

私は、この春闘の決着に際し、組合役員の執行の限界を感じて退任する意思を固めた。組合長が常任委員会で「上積みがなくても元々だから、もう一度、最後の団体交渉に臨みたい」と訴えたのに、常任委員会が「行かなくていい」と拒否したのである。拒否には会社の労務対策がありありと見え、会社側の防衛の必死さも分からないではなかったが、会社が常任委員らにかけた圧力は全く個人つぶしの手法ではないかと幻滅を感じた。彼らは個人の弱みで会社に逆らえず従ったもので、個人が否定される屈辱を感じたはずと思った。

私の思考はどちらかと言えば、真ん中よりむしろ右向きで、会社側の意向を汲む方に属すと思ったが、会社の行き過ぎた干渉にはうんざりだった。ホテルの賃金の低さは論外で、せめて世間一般の水準に近づけたいし、近づけば従業員のやる気が上がり、一層ホテルの名も高めていくだろう。何よりも会社には支給能力は十分にあるとの期待が大であった。

七月二十日の第二十三回定期大会の前に、当時健康保健組合が有した鎌倉保養所で職場分会連合議長会議が開かれ、私は今期限りでの退任を表明した。私の後釜の次期役員候補者には、大阪から帰任していた僚友山田君を立て、同時に岡田君も退任するのでもう一人を口説き、列車食堂部は元通り役員三人体制を維持することにして、私の役員は終わった。

組合役員の任期中に、組合役員としてではなく指令長の仕事として幾つか見直した事項がある。それは指令と関係が深い乗務員の労働条件で、もともと労働組合が扱う以前に会社が成すべき事項であった。独断した件もあるが、大半は会社の部長以下担当係員ら組織の協力を得た上で、働きやすい環境を整えるという問題提起をもって是正していった。

しかし一部は、せっかく労働組合の役員になったのだからその立場を利用するのも良かろうと、列車事業の本元・国鉄労働組合本部を訪ねて質問を重ねながら結論を探った。もちろん、国労へ行く際は組合長の篠田成夫さんに相談し、先方と連絡した後に同行してもらった。

一つだけ例を述べる。労働条件に関してはホテル部門も生ぬるく、先にも述べたが労働時間でも会社が拘束しながら実働時間には算入しない「中抜け」などの断続勤務が慣行にあり、列車食堂も並んで同様な拘束があった。しかも法外な拘束で、根本から改善の必要を感じていた。

例えば、編成運用の都合だが、行きは始発の1A（ひかり1号）東京駅6時発、帰りは最終一本前の48A（ひかり48号）東京駅着23時10分で、丸一日がかりの行路が間々起きていた。新大阪駅に9時10分に着き20時に発車するまで、なんとその間十時間五十分も留置して昼・夕の二回も食事を摂る長時間拘束だが、それは手待ち時間で働かないとして、実働時間には到着時の片づけと発車前の準備の僅か三十分しか算入していなかった。

私はいかにも不合理だと、国労の取り扱いを参考に、休憩を一時間三十分、残りは最初の一時間を六分の五、残余の時間を六分の四で算入する新方式にして、都合六時間二十分を実働時間に認めるよう変えた。これは時間外手当にもなり、無賃拘束を少しは改善したと思われた。

六九春闘のあとさき

昭和四十二年の暮れ、帝国ホテル本館の取り壊しが始まって列車食堂部は移転を余儀なくされ、本拠を港区港南二丁目の品川基地に求めた。新幹線の車両が入出庫する東京運転所に近く、地理的条件が適するからである。まだ新社屋は建設中だったが、ホテル内には女子乗務員の宿泊室だけを残し、他の機能は既存の古建物を利用することで移転した。

明けて四十三年二月十五日、たまたま豪雪のため新幹線が全線半日ストップした日だったが、社屋が竣工して引っ越し作業を行い、以来五年十カ月の本拠となった。

移転でざわついていた同じ頃、乗務員の間に不正な金銭の分配が横行していた事件が発覚した。一口で言えば売上金の横領で、会社の物品を操作して得た金を食堂長らが恒常的に組員に分配していたのである。

私も話が薄々漏れるのを聞いて探ってはいたが、なかなか証言が取れずにいたところ、ある日、ロッカー荒らしが捕まり、官憲から窃盗額が異常に大きいとの通報が元で、関係者が芋づる式に挙がった。ロッカー荒らしにくすねた金を取られたのだが、並みの勤め人が持つ小遣い銭の高ではなかったのだった。

横領は、例えばハムを薄切りにして増やした皿数の売上を撥《は》ねる類に始まり、帳票や伝票の数字を改ざんしたり破棄する、基地要員と組んで所定以上の数量を積む、自費で購入した材料を持ち込むなど、手口は多様であった。当時は高価な洋酒ジョニーウォーカーを文字通り水増しする悪さもあった。

起因は会社がチップの受領を原則禁止にした反動で、チップ減収の穴埋めが不正な分配金を貯め込む風潮となり、仲間内に蔓延した。年末近く、会社は主立った二名を解雇、三名を配置転換して部内に注意を促し浄化を図ったが、明くる三月にはまだ一部に続いていた不正行為を摘発し、更に一名を解雇、一名を配置転換した。乗務員の厳しいスケジュールと低賃金には同情したが、集団横領とは何ともやりきれない事件であった。

後に、同様の事例が同業他社にもあったと報道され、列車営業の管理は難しいと思った。

〝十三年脈々計一四〇〇万円？〟

（前略）食堂車の従業員が（中略）代金の一部を組織的に着服していた、と発表した。約十三年前から続いており、（中略）代金は往復勤務の終了後、出番のクルーで分配していた。一人あたり年間で約三万六〇〇〇円になるといい、（中略）クルー責任者の指示で長年続いており（後略）

（『朝日新聞』平成十七年十二月十五日）

組合役員を下りてから、私はまた常任委員になり、かつ各職場を束ねる列車食堂分会連合の副議長を務めていた。この年は会社側の提案で、会社側と組合執行部と各三名で構成する賃金委員会を設置し、賃金体系を是正する交渉が行われていた。

会社案は職務・職能給の導入であった。執行部は常任委員会に、職能給は資格の有無で格差がつき、多くの者が今の賃金水準より下回ると経過を説明し、会社案の一時棚上げと、併せて春闘を前に現状把握の学習会開催を提案した。常任委員会が了承して、明くる年始早々の昭和四十四年一月六日と七日、幹部学習会が実施され、幹部とは職場分会連合議長会議メンバーの執行部及び議長、副議長だというので、私も一員となり出席した。

講師は労働評論家加藤尚文氏、総評全国オルグ団長高田佳利氏の二人で、理路整然の熱弁に会場は熱気が溢れた。無論、煽動的な面が多分にあった。そして、生活や人間性の問題だと指摘されると、出席者のほとんどは初めて体系的に学習したから無理もないが、労働運動や組合運動が意図する構図どおり、企業や会社に向ける対抗心を注ぎ込まれた。

初日の終わり、講師が「酒はないのか」と聞き、事務局は酒席の予定はないと言うと、「冷や酒くらい出せよ」と一升瓶を求めコップでぐいと呷った。この豪快さがまた人を引きつける魅力で、テーブルを囲む熱気は更に上がった。

二日目が終了すると、参加者はみなそこそこの決意と団結心を植えられ、来る一般組合員対象の学習会を成功させようとした。

昭和四十四年一月十日、私は管理職に登用された。先にも述べた営業課長代理で指令担当である。入社歴十一年九カ月は相応の年数で、同じ営業課勤務の山田君が総務担当、海野君が経理担当で、同期入社が三人共に辞令を受けた。海野君は経理畑一筋だったが、収支の数字が大きい列車食堂部にも専任が必要となり、私らと同じ頃から異動していた。

職制になって組合員の資格を失い、私は常任委員と副議長を辞め、後任は同じ指令からがいいと部下の山口利正君を推した。山田君も同じく職制のため、就いたばかりの組合会計を半期も務めないで辞任した。私は山口新副議長に先日の幹部学習会の概要を話し、団結の必要は説きながら、過度の煽動には乗らない中道の大切さを促し、二十二日に迫った一般組合員学習会の出席と公休予定者の動員出席を引き継いだ。山口君は、後に執行委員に出馬し、更に列車食堂が支部組織になるや支部委員長を務めることになる。

すさまじいのはその後すぐだった。非組合員となった私らは流れを傍観するしかなかったが、労働組合は学習会をはさみ拡大執行委員会や職場集会を重ねて、後に「帝国の六九春闘」として有名になる大決起をしたのである。そして、三月九日の要求決定大会から四月十七日の集約臨時大会までの間、私ら新管理職らは組合攻勢にさらされた。

次の組合史の中見出しだけでも、容易に決起の足跡が窺い知れる。

「執行部、組織再建を決意する」「『眠れる豚』から『怒れる獅子へ』」「八〇年の不満噴出」「怨念は『百姓一揆』をめざす」「大幅賃上げの職場要求」「スト権、九六％去年の二倍以上」「もりあがる体制、第一次回答をひきだす」「リボン闘争から集約へ」

（帝国ホテル労働組合『帝国ホテル労働組合30年のあゆみ、窓　大谷石』）

スト権は前年の倍の高率で確立し、中央闘争委員会メンバーの無期限指名ストから、ついに全組合員に及ぶリボン着用闘争になった。四月十二日、私は東京駅へ赴き、発車する列車の食堂長らに対して、リボンは服務規定違反である、新入社員は試用中で非組合員だから外させるなど、リボンについて注意をしたが、団結行為では外すわけもなく虚しい指示であった。着用しない組合員は分会連合に三人だけで、うち一人が指令の部下だった。彼は常任委員会の統制で糾弾された。同情したが、彼には彼の見識があり立派だと思った。

国労、動労といえども〝処女地〟〝聖域〟としていた新幹線車内で、ピンクのバラの花の下にはハッキリと〝要求貫徹〟と示されたリボンが、車内販売の女の子を初めとしてすべての乗務員に着けられたのでした。労働組合側が初めてならば会社側は当然のこと当局でさえも、大あわてと一触即発の緊迫した状況でもありました。

（帝国ホテル労働組合列車食堂支部『列車食堂支部五年のあゆみ　ひかり』）

春闘は結局、本来三七〇〇〇円だった安定協定を破棄し、一万四六一円で妥結した。民間相場の六八四五円を上回る高額である。要求は全体で一万八五〇〇円にもなる大幅要求だったから、私が三期経験した組合を考えるととても獲得できるとは思えなかった。結果は執行部の指導と一般組合員の一致団結で成功した。しかし、組合はよくぞ会社の労務対策をはねのけたという驚きや、会社はどうして労務対策をしなかったのか、あるいは手を抜いたのか、もしくはなぜ弱まったのか、という疑念があった。

四月十一日の午後、これを解説するかのような新聞が出た。タブロイド判の一面と二面が帝国ホテルの記事でぎっしり埋まり、見出しをつなぐと、

「帝国ホテル大揺れ、高田専務京王ホテルがスカウト、労組も火の手あげる（夕刊フジ）」

となる。記事の大方は役員人事の内紛に触れているが、ここでは省いて、要するに、「人事に不満の労務対策役員が退陣し、労働組合がたちあがった」のである。高田専務は私の入社身許保証書の保証人で、三月に入ってから出社していないと知っていた。やはり、高田専務が労使双方に人脈を持ち、この春闘の決起に影響を及ぼしていたと思われた。

以下は新聞記事の抜粋である。

帝国ホテル大揺れ　（前略）帝国ホテルの〝実力参謀〟といわれた高田賢専務が退陣に

追い込まれた。この機とばかり労組が「人間性回復」の火の手をあげた。（中略）人事、労務に敏腕をふるい、若い社員に人気のある高田専務が新宿に京王帝都電鉄が建設する京王ホテルにスカウトされた（後略）

高田氏「三月一日から帝国ホテルには出社せず、三月三十一日付けで、辞職しました。（中略）京王さんには、五月にホテルの新会社ができてからいく（後略）」

あるホテルの社長「組合対策は高田さんひとりにまかせきりだった。（中略）帝国ホテルもあとの組合対策に頭がイタイはず」

労組も火の手あげる　その心配がはやくも現実のものとなってきた。帝国ホテル労働組合がたちあがったのである。（中略）十日も団体交渉が続けられたが難航。ことと次第では同ホテルはじまっていらいの時限ストにまでエスカレートしそうないきおい。

（『夕刊フジ』昭和四十四年四月十二日付―発行十一日）

昭和四十五年は、帝国ホテルが三月六日に新本館を竣工して十日に新本館開業式、列車食堂部が三月十四日に大阪千里丘陵を会場とする日本万国博覧会の開催を迎えて万博輸送と、共にブームの幕開けを期待した年だった。労働組合は春闘に際し、こうした期日の前を有効に利用して決着する先行方式を設定し、会社も呼応して、二年続けて一万一四二二円の五桁で妥結、これまでの従業員賃金の立ち遅れを世間水準程度に引き上げた。

しかし、年末になると、国内経済に不況の陰りが見えはじめたこともあり、会社は労使交渉の姿勢を強め、一時金をめぐってはリボン着用から腕章着用まで忍従した。そして、翌四十六年の春闘ではハチマキ闘争から全面ストライキまで打たせ、列車食堂部も一部の列車にストライキが及ぶようになった。会社は労働組合と対決する姿勢になってきたのである。組合は組織の体制づくりで「職場に労働組合」の取り組みを強め、私ら管理職はいよいよ職場管理が重要な仕事になってくる。

分離問題の台頭

昭和四十五年六月十六日から、労働時間短縮の協定に基づき、労働時間を一日七時間四十五分、二週間で八十五時間とする時間短縮と、「各個休日」と呼ぶ休日を二週間に一日設ける隔週週休二日制を敷いた。

地上勤務者の場合は人さえ補えば実施は容易だが、列車乗務員の場合は往復や片道、名古屋や大阪の遠隔地宿泊など多様な行路が絡むので、乗務スケジュールをどう組むかという問題が先にあり、時短や連休の成否はそれの整理次第だった。

幸いに万国博覧会が始まる直前の三月八日からダイヤ持ちに移行していて、乗務スケジュールは持ち列車による一定のパターンが出来ていた。もともとスケジュール作成は指令長の所管であったから、私はダイヤ配分会議に出席した当初から既に隔週週休制の導入を見越し、密かに、その行路を組むのに適当な持ち列車を念頭に配分を画策し、十分ではないがある程度の成果を得た下地があった。

結局、乗務員も初めて公休を曜日固定し各個休・公休の連休が取れる完全隔週週休二日制の実施にこぎつけた。やはり、一週六日は四十五時間、五日は四十時間という労働時間の制約が難点で、長短異なる列車の走行時分を各週とも限度内に組み合わせ、できるだけ時間外労働（残業）が出ないようにするのに知恵が要った。たとえ三十分はみ出しても次のダイヤ改正までは毎日残業状況が続くわけで、特に時間外割増手当率が法定以上の三十パーセント増しだから、人件費の抑制という使命を負った。

余談だが、後に早朝列車五本の発車前作業七十分を五十五分に短縮した。たかが十五分だが、月間五〇〇時間超の残業を削る苦心の策で、乗務員が携行する物品を基地要員に運ばせ、「作業の変更により恒常的残業を解消する」と説明したが、時間の管理には手を焼いた。

時短と隔週週休制の施行は人員増を伴い、乗務員の組は四十二組が必要になった。開業時の十八組は、その後、列車が増発される毎年春・夏の時期にほぼ二組ずつ作り続け、他にダイヤ持ち移行時に変則行路の解消を図った結果、都合三十九組まで増えていたが、なお三組を増設しなければならなかった。

世間にはそろそろ従業員不足が表れ始めていたけれど、帝国ホテルはこの春の新本館開業を目玉に新卒者を大々的に募集したのが功を奏して、列車食堂部にもその中から四四六人も配置され、人数には困らない状況にあった。ただし、この人員増が人件費増を招いて、後の問題の大きな伏線になってくる。

本題と離れるが、組について少し触れる。大体において組の増設は人事異動の一環で、従って本来は総務部門が扱う事項だが、なにせ急成長で増設が重なり組と人が目まぐるしく入れ代わっていて、何組の誰を異動させるか陣容が把握できない。いっそ営業部門自身に権限を委ねるのがいいと、結局は指令長を頭にして行う仕事となっていたのである。

異動は、個人の意思を尊重しながら説得するが、最後は承知するにしても過程にはしばしば面倒が絡んだ。誰しも慣れ親しんだ仲間から離れて、新しい人間関係に入るのは億劫である。ましてや乗務員の仕事は必ず宿泊が伴い、文字通り寝るも起きるも一緒の共同行動である。若い娘らが拗《す》ねたり怒ったり抗《あらが》ったりするのを、一人ずつ感情をほぐし事情を理解させていくが、一組作るには十指に余る相手に当たる。

説得は指令ばかりでなく、多くの協力を仰いだ。最も成果が上がる協力者は本人を送り出す組の食堂長、料理長、ヘッドウェイトレスら先輩たちで、彼らが力を貸してくれ話に口添えをしてくれると事が早く進んだ。彼ら自身が実際に最近の異動を体験しているから、異動する者も受け入れやすかったのだろう。

私はそうした協力を期待して、普段から彼らと人間関係の醸成を心掛け、努めて近づき、話を聞き、そして不満や苦情や意見を日常の改善に取り入れて見せたりした。組の増設には日常から気配りが要り、実施となると小まめに手順を尽くさなければならず、大儀な仕事だった。

二年続いた五桁の賃上げと時短や休日増など労働諸条件の改善は、従業員の仕事に対する士気を高め会社に活気をもたらした。乗務各組は新入社員ばかりが多いとはいえ、定員を上回る員数を揃えて営業態勢は備わっている。折しも期待の万国博覧会の開催である。

万博輸送は三月十五日から九月十三日まで六カ月続いた。スタートこそ静かに始まったが、しばらくすると駅の待合室もホームも人があふれ出し、列車は満席に次ぐ満席で、ついには「パニック新幹線」と呼ばれるほど狂ったような混雑を来した。ビュフェや売店をめがけて、駅食堂や周辺飲食店で食べ損なった客が殺到した。混雑を示した記述がある。

（前略）七月も中旬過ぎると学校は夏休みに入り、家族づれ又地方からの団体客で新幹線は連日のように二百パーセントを越える超満員。我が社のビュフェも開業以来の多忙期を迎え、私達乗務員は品川基地を出発する前に、ハンバーグ弁当、カレー弁当の調製を行い東京駅を発車するのですが、これがまたたく間に売り切れ、そこで車内調製するのですが、これも又車販係が売りに行く前に品切れ、又ビュフェに於いても座席といいカウンターといい通路まで立たされ、サービスの出来ない程の混雑が三時間十分（注・東京〜新大阪間の所要時間）に渡りました。

（帝国ホテル労働組合列車食堂支部『列車食堂支部五年のあゆみ　ひかり』）

万国博覧会が終わると元の平穏が戻った。あたかも高度成長期に戦後最長の四年九カ月続いた「いざなぎ景気（昭和四十年十一月～昭和四十五年七月）」の終焉《しゅうえん》と重なる。そして、翌四十六年の国内経済は反動不況に見舞われた。加えてホテル業界はオリンピックブームに次ぐ万国博ブームを契機にホテルの建設と開業が大幅に増加していたから、帝国ホテルは一層著しい業績の悪化を来した。

国鉄は、一応「万国博終了の影響で、利用人員の減が予想されました（『新幹線8年の歩み』）」と運輸成績の低下を見越していたが、実績は「ビジネス旅客の固定化や修学旅行専用列車、大口団体輸送等の営業施策により（中略）高い水準の輸送を行いました（『新幹線8年の歩み』）」と好調な推移を報じた。

しかし、運輸成績は列車食堂営業の業績には連動しなかった。修学旅行や大口団体はビュフェや売店を使わない臨時列車での輸送が主であり、またビジネス客は固定化したとはいえ、日帰り用務では車内飲食の売上をどれほど高めるのか顧客化には程遠い。業者には経済不況の影響ばかりが及んだのである。

更に、現行の列車食堂営業には体質的欠点があると喧伝されてくる。即ち、従来の在来線食堂車はゆっくりくつろいで料理を味わうという楽しみがあったが、スピードアップ化した今日の新幹線では、既に簡易なビュフェ車が登場したように、もはやビジネス客ばかりか旅行客さえ一時しのぎの軽食で十分となっている。数年後に迫る博多開業では再び食堂車を導入するが、一般旅客は料理の多様化と嗜好の変化の中にあり、食堂車需要の減退傾向は明らかで、列車食堂事業は経営上の採算見込みが立つのか、という意見である。

帝国ホテル自体にも列車食堂事業の運営に関して脈々とした胎動があった。表に出た手始めは、労働組合が画期的な大決起をした「帝国の六九春闘」が過ぎた秋、昭和四十四年九月二十二日の組織変更である。会社はホテル部門と列車食堂部門を二分する組織変更を行って、列車食堂部を「列車食堂本部」に改組した。

東海道線特急つばめ号で発足した昭和二十八年当時の列車食堂は、乗務員の三組を含め総員五十二人で本社企画係の担当レベルに過ぎなかったが、新幹線開業後の四月には四二四人となって部レベルに躍進した。その後は列車本数の増加に伴い膨張の一途をたどり、この四月には九八一人に達して、帝国ホテルの全従業員二千数百人の半ば近くを占める。

新幹線は、今後も岡山開業、博多開業と山陽路へ路線延長を目指しており、列車食堂部門の経営規模は拡大する状況にあり、更に業容の拡大が必至である。当然、準備基地の建設など施設関連費は増大するし、要員増による人件費も膨張をもたらす。会社はホテル部門と列車食堂部門と互いに異なる業態を認識して、これを区分し部門別運営の経営姿勢を打ち出し、経営合理化に取り組む必要があって改組したのである。もちろん、経理の明確化は期さねばならないし、労務対策も焦眉の急務であった。

ともあれ、列車食堂本部になって列車食堂本部は総務部と営業部の二部を設置した。私は先にも述べた営業部の営業課長代理と読み替えられるに至った。

列車食堂本部になってすぐのある夕、部長連三人に付いて酒席に交じっていると、仕事関連の話で、経営のトップが「列車食堂を一億円で売る」と発言した情報を耳にする。本人が直接聞いた話だから確かで、それからはその真意を巡りしばらく深刻な会話が続いた。列車食堂本部の例えば帳簿上の数字などは度外視し、要は人（従業員）の譲渡を中核にして、列車営業に付随する什器備品や準備所の付帯設備も、すべて引っくるめてそっくり現状のまま一億円でいいという。今、一億円で手離すのは安易に見えても、帝国ホテルにとって列車食堂の存在は早晩お荷物になるから、長期的観測に立てば取り戻せると読んでいる。できれば既存の同業者に譲れれば望ましい、のだそうである。

私は、会社経営陣が列車食堂事業に見切りをつけている意向を、心底から出ているものと確信した。そして、事態の行方に慄然としながらも、同時に早々と一定の覚悟を決めていた。その場の話は固く口止めをされ、他へ絶対に漏らさないと約束して終えた。

一億円で売りたい話が万博輸送を挟んだ前後にどう進展したか、残念ながら知らない。ただ、万博後は労使交渉がより厳しい対決になり、年末闘争に際しては列車食堂部門も腕章着用闘争が回避できず、新幹線車内は腕章を巻いたコックや車内販売員が働いた。

それかあらぬか、明くる四十六年春、会社は新卒者の採用内定を取り消して入社がなかった。前年四十五年には万博輸送の期待とはいえ、定員を超す新卒者を得たのとは雲泥の差だった。一年が経ち、前代未聞の「パニック新幹線」の接客に恐れをなしたり、多様な乗務行路による乗務員独特の不規則な出退勤に合わないで退社した者も相当数に上り、要員事情は決して潤っていなかった。だから、ある程度の員数は補充しておく必要があったが、経営の意図は厳しかったのである。

そしてついに、昭和四十六年九月十三日、会社は労働組合に列車食堂部門の分離提案を提示した。大綱は、帝国ホテルが全額出資の株式会社を設立し、その新会社に列車食堂部門の営業を全面的に譲渡するもので、予定時期は昭和四十七年一月一日だった。

会社が労働組合にあてた申し入れ書は次である。

当社は従来新幹線東京・大阪間五五二粁に於て、列車食堂を経営し順当な成績を挙げて来たが、新幹線は昭和四十七年三月に岡山まで二二〇粁が延長され、更に昭和五十年度には福岡まで四四四粁が延長され、営業粁数は合計一、一七六粁と現状に比し倍増の予定であり、（中略）これまでのようにホテル部門と兼営では、最早業況の進展に対処し得ぬものと存ぜられる。

（前略）近時ホテル部門では客観情勢の変化もあり業況低迷化し、当期決算は残念乍ら六億円の損失計上の予定にて、（中略）この際両部門の経営を分離せしめ、それぞれに経営責任態勢を確立し業績向上に注力致したいと考え、列車食堂部門の分離自立を決意した次第である。

（昭和四十六年九月十三日、『列車食堂部門分離独立に関する申し入れ』）

7

帝国ホテル列車食堂

新会社と要員対策

昭和四十七年三月二十二日、新会社「帝国ホテル列車食堂株式会社」がスタートした。会社は列車食堂本部を独立会社にする旨を前年九月に提案したが、労働組合が強く抵抗して合意に至らず、十二月二十日に一旦実施の延期を決め、再び年明けの二月十八日に分離を通告してようやく発足をみたのである。全社員は退職手当と分離一時金を支給されて新会社に移籍した。

分離提案があった後だが、榊悟営業部長（後に常務取締役）が職制らに「どうしてもホテル部門に帰りたい人」を探ると、申し出る者がいた。私自身も相当に心が揺れたが、指令長の身は乗務員を統べる要《かなめ》かと思うと私欲を言い出せず、結局、部長の裁定で実際に異動した者は数人に過ぎなかった。

新会社の管理体制は帝国ホテル社長（後に五月三十日辞任・相談役就任）兼任の金澤辰次郎社長を頂点に、常務取締役二名、管理職十八名で、管理職には分離通告直前の二月十二日に人事異動で登用された新課長代理八人を含んだ。

余談めくが、分離通告をした日の夜中に自宅に電話がかかった。先だって新任した本社の人事部長からで、用件は週明けの面談だった。月曜日の朝、指定された帝国ホテル近くの喫茶店に行くと、列車の人々に分離独立を理解させよう、という。団体交渉の推進の責を負う人事部長として並々ならない意欲に見えた。私は、「でも、バラ色の道が開けるとは言えません」と、仄聞《そくぶん》した団体交渉の表現「バラ色の道」を引き合いに皮肉っぽく返すと、「バラ色ではないと言ったのだが」と打ち消した。

帰り際に、「領収書は要らない」という金を預かった。念のため本社経理部の某に本当に領収書が不要か打診すると、密かに総額が分かり、私の他にも何人かに渡るものと推測された。金は目的に添って費消した。

新会社発足の一週前の三月十五日が山陽新幹線の岡山開業だった。分離独立に関する熾烈な労使交渉のさなかで、あわただしい対応に迫られた。更にその四日前の十一日には、初めてレストラン部門に進出する岡山ピーチプラザ内の「岡山コーヒーハウス」の開店があり、列車部門の岡山準備所の整備と併せて一層ざわざわした。

そして岡山までの運転が始まると、営業は万博輸送以後一年半の落ち込みが嘘のように、再び活気を取り戻した。国鉄は、開業前の半期の一日平均二十二万人と比べて大幅に伸びた状況を報告している。また、新会社も発足すぐに期末を迎え、定時株主総会で第一期（自・昭和四十六年九月二十八日、至・昭和四十七年三月三十一日）の営業報告を行ったが、業績が順調に推移していると書いている。次はその二つである。

（前略）岡山開業からは一日平均の輸送人員は約三〇万人と活発な輸送を行い、なかでも開業早々にむかえた連休二日目の三月二〇日（月）には五二万五千人と開業以来最大の輸送を行ないました。

（昭和四十八年三月、新幹線総局『新幹線八年のあゆみ』）

一、営業概況　昭和四六年九月二八日に帝国ホテル列車食堂株式会社が設立されまして、昭和四七年三月二二日に株式会社帝国ホテルより列車内食堂営業の譲り受けを完了いたしました。

その後わずかに一〇日間の営業ではございましたが、新幹線岡山開業と岡山駅構内コーヒーハウスの新設等により、順調な営業を続け一一〇、三二〇、五九〇円を売上げまして、一、四二〇、七八四円の純利益を計上いたしました。

なお、今後の見通しにつきましては、新幹線岡山開業で輸送力増強が実施され、旅客は特に山陽、山陰、四国地方輸送システムが改善されました為、西へのびる動脈として多くの利用が予想されます。（後略）

（昭和四十七年五月三十一日、帝国ホテル列車食堂『第一期営業報告書』）

予想を上回る新幹線車内の混雑は、お蔭で売上を増し営業成績の回復をもたらしたが、一方で要員不足の営業態勢を露骨に表した。

例えば、幕の内弁当が二、三十個も入ったダンボール箱を手つかずでそっくり持ち帰った組がある。新大阪駅で弁当業者が積み込んだ品だが、売れないのではなく、人手がなく「売らなかった」のである。早い話、車内販売で順当に巡回する乗務員がいなかったのである。車販係は他の弁当や飲料やみやげなどを何回か巡回しているうちに捌ききれなかった。時にはビュフェ係に車販への助けを求めるのだが、するとビュフェが手薄となりコックがサービスに出るようなてんてこ舞いになる。

経営からみれば機会損失で、要員は十分ではなくとも工夫を巡らして成績を上げるよう励ますが、働く側では現在の過酷な労働実態の改善を求める。しかも行路が新大阪から一時間も延びた条件の中で、小休止もままならない体の負担がきついと深刻な要求である。

新幹線が開業したとき車両編成は十二両連結で、当時の乗務組は一組十五名だったと書いた。それが国鉄の輸送力増強で昭和四十五年二月末からひかり号はすべて十六両化され、乗務組の構成もその営業に対応し一組十八名に改めた。たまたま万博輸送と軌を一にした時期で、大量の新卒者があり増員も難なく満たし、むしろ超過したのだった。

しかし、先にも述べたが前年は新卒者の採用内定取り消しなど経営の人事施策もあり、列車食堂本部に要員の補充はなく自然減のままに過ぎていた。そして、新会社となった時点では、岡山基地の規模拡大も加わってとてつもない要員不足に落ち込んでいた。

列車食堂本部分離問題は、「帝国ホテルも新会社も現在の帝国ホテル労働組合を認め、列車もその組合の一部であることを認める」という最終合意で決着した。要するに労働組合は一つなのである。そうして、新会社は列車食堂分会連合（後に七月から支部）と団体交渉を持ち、四月十七日を第一回として順次開いていった。

同時に職場交渉の申し入れがあったが、分離初年の春闘時にはテーブルに着いた記憶がない。その書面は営業第一課長と第二課長の連名で、要員補充要求を第一として「必要人員七七〇名、現在人員五八三名、不足人員一八七名」を「四月二〇日迄に回答すること」（申し入れ書・抄）であった。一組構成十八名で平均四名強の不足であり、現場を預かる管理職としては要求がなくとも早急に補充し解決したい事項である。

しかし、要員の補充は進まず、翌四十八年が明けても更に悪化し落ち込んだ。三月十九日、営業第一課と乗務分会との第一回職場交渉が開かれ、私が対応した。第一課長が欠員し、前年十月一日付けをもって私が第二課長と兼務になっていたからである。要員補充要求は「必要人員七七〇名、現在人員四一七名、不足人員三五三名」である。前年よりも極限に近づく一組平均八名強の不足で、要員問題は総務部門の所管だと内心は憤懣《ふんまん》やるかたないが、使用者側に立っているからには正面で受けざるを得ない。

総務部門にも理屈はあった。そもそもは日本社会の産業構造の変化があり労働市場に若年労働者の不足が進んでいて、その上サービス業は長時間労働・低賃金といわれ、更に従業員不足を来す状況にあった。ちなみに「帝国の六九春闘」以後続いた五桁賃上げも、万博ブームでホテル間競争が起きたゆえの従業員不足が影響したと思われる。総務課も中途採用をするべく全国を回って努力しているが、なかなか求人に至らないのである。

一組の構成は十八名だが、うち一名は車内公衆電話係として国鉄の業務に携わっている。従って、定員は十七名だと、組合必要数の十八名と一名を巡る攻防をしても所詮は要員不足の実態であり、日常の業務にどう取り組んでいくかの話し合いになる。会社側は私と直属の課長代理の二人、組合側は十三、四人で、時として火花は散るが、会合の後は個々人が弁解に来たり謝罪に来たり、夜中に電話口で泣いたりして、人間関係は保たれた。

旅客サービス上は何としても車内販売が欠かせず、車内販売優先のしわ寄せはビュフェに及び、料理の注文取りを待たせたり供卓が遅れたり次第にビュフェのサービスが低下していく。会社は当局に要員不足の状況を訴えて、中途半端なビュフェ営業は旅客のためにもやめたいと打開策を進言した。

既に四十五年十月一日のダイヤ改正で、名古屋止まり（ドン）と明けの一往復二本は利用客が少ない区間列車だとして、ビュフェ営業を中止していた。今度はこの岡山開業を期に、去る四十四年七月からこだま号に売店車が登場し始め、順次五号車ビュフェと交換している実態を捉え、いっそ五号車はビュフェ車であっても電話扱いと弁当販売の売店車と同じ形態で行うのがいいと持ち込んだ。つまり片号車を車内販売だけの「ビュフェ限定営業」にしたのである。

要員不足が極まると、この「ビュフェ限定営業」をひかり号にもしばしば応用するようになり、実施が拡大していった。会社としては助勤乗務をさせながら、こだま号の片方だけに絞るよう努力したが、やむなくビュフェ営業を閉鎖する現実があった。

国鉄が認めていない列車で非公認の限定営業が出現するたびに、私は当局に出頭を命ぜられ、そのつど叱責を受け弁明を繰り返したが、無い袖は振れない苦渋の営業だった。

ついには余りにも閉鎖が続出するので、四十八年六月十六日から、当社が担当のこだま号だけ全列車「ビュフェ閉鎖」の内諾を得た。その代わりに、ひかり号の完全営業が課せられた。万博の閉幕までは他社の追随を許さなかった当社の営業態勢の優位が傾いて、後塵を拝する事件だった。

しかし、求人の枯渇は他社も同じで、どこも要員補充は困難だった。結局は三社が共同の嘆願をして、同年十月十日から一斉に「こだまビュフェ廃止」が当局に認められ、各新聞が「味気なくなる新幹線、人手不足から」などと大々的に報じる結果になった。「ビュフェ閉鎖」と「ビュフェ廃止」は同義で、後者は公然になったというに過ぎない。

新規採用が難しければ、現にいる社員の退職を延ばさせ定着させる。総務部門が、その頃ぼつぼつ行われていた海外旅行による勤続勧奨を取り入れ、とりあえず勤続満三年以上の女子社員を対象にグアム島旅行を発案した。

第一回は四十七年で三十一人が該当した。第二回は、突然、私が引率責任者に指名され、十四人の女子に添乗し三泊四日の旅に向かった。私にとって生まれて初めての海外旅行は、四十八年九月十八日から二十一日まで、全額公費、しかも助手にもう一人彼女らの世話役を託す若手の男子が付いたので、望外の行楽になった。

ただし初日早々、羽田空港を飛び立ちシートベルトを外すや否や、もう外国人らが彼女らの座席に執拗なデートを迫ってきたのに驚き、旅先で過ちが起きないよう警戒心を募らせた。現地の夜は一定の時刻に全員を私の部屋へ集合させ、買い出しした飲料とおつまみで飲み会を開き、単独の外出を許さなかった。

しかし、この旅行は翌年の三回目限りで中止された。大して定着率向上の効果が見えなかったのである。やはり女子の在籍は二年がせいぜいで、満三年持ちこたえるのは難しかった。そして、定着の悪さは常に要員不足をもたらして労使間をきしませ、新会社の悩みの種であった。会社の施策はほとんど要員対策を中心に立案されたのである。

品川センター

昭和四十八年十二月十九日、本社が中央区新川一丁目の貸ビルに移転した。もともと品川基地は岡山開業時の規模を目安にしたもので、博多開業では既存建物の増改築が要ると予想していた。想定外の分離独立が起こり、社長室だの新設組織だのとスペースの手狭が早まったので、諸条件を比較勘案して賃借物件に移転を決めたのである。

労働時間の比較もあった。例えば、乗務員が東京駅で乗降するための送迎バスは、品川なら片道三十分かかるが新川だと十分で済み、二十分も短縮する。送迎はもちろん実働時間だから、一人片道二十分ずつを日々の稼働員数で累計すると大変な節約である。丁度、この六月十六日から労使協定による一日の労働時間が七時間になり、従来より三十分も短縮した背景があったから、それを凌駕する人件費の抑制策に適うとも考えられた。

しかし新本社に移った最大の眼目は、引っ越しで空いた事務所やリネン室を配膳包装部門に改造し、セントラルキッチン「品川センター」として整備することであった。

新会社として分離したからには独立採算で業績の発展を図る。それには「逐次営業の規模を拡大させ、又新たに各地に於て駅食堂等をも経営」（「分離独立に関する申し入れ」）していかねばならない。先の「岡山コーヒーハウス」の開店を嚆矢《こうし》として、本年四月二十一日には横浜に「インペリアル・プラッツ元町店」を開業し、列車内以外の営業も緒につき始めた。そして、来春は東京駅第8・第9ホームに売店「インペリアル・ワゴンドール」を実現する段階にこぎつけたのである。

国鉄の構内営業下、特にホーム売店は旅客の利用が確実で売上が見込め、それだけに当局の認可を得るのは至難だったが、暮れの十二月一日から元国鉄外務部長の岩松良・顧問（後に常務取締役）が入社し、尽力と余慶で出店が可能になった。だが同時に、弁当の品質や数量について利用者から苦情や不満がないように厳しい規制を受ける。会社は調理調製から配膳包装まで生産過程の整備に万全を約して、待望の売店進出を期したのである。

ホーム売店の新規開店もさることながら、車内販売でも多客期には販売する弁当の個数は増大する。春季多客は目前で、その先には夏季繁忙期が構えているし、更に一年後に迫った博多開業を展望すると、ますます弁当の生産ラインは整備しておく必要があった。

社屋移転前の十二月十六日、組織変更で営業第一課と第二課を統合した営業課は、私が引き続き営業課長で列車内営業の担当だった。以前から、弁当の自家製に関して強い意見を有していたから、新製品の開発を考えればなおのこと、この際、品川センターは大幅に改造した方がいいと思い、折からの品川センター構想に大いなる期待をしていた。

従来、車内販売の弁当はいわゆる駅弁が中心で、弁当業者が幕の内弁当や各地の特殊弁当を積み込んできた。駅弁はすべて買取方式で残品の損は販売側が負うが、旅客からの駅弁需要は高く、多客期はほとんど完売で問題がなかった。しかし、閑散期は適正な積込数の把握ができず、えてして売れ残り、しかも返品可能な一般土産物と同程度のマージンでは販売側は利益どころか欠損する。列車食堂業者は調理調製はお手の物だから、委託駅弁に代えて自家製品を売りたいと考える。加えて、自家製弁当なら利益率も高い。

こうして当初は弁当業者との共存もあり、自家製品はサンドイッチだけだったが、徐々にハンバーグ弁当、カレー弁当、カツ弁当など種類を増やし、万博後は洋食系ではもう一歩伸びがないと、うなぎ弁当、やきとり御飯など和食系を工夫して駅弁と併売するようになっていた。

車内販売絡みの私の改造案を企画担当や調理部門にぶつけると、結構大がかりになった。建物の変改には家主の承認が必須である。鈴木常務に親会社への申請を願い出ると、想定を超えた工事に驚き、「この規模ではホテルが認めない」と計画の縮小を滲ませた。明らかに親会社に縛られる子会社役員の引け目と弱さがあった。私は事の経過を説明し、やっと「試案として出す、承認の話まではしない」という条件で書面を渡した。

私はすぐ帝国ホテルの羽山清篤経理部長に電話をし、次いで私の話を傍で聞いていた榊常務に密かに連絡を取り、夕刻に有楽町で落ち合った。

約束先の焼鳥屋「鳥繁」には先に羽山部長が待っていて、程なく榊常務が来ると、私はのっけから用件は品川センターの改造だと述べ、あらましを相談した。

「明朝列車会社改造計画を持ち込むが、恐らく親会社の承諾は得られないという姿勢から、押しの弱い申請をするはずである。しかし、親会社が列車会社をすぐにも潰す考えならば仕方ないが、なお五年先なり十年先なり生かす方向ならばいずれは必要な工事になる。ついては、明日は初めて聞いた振りをして、工事と工事費の話を即決で承認してほしい」と懇願した。それから工事費など細かい点も少しは触れたが、後はコップ酒を交わしながらの世間話になった。

翌日、常務から呼ばれ、「ホテルが承認したよ」と笑顔で告げられた。前夜の根回しがどれほど効いたか分からないが、問題が落ち着いたのは確かだった。

第一次改造の一階調理部分はすぐに始まり、第二次改造の二階配膳包装部分は夏季対応を目途とした。時間に余裕があった第二次改造は、六月二十七日に至り更に現場責任者らを含めた十六人で最終案として叩き直したが、親会社は七月十日にあっさりと了解してくれた。

会社でお世話になった方は大勢いるけれど、敢えて接触の長い二人だけに触れる。

新入社員で庶務係に配属された時、榊さんは企画係（後の列車食堂）、羽山さんは経理係にいた。共に昭和二年生まれだから中堅で、九州大学中退とか立教大学卒とかホテルではエリートなのに、まだ係長の職制がない時代だから平の係員であった。各々の係は異なるが、事務所はライト館南棟の半地階の「長屋」と呼ばれる薄暗い廊下に並んでいて、新人は雑用の出入りも多いから早くに覚えられる。同じ長屋の住人の縁で、そのうちに終業後の麻雀やら酒席やら遊びにも加わるようになる。事務系は皆おとなしい人ばかりで、鼻っぱしの強い酒の好きな私は手頃な相伴者だったかもしれず、まして独り身で暇が余る。ついつい度を越しながら、一層長屋グループの同化に深まっていった。

話はそれるが、当時、酒席の払いは先輩で、後輩たちは自分の飲み代さえ払わなかった。新人は薄給だからというのでなく、そもそもホテルの事務系では総じて先輩が支払う風習があった。だから、私も後には後輩に払わせることは少なく、いわゆる回り持ちである。反面、麻雀は厳しく、ビギナーとて負けは容赦なく取り立てられた。

長屋には三年間いただけで表側に異動したが、同期の海野君や山田君が後にいて誘われたりしたので、相変わらず先輩二人の尻尾を追っていた。ところが、四年余り後の異動で列車食堂部に行くと、部長が榊さん、営業課長が羽山さんだった。初めて直属の上司と部下に配属され、業務の指示命令系統の中で新たな薫陶を受けた。二人から共通して学んだのは、部下に対する公平な評価と問題に対する決断の仕方である。失敗した部下を決して放り出さない、最後は自分が決めて責任をとる、当たり前だが私には勉強になった。

以後、榊さんは列車会社で常務取締役になり、羽山さんは帝国ホテルで代表取締役副社長まで登り、二人して自力を発揮できる立場に立たれた。お蔭をもって、私の会社生活はいささか恵まれた。傘下と目されて、その威光の余禄に与《あずか》ったのである。

営業の片手間

昭和四十九年二月十三日、営業部長代理の辞令を受けた。前任の部長が間断極まりない労使交渉でくたびれた上に社屋の移転問題が絡まり、心身共に萎えて長期休養に陥った空席を埋めるための発令だった。

代理とはいえ実際は全くの部長業務で、レストランもホーム売店も責任の範囲になった。かねがね営業課長で「九〇〇人もいる課は課でなく大課、だから営業大課長だ」と半ば皮肉られていたから、部下が一〇〇人ぐらい増えるのは平気だった。

驚いたのは、新任とか昇格とかがどう広まったのか、自宅に取引業者からの贈物が届き始め、ほとんどは食料品か酒好きと知っての日本酒や洋酒の類だが、それにしても御中元と重なる頃には納戸が物置のようになった。中にゴルフクラブのハーフセットがあり、さすがに辞退したものの、再度送りつけられるに及び後年ゴルフを始めるきっかけになった。

さりとて業者とは常に真っ当な関係を保った。品質と納入価格には実務を堅実に通し、余計な思惑を入れなかった。すべては会社にとって利が有るか無いかが基準である。

例えば、名古屋の「ういろう」は有名で需要が高い土産品である。車内販売では係員が腕一杯に抱えて客席を移動するが、品物が重いので手がしびれる。しかし、しびれるほどの個数を持たないと、お客に応えられないし、また単価が低いので売上額も上がらない。安いから売れるのだが、係員たちは重さの割には安過ぎて労力と釣り合わないと言うようになった。

業者に相談し、単価を上げるか詰合せを工夫するか、いずれにしろ値段と目方のバランスを図るように持ちかけたが一向に返事がない。待ちくたびれて利用客には申し訳なかったが、ういろうの納品を止めたのである。当時のある期間、関西の他の土産品の例なら八ツ橋六〇〇個に対しういろうは五五〇〇個で九倍を売る品である。社内の批判もあったが、ういろう分は他で埋め合わせると強弁した。

はたして数カ月後、見た目も味も素敵な新品種「おぐら」が登場し、従来の「しろ」や「あか」との組み合わせで単価を上げることができた。すぐに価格改定の商品で車内販売を再開し、係員たちを督励した。

列車内営業も殊に車内販売には、市場の大きさと寡占の様相をみて様々な商品の引き合いや売り込みがあった。多くは土産物と菓子類で、旅行先から家人へ持ち帰る土地の産物や食べ物やおもちゃである。

しかし、新商品の導入は、新商品の売上が正味でプラスにならなければ意味がなく、ただ既存商品と取り代えたりあるいは併売して競合するだけなら、売上増に寄与しない。政治家や役人や会社関係者の紹介による売り込み話は、大抵は短い面談でお引き取り願った。断った中に変わり種で「大島紬」があった。数十万円する生地の仲介で、日に一件も取れば利益はあると興味を引いたが、車内では説明の時間が取りにくいとお断りした。

一概に何でも蹴るわけではなく、役員が紹介した「わさび漬」を入れたが、それなりの事情があった。静岡のわさび漬は上り列車・下り列車共に扱える品目で、それだけに数も多く売れるが、老舗業者の独占だった。会社は納入歩率を改定し利を図ろうとしたが折衝が進まないので、一品目二業者の競合を策した。

早速、新業者が役員を工場見学等に誘って来た。老舗の懐柔が必要なのに、まだ老舗には片鱗も伝えていない。役員が先立って動くと面倒が増すから、部下が専横突破したという名目で行こうと、私が口利きになりすまし仕入係と営業課員ら十人余りを連れて行った。目的の見学が有意義に終わると、次は料亭で、年若い彼らは予期しない宴席に驚いた。業者は客の多さにまさかと慌てたが、私は彼らが納得してこそ新規参入が実現すると、大勢で押しかけた意味を説いた。

私的な仲介は一件だけした。中央大学の同期生が中堅製菓会社の役員工場長だった。彼は映画鑑賞を趣味とし、映画から当代の色彩を探るという持論で、流行色を製菓や包装に取り入れて活かしていたが、ある年、「今年は白が売れる」と確信した。そして、私に彼の北海道工場で生産中のホワイトチョコレートを試そうと薦めた。

東海道新幹線で北海道製品を売るとは妙な取り合わせとも思ったが、脱都会や北海道への郷愁が高まりつつあった折から、期間商品として取り上げたら爆発的に売れ始め、すぐに納品が間に合わなくなった。私が中途半端な勧誘を叱ると彼は操業の指示が甘かったと詫びたが、二人して予想を超えたホワイト熱に驚いた。時期はそう長くはなかったが成功したのである。

ほんの思いつきの感覚だが、我が儘を通してみて良かったと思う品物が幾つかある。

車内で売る「ウイスキー水割り」には、混ぜ合わせ用のマドラーを添える。柄の先に帝国ホテルのライオンマークが付く体裁のいいプラスチック製品だが、一本の原価が高かった。混ぜ合わせた後は不用の物だが、ふと、町に売り初めのチョコレートポッキーを思いついた。原価を比較するとプラスチック製品と一本当たりが同じくらいで、それなら使用後はつまみ代わりに食べられるポッキーの方がいいのではないか。

初めはチョコレートが暑さで溶けポッキー同士が数本くっつく失敗もあったが、お客が好むと信じて使い続けた。ある日あるバーで、水割りにポッキーを添えるのを見て「これ、いいいね」と誉めると、「新幹線でやってました」と言われ得心した。そのうちに、あちこちで見るようになった。

レストランの食卓にはマスタード（からし）が備わるが、列車内のビュフェや食堂車も同様でいちいち準備をし片づけをする。準備は黄色のからし粉を水で溶いて所定の容器に小分けし、片づけは容器の残量を洗い流す。ビュフェは立席で容器の数が少ないが、食堂車は四人掛け七卓、二人掛け七卓で十四卓分を用意する。乗務員が列車に乗り込んでから発車までの準備時間は二十分余りしかないが、マスタードもこの間に仕上げて並べなければならない。そして、下車の際は半分も使われないで余った容器を洗浄するのである。

洗い流すものに貴重な時間を取られているのはもったいない。そう考えて、業者に使用分ずつ区分けしたマスタードの小袋を作れないか頼んでみた。試作品が届いて、使い始めたら時間が経過すると小袋が膨張して破れるなどした。更に業者が研究を重ねてくれ、お蔭で膨れる欠点がない品になった。以後、準備は容器に小袋を入れるだけ、片づけは使わない小袋を回収するだけで係員の手間が省け、しかも耐用日数内の小袋は次の列車まで持ち越せて無駄がない。この小袋の型式も、そのうちにマヨネーズなど他にも応用されながら、世間に広まっていった。新幹線は情報の発信地だと思ったものである。

部長役職だから多くなったわけではなく、会社の事業規模が拡大し人員が増加するのに伴い社内の結婚件数が増えてきて、ひっきりなしに披露宴に呼ばれるようになった。その件数は私の場合、特に昭和五十年の秋は十月と十一月の二カ月だけで十一件にも及び、毎週一日か二日は会社に行くなり披露宴会場へ往復する始末だった。列車食堂は若者らの職場で、数多い恋が芽生えカップルが生まれ結婚に至るのは自然だが、丁度、団塊世代の結婚適齢期に当たったと言うべきであろう。男女の平均年齢の調べが物語る。

（前略）この間列車の方の勤続年数を調べた処が、男女で平均年齢二四・八歳なんです。で、勤続年数は二・八年です。それで男は平均年齢二八・一歳で勤続年数が三・一年、女の人の平均年齢が二〇・三歳で平均の勤続年数が一・五年という事が出てるんです。

（昭和四十七年一月二十一日、『列車食堂分離第二回団体交渉議事録』）

私もまだ子供に金がかかるので、持参する祝儀の額は恥じ入るほどに限られたが、招待に応えるのは礼儀である。不参は二例だけで、一つは新郎が直属の上司を呼ばず、それに行くのは憚《はばか》られて遠慮した件。一つは鹿児島県下の挙式で往復に二日を要し、仕事も絡んで断念した件である。大阪や京都も行ったし、静岡や福島の近県はたびたびだった。

ほとんどは新郎側に呼ばれたが、ほとんどが職場結婚だから新婦もその客分も社員で、どちらの席でも変わりなかった。稀に新婦側に招かれるとその新郎は幼なじみか見合結婚であった。係長の時分には上司が上座にいて祝辞の任を負うから、楽な気分で会食に臨めたが、やがて課長や部長になると主賓級に遇されて常に祝辞を述べる立場で堅苦しかった。

数多い祝宴の中でいろいろな経験をしたが、驚いた例が一つある。

乗務コックの中村某君の結婚式は珍しい仏式で、続く披露宴の司会は彼の組の係長だった。席の最上座は会社の料理長で、祝辞は当然に職種も年かさも料理長の役回りだと察したが、意外にも私が指名された。一応は難なく終え、次いで新婦側と交互に数人の祝辞の後、乾杯の音頭で一段落するはずであった。荷が下りてホッとし、さてと杯に手を伸ばしかけたら、司会者が「木村さんのご祝辞」と名指した。今しがた祝意を述べたばかりで何たることか。だが会場内は固く静まったままで見回しても誰も立たない。司会者は動かず、沈黙が続く。私が意を決して「ご祝辞の其の二でございます」と立ち上がると、場内が少しざわついた。

冒頭の祝辞は「七十五年後のダイヤモンド婚式まで添い遂げよう」と、型通りに新郎新婦と両家の繁栄を祈念したから、今度は料理の三条件「一に材料、二に親切、三に技術」をたとえに「お互いに素敵な人材を見つけたからには、親切・思いやりの心をもって、下手な方便や言い訳はしない」と話した。起立する途端に数日前に使ったばかりの話を思い出したのだが、披露宴が続くと同じ人と同席することもあり、いつも同じ話では能がないと、幾つか場に応じた話をしていたのが役に立った。

披露宴祝辞の二度登板は前代未聞と驚いたが、更に、食後の余興で三たび指名を受け木曾節を歌った。実は係長はだいぶアガっていて、一回目は料理長に指名したと思っていたらしい。

披露宴のたびに頂く引出物は、当時はコーヒーカップとかカレー皿とか瀬戸物のセットが多かった。数多く宴に出ると、家には同じ類のセットが何組も溜まり使いきれない。それで若者らと酒を飲んだ時、「アイスペールやトングや水差しなどのバーセットがいいな」と洩らしたら、その後に呼ばれた宴の引出物にバーセットをもらった。嬉しいが、しかし、そのシーズンには同類のバーセットが三組も溜まり、失言を悔やんだ。何気なく言った隻句《せっく》も、聞く人には大きく影響すると知り、滅多な話はできないと肝に銘じた。

披露宴に呼ばれるうちに、ついには自分が結婚式の媒酌人になり、都合七組を務めた。全組が職場内での交際が発展し実を結んだ職場結婚で、いわゆる頼まれ仲人である。

昭和四十六年十一月　二日　山口君、有泉さん
昭和四十七年十　月二十七日　千原君、三輪さん
昭和四十八年　七月　十七日　佐々木君、鈴木さん
昭和四十九年　五月　十四日　永井君、藤原さん
昭和四十九年十　月二十九日　鈴木君、小田さん
昭和五十　年十二月二十一日　岩嵜君、松本さん
昭和五十一年　四月　十四日　五十嵐君、大島さん

他にも何組か持ち込まれたが、その時々の受けかねる事情を説明して代わりの媒酌人を探してやり、責任を肩代わりした。七組を数えるや、世間が言うお役御免の限度に達したと宣言し、その後は後進に道を譲るとして断り続けた。

昭和五十一年十二月十一日から十二日、媒酌の集大成を思い立ち、関わった七組十四人の夫婦とその五組の間に出来た子供ら七人（二組は妊娠中で大きなお腹をしていた）計二十一人を、伊東温泉「ホテル川良」に招いて一泊忘年会を催した。我が家は田舎から呼んだ私の母を交えて五人、合わせて二十六人の大宴会で騒いだ。

今思えば、あの時だけしかできなかった一回限りの会であった。

記述の順序は逆だが、自身の婚礼は昭和三十六年だった。二月の初めに母から、父が山から下りて来て相談することがあると手紙が来て、何事かと訝《いぶか》りながら家に帰ると、用件は見合いだと言う。入社して四年、まだ二十六歳は早婚なのだが、母には幾つかの仲介話が持ち込まれ、それに最近は私が深酒を増し身持ちがやや荒れ始めた、とけじめをつけたいらしい。

相手は、伯父の北隣の豪農の総領青柳和則さんが仲立ちをする、松本市縣、（有）桑原冷凍機工業所の桑原新一郎、みちへ夫妻の長女とよ子である。長兄新太郎、次兄良一郎、本人、弟忠人、妹和子の五人の真ん中で、長兄が和則さんの旧制中学の同級生の誼《よしみ》で縁を取り持ったという。昭和十一年十一月十二日生まれ、松商学園高等学校卒業、山野高等美容学校卒業、美容師である。

見合いは二月十一日祝日（建国記念の日）、桑原家においてだが、父が一緒では否応もなく、婚姻は決まり同然だった。先様のこたつにあたりながら、ご夫妻に父と私が、とよ子が用意したという酒肴で暫時の談話を交わした後、タクシーを呼び、若者二人は中座して街中へ出た。ある店へ入り、私はホテルの仕事、彼女は東京江東区富岡の美容院での働きぶりなど、近況を交換しあった。そして翌々日、田多井の我が家へ、とよ子が母親に伴われて訪れ、女親同士の挨拶と話し合いが持たれた。とよ子は、その後の夏を経て美容院を退職した。

結婚式は昭和三十六年十一月二十七日、松本の公営結婚式場「みよし」である。地元では鉄漿付親《かねおや》という媒酌人に原田竹三、志げ美の姉夫婦を懇請し、神前式を挙げ、引き続き同所で披露宴を催した。宴席は新郎新婦を含め三十九人に幼児四人、東京の帝国ホテルなど遠隔地の関係者は友達を含め一人も招かず、僅かに父の上高地の関係者などと両家親類だけの慎ましい人数だった。

ただし、田舎では隣近所への披露が必須なので、大抵は自宅に招きお祝いを振る舞うのだが、父は第二会場を設《しつら》えることにして、豊科町の料亭「小綱」に隣組を主とする知己友人を招き、松本第一会場とは趣が異なる宴席を催した。

ついでだが、新婚旅行は、豊科会場を終えてからタクシーで上山田戸倉温泉「清風園」（宿泊費四五五〇円）に向かい、二十八日、渋温泉「古久屋旅館」（四七三二円）、二十九日、草津温泉「一井」（五二〇九円）、三十日、「軽井沢グリーンホテル」（六三九〇円）に宿泊した。早めの予約を怠ったので、暖かい地方の確保ができず涼やかな旅になったが、特に三十日は白根火山ケーブルで白根山頂に向かうも積雪で頂上は諦めざるをえず、また翌日の一日は小諸懐古園や藤村記念館を訪れたが寒さに震える写真が残るほどであった。

新居は、品川区南品川の「福寿荘」に定めた。六畳一間で狭いので、嫁入り道具は洋服箪笥、用箪笥、茶箪笥は入るが、着物箪笥の余地はなく、実家に預けたままの引っ越しになった。

食堂車で博多開業

東海道本線昼間特急の廃止で、帝国ホテルはやむなく新幹線営業へ移行する決断をしたが、新幹線は将来必ずや博多へ延びると予測し、その時点では食堂車を連結すると期待していた。会社の幹部や古手は、それからぬか折につけ帝国ホテルは在来線食堂車の盟主だったと誇り、食堂車が登場した暁にはきっとその伝統を復活すると語った。帝国ホテルらしいサービスは食堂車でこそ発揮できると確信していたのである。

しかし、現実に食堂車が登場する昭和四十九年を迎えると、既に在来線撤収から十年も経っていて、電子レンジのボタン押ししか知らないコックと、ビュフェしか知らないウェイター・ウェイトレスばかりで、何もかも一から始めなければならない状況にあった。

まず、研修を実施した。中でもコックが肝心で、とりわけ料理を差配する各組料理長クラスの技能の不足は懸念の極みで、早くから育成に取りかかった。

親会社帝国ホテルに懇願して調理部の応援を取り付け、資格者を同部に二週間単位で預ける日程を組み、一月十六日から順順に送り込んだ。次いで食堂長クラスを、岡山コーヒーハウスやインペリアル・プラッツ元町など店舗に出向させ、四月二十七日から現場実習に入れた。一般については六月一日以降、コックは品川センターの厨房に集め各個に最低三日間ずつの集中実技を施し、ウェイター・ウェイトレスは新川研修室で模擬サービスの反復訓練をした。

当局は、六月当初、食堂車の編成切替の進捗をみて八月一日から営業すると言明した。期日が切迫して準備万端に拍車をかけたが、しばらくして東京運転所のピット未完成など国鉄側の状況に変化があり、また研修期間の不足で業者側の態勢も一部整わず、結局多客最盛期の営業を案じて一旦は安全策の八月二十六日に延期、更に九月五日に変更した。

この延期で、七月後半から八月におけるひかり車両編成はほとんどが食堂車を連結したにもかかわらず、食堂は閉鎖し、ビュフェと車内販売だけの営業になった。

閉鎖への転換は、業者には好都合で要員不足が助かった。もし食堂車を開いたならば、たちまち八人も配置を要し、その分は車内販売係を削って販売態勢を損なっていた。混み合う夏季多客の時期に車内販売の縮小は許されず、要員の大幅補充が必要で、明らかに要員対策に波瀾を来した。更に、食堂車の厨房は車内調製に使え、弁当の増産で売上を伸ばす余得を生んだ。加えて、閉鎖の間を利用し実地の車上研修ができた。

業者は当局に車上研修の早期開始を要望したが、許可は八月十五日から営業前日までの三週間だけに限られた。各組一回しか当たらなかったものの、車内機器の確認と操作は作業上に欠かせない研修だった。

着々と準備を進めた食堂車営業だが、その実は「暫定営業」と呼ばれた。当局が、食堂車営業の最終目標はあくまでも昭和五十年三月の博多開業であると言い、それまで約半年間の営業は準備段階としての「暫定営業」という見解だった。

従って、例えばメニュー品目にしても暫定営業は簡素に試行し、段階的に増やしていくとした。また、ライス・パンなど一定の品目を除き、新機軸の価格設定を二点試行した。狙いは食堂車の格付けで、一点は編成内で隣接するビュフェに価格差を設け、ビールはビュフェで二八〇円、食堂車で三四〇円とした。もう一点は食堂車の料理内容を高め合うように、業者ごとの価格を認め、ビーフシチューの例なら他社は一一〇〇円、帝国ホテルはヌードル添えで一二〇〇円にすることができた。

昭和四十九年九月五日、食堂車の「暫定営業」が始まった。公式発表をもって、初めてひかり号に食堂車が登場したのである。

食堂車暫定営業がまずまず緒について、最終目標の博多開業にのぞむ段階になったが、現状のままでは博多に向かう道筋を見通せず、大きな工作が必要だった。見通しを妨げている障壁は、新会社に分離して以来ずっと付きまとう要員問題であった。

食堂車に人手がかかるのは元より分かっていたが、食堂車営業が始まると、どうしても車内販売係を流用せざるを得ず、車内販売の売上が落ちた。それも、日を追って激しくなり全くがた落ちの状態を呈してきた。大量に採用して車販係に当てた夏休みのアルバイト学生がキャンパスに戻り始め、社員だけの日常に復してきたからである。

車内販売の部門別売上比率は、例えば全業者の暫定営業開始直後一週間の平均で、食堂車三十三パーセント、ビュフェ十四パーセント、車内販売五十三パーセントと売上の半分を占め、車販の不振は経営を揺るがしてくる。

九月三十日、暫定営業後の問題整理をする団体交渉があり、労組側から要員に関する質疑があった。要するに、車販係の員数が減り、ビュフェ・食堂車を担当する者も車販兼務に取られ、三部門とも労働強化の状態だという。

煮え切らないやり取りの中で、私は決断して、「車内販売係の方を固定する。車販を優先するためにビュフェを非営業にしても止むを得ない」と言った。思い切ったというより独断で、社内にも当局にも何の下話もしていない危ない発言であった。しかし、列車内営業の責任者として車内販売は捨てられなかった。

その日の帰途、執行委員数人と出会い飲み屋に誘うと、「すごい決断だが、本当にビュフェを閉めていいか」と心配気に聞かれた。私は「心は食堂車」と答えた。

要員不足の補填は、やがてビュフェの非営業だけでは止まず、食堂車の非営業を起こすと踏んでいた。それなら、いっそ今、真意を明かして理解を得るべきだと決め、当局には「食堂車の一部を非営業にしたい」と申告した。食堂車を利用できない客の不満には、代わりにビュフェと車内販売を完全営業して応える、と理屈にならない理屈で押した。始まったばかりの食堂車である。当然に他社も巻き込み、閉鎖予定のひかり号を委譲するか、こだま号と交換するかなど大きな問題になった。詳しい経過は覚えていないが、結局は十月中旬から、当社の持つひかり号十二往復のうち乗車効率の低い四往復に限り食堂車を閉鎖し、ビュフェと車内販売だけの営業を始めることになった。

十月二十一日の事務折衝で、ひかり二十八クラス、こだま十四クラスの乗務クラスへの再編成を提示し、二十三日の団体交渉では、さらに〝東京駅積込部門の下請化〟をうわのせして提起してきました。

一、現在四十二クラス編成を再編成し「ひかり組」「こだま組」にする。

二、東京駅積込部門を業者に委託し積込係員は調理課に配転し、「ひかり組」に乗務する。

実施のメドは十二月一日としたい。

（帝国ホテル労働組合列車食堂支部『列車食堂支部五年のあゆみ　ひかり』）

焦眉の車販係問題に歯止めをしてから、いよいよ労働組合に切り札を提示した。提案の第一項は、既に一年余り前の四十八年六月五日、労経協議会において博多開業の展望として原案を説明していた。つまり、

「やがてこだま号はビュフェをなくし、ひかり号は食堂車が付き、各々の営業内容が変わり乗務する員数が異なってくる。今は編成が混合する過渡期だが、もう要員配置が複雑化してきた。先を見越して乗務組をひかり・こだまに区分し定員を十四名・五名にする」

会社としては当時から実施したい事項だったのである。

しかし、組合の賛成を得られず、一方、こだま号のビュフェはすぐ廃止になった。すると、乗務各組の員数はひかり号の営業にはぎりぎり一杯か不足する数なのに、こだま号の営業では必ず余るのである。余った者は他組のひかり号に乗り不足員数を補う助勤になるか、あるいはこだま号をもう一列車、即ち一組でA・Bの二班に分かれこだま号二列車を営業するかである。

これを「助勤・分割システム」と呼んだが、助勤や分割が日々普通に続くと乗務組もいつしか統制の効きにくい組織になった。ほかにもいろいろな欠陥が見えたが、根源はひかり号とこだま号で過不足するのがおかしい全組均分の現行制度であった。

ひかり号は一定の員数が乗務すれば、食堂車の非営業はなくなるのである。ひかり組・こだま組に再編成する提案の最終目的は、博多開業時を展望した営業本数の確保であるとしたが、それ以前に、会社は食堂車の非営業を打開する緊急の施策を必要としていた。

第二項は、社員が行っている地上作業を外部会社に下請委託し、余る社員を乗務員に配置転換するのであった。経営的な意図は将来にわたる人件費の削減なのだが、当面の目的はやはり食堂車の非営業を回避するためで、要員不足の洗い場を補う手口があからさまであった。内容は厳しかった。該当する三十三名のほとんどが中途採用の中高年者で、平均年齢が四十五歳と高く、今更の乗務は体力的に耐えられるかと危ぶまれさえした。

団体交渉は十月三十一日、十一月七日と進むが、その後は組合の年末一時金要求が絡んで紛糾し、十一日、十三日、十五日、二十日、二十二日、二十三日と回数を重ねた。

組合は、ひかり組・こだま組の再編成を十二月十五日実施と最終決断し、十二月三日に調印した。更に東京駅積込下請化は翌年一月十三日実施で終結した。

会社「食堂車を一時間しめて、食堂車・車販要員とビュフェの一名を休憩させ、ビュフェは三名で営業していてもらう。それは食堂車クロス時のお客様の応対と電話のとりつぎ業務があるからです。

食堂車がオープンしたら、ビュフェで営業していた三名は七号車（注・業務用室）で休憩を取ってもらい、先に休憩していたビュフェ一名と食堂車要員二名でビュフェ営業をひきついでもらう。ビュフェの一名を先に休憩させる意味は会計業務のひきつぎがあるからです」

組合「私たちの考えている休憩は、（中略）たたみの上で足をのばして休むことである」

（帝国ホテル労働組合列車食堂支部機関紙『斗争ニュース』第七〇号）

（前略）新幹線車内の一斉休憩問題（東京〜博多間の長時間乗務に関する問題）については、業界内他の労組との共闘は時期尚早で見送られたけれども、私たち単独の闘いで、食堂を一時営業ストップさせてとるという画期的な成果をおさめることができました。

（帝国ホテル労働組合『帝国ホテル労働組合30年のあゆみ、窓　大谷石』）

博多開業で気になる問題があった。乗務員の休憩時間だが、東京・博多間が六時間五十六分運転になると、労働時間は発車前の準備と到着後の片づけを加え必ず規定を超えるから、どこでどう取るかであった。後に、前記のように「業界内他の労組との共闘は時期尚早で」「私たち単独の闘いで、食堂を一時営業ストップ」（帝国ホテル労働組合30年のあゆみ）とした解説もあるが、一連の交渉は労働組合の要求を受ける以前に始めていた。

当局は業者には七号車の業務用室を割くというが、もし身体障害者が乗車すれば明け渡す必要のある不安定な条件付きで、かつ個室だから少数ずつの交替が避けられなかった。私は業者という立場の弱者のアピールと、実際に働く者の権利を擁護する絶好の事案だと腹に決め、やや思い上がった使命感に駆られて言い募った。つまり、当社の主眼は一斉休憩で、食堂車を一時間閉鎖し、食堂車内で食事をとりながら休憩をする。ただし、閉鎖中の食事客のために、ビュフェを開いて応対するのである。私の論法は、

【1】食事時間帯ではなく午前は九時半から十時半、午後は三時から四時が目安の、利用客が少ないいわゆるアイドルタイムにする。

【2】アイドル帯だからビュフェの軽めのメニューでおおむね納得が得られる。

【3】市中の食堂・レストランもほとんど準備中として閉めている時間帯で、理解が得られやすい実態がある。

【4】きっちりした一時間の食事休憩で乗務員の心身が休まりサービスを高める。

【5】交替制は、常に三、四人が一時間刻みで休み、発車から到着までフル稼働の区間がなく欠員状態に等しい。


というのであった。

しかし、他の三社はどこも食堂車を閉鎖せず、業務用室で小人数ずつ食事をとる交替休憩制を選択した。確かに食堂車は終始営業中の方が旅客には最良だし、当局の立場を助けるもので、当社の主張は不利であった。にもかかわらず窓口の課長補佐は、「帝国の方が正論ではないか」と暗に全業者が帝国案に同調するよう促してくれた。そして、当局の結論は、方法は各業者に委ねるとなり、当社だけが独自で食堂車を閉めることになった。

労働組合は、博多開業に伴う労働条件問題を反合理化七五春闘前段闘争と位置づけ、博多開業諸要求として団体交渉を申し入れてきた。当然、休憩問題も重要な一項に入っていたが、二月十二日、二十七日、二十八日、三月四日、六日、七日と瀬戸際の中で精力的な交渉が続いた結果、すべてに決着をみた。並行した職場交渉の議論で、組合はなお休憩は基地のたたみの上で取るものと迫ったが、現実には遠い話として終わった。

昭和五十年三月十日、山陽新幹線博多が開業した。永年抱かれた夢の超特急の東京・博多間の貫通である。帝国ホテル列車食堂は、この博多開業を契機に直後一年間の営業の実を上げ、社史に最も輝く一ページを残した。後年も再び見ることがないただ一期限りの黒字決算をしたのである。次に概要を示す。

年6％の初配当を実施　帝国ホテル列車食堂

帝国ホテル列車食堂（本社東京、社長金沢辰次郎氏、資本金四億二千万円）が五十一年三月期決算（年一回）で年六％（一株当たり三十円）の初配当を実施する。新幹線が博多まで延長して同社の列車食堂の売り上げが伸びたもので、同期売上高が二三・五％増の五十八億円、税引き後利益も五千二百万円となった。

同社は四十六年十月に帝国ホテルの全額出資で分離独立したもの。列車食堂の経営は、勤務内容などでホテルの業態と異なるのと、利益が上がらないことから独立採算させたのが、ようやく配当が実施できるまで、業績が回復してきた。特に、昨年三月に新幹線が博多まで開通して列車食堂の営業キロ数が延びたことが増収に結びついたという。同社は、一日五十本の新幹線食堂のほか、新大阪、岡山、博多の各駅で食堂を営業、東京・新宿にも喫茶店を出店している。

（『日経産業』昭和五十一年五月十九日）

総務部長

昭和五十年二月十七日付けで役職が列車食堂部長代理に変わった。前年十月、新大阪駅構内に「新大阪コーヒーハウス」を開店、更に続けてこの三月、博多駅デイトス内に「博多コーヒーハウス」の開店を準備するなど、意欲的なレストラン経営を展開し始めたのに伴い、営業部組織を列車食堂部とレストラン部に二分し、私が列車担当に擬せられたのである。あたかも新幹線博多開業の直前で、列車食堂部はそれからほぼ一年、試練を経ながらもどうにか業績を上げ、新会社に初の配当が望めそうな時期を迎えていた。

ところが、昭和五十一年二月十日、総務部長の辞令である。所管は一般的には人事、採用、労務、給与、庶務厚生、その他全社の運営に関する事務処理で、これまでの営業畑一筋の履歴から意外な異動である。営業当時は部内部下の管理督励にとどまらず、国鉄当局、業界同業、取引業者、顧客など社外の折衝も多く、半ばは外向きの役だったが、今度はほとんど社内を統べる内向きの役になる。

十一年振りの転身で、最大の躊躇は労働組合との連携であった。会社と労働組合の交渉はひっきりなしで、端から見ると総務部長は労組対策部長の感があったから、社内とはいえ別組織体とどう和合していくか覚悟が要った。

相変わらず要員不足が続いて、労働組合は七六春闘の闘いを進める頃であった。

総務部長の席につくや、間近の新卒者の受け入れを気にした。営業の現場で常に悩まされた要員問題は、日々に不足する人員が中途採用者で補充できない点にあり、やはり根本は期首における新卒者の確保であった。既に入社内定者は男子四十一名、女子一三四名、計一七五名あるが、彼らを卒業後に落ちこぼれなく入社させなければならない。

内定者には確認と併せ安心させるため、入社日時や研修日程のほか簡単な会社概要を載せた冊子『総務部だより』を送付していた。一昨年から始めてまだ三回目というが、ゲラを見ると埋め草的な文章に私の名があった。以前、冊子担当から「仕事、サービス業、新幹線」と三題噺めいたテーマを示されて書いたが、同文を今年も使うという。営業部長、列車食堂部長、総務部長と肩書だけ毎年変わるのに呆れながらも、それで行くと決めた。

「仕事と人と　総務部長　木村　殖樹」

どんな会社であれ、仕事が楽しかろうと期待して入ると、裏切られる場合が多いものです。仕事は本来的に決して楽しく、面白いものではないのです。趣味、或いは好きな事が即仕事とみえる、例えば、プロ野球の選手や流行歌手と言えども、仕事となればそれは厳しく、苦しいものであろうことは否めないと思います。不振であれば契約更改ならずにグラウンドから消え去り、或いはステージを捨て、失踪や自殺騒ぎにつながるのです。加えて、サービス業という業種は外見だけを捉えられて、スマートな綺麗な印象があります。しかし、実はそれは氷山に似て、蔭の辛い部分が一般の目にとまらないのです。それだけに余計、初めてこの仕事を手がける人々の期待感は現実にぶつかって挫折することが多いのです。飛行機のスチュワーデス、百貨店の店員、国際ホテルのフロントみな表側しか見えません。

列車食堂もサービス業である限り、蔭の部分があります。準備のためのお掃除、電車の振動、そしてお客様のお叱言。肉体的にも精神的にも人知れず疲れることがあるのです。しかし、生きて生活する限り、仕事をしないわけにはゆきません。仕事が辛いからと言って会社や職場をしょっちゅう取り代える人がいます。その仕事が良く見えて一度手がけてみたものの、期待どおりでなく他所がより良く思えて来るのです。そこでまた、変わってみるもののそこもまた辛いのです。何であれ、仕事が楽ということはあり得ないので、この根本を覚悟して認識しておかねばならないと言えます。学校は授業料を納めて通い、すべての遊びもその為に何がしかの料金を支払うのです。それは目的であって、仕事は(習い事の、または遊びの)目的のための手段、即ち賃金なり報酬なりを得るための手段なのです。当然、楽しいものではあり得ないのです。

ところが、先輩や年を経た人々の中には時として仕事を苦労と思っていない人が居ります。楽しんでいる風情さえあります。それは難しいことだけれど、仕事を仕事として認識し、仕事そのものを目的意識で正面から取り組めばそうなるのではないでしょうか。仕事に対する中途半端な期待感を捨てるところに、新しい出発点があると思います。

さて、いざ仕事についてみて、不平不満が出て来ます。その多くは、自分を認めてくれない、或いは自分の言い分を聞いてくれないという事です。実力通りに認められる場合は良いとして、認められない場合があります。意見として申し述べてみたものの、その結果が中々現れてこない場合があります。どの会社も主義方針としては誰の実力も正しく評価し、認めることに力を注いでいます。若い人の言い分にも耳を傾けて、一人一人の意見を充分尊重するような時代の方向には進行しています。しかし所詮は人間の行うことで、時には誤りや思い違いがあり、完全無欠ではないでしょう。良かれと思考した事が却って誤解を招く事もあり得ます。

これらの不平や、多くの不満を未然に解消するのは、自由に対話のできる環境、何でもすぐ表現できる人間関係の場です。人の最大の武器である口や言葉を縦横に駆使できる人間関係がなければなりません。仕事がうまくできるかできないかも、実はその実際の職場の同僚や上司など、人のふれあいに関係がある訳です。そして、その関係が深く、強くつながっているほど結果は良く、組織としての協同もここに働きかけ始めます。人間関係は自分が参画し、新人だろうと、先輩だろうと全員で作りあげるものです。冷ややかに周りで眺めているものではありません。そして、一人よがりであってはなりません。自分の心が周囲の何人か何十人かを明るくし、また暗くもします。一人の活発な動きが皆《みんな》の緊張感となり、一人の思いやりが皆《みんな》の協調心に発展します。仕事を通じた人間のつながりが、時にはその仕事をやめたいと思っても人の懐かしさについ年を重ね、そして永い仲間同士の交友へと結ばれてゆくのです。ものみなすべてに夢がないのは、むなしいものです。それは仕事の未来像としての夢も必要です。夢を語り合い、現在を話し合い、ただ、夢は夢とし、現実を着実に一歩ずつ進む。そこに努力の成果として、また、生活の充実と安定もあり得ようと確信するものです。

（帝国ホテル列車食堂株式会社『総務部だより』昭和四十九年二月）
（『総務部だより』昭和五十　年二月）
（『総務部だより』昭和五十一年二月）
（『総務部だより』昭和五十二年二月）

総務部は人数は少ないがどの係も人材を揃えていて、日常の業務は部長ごときが口を挟む隙もないので課長以下に任せきりだった。ほんの時たま、更新とか変更とか一考する事例が生じた場合にだけ、ちょっと見て決裁をするだけで足りた。

しかし、研修には自分から乗り出した。知識や技能の大方は誰しも成り行きで習得していけるが、特別な勉強や実習の機会を与えればより早く身につけられる。従って、会社は特に新卒者など新人には入社研修を施して会社の理念やサービスの基本を体系的に教え込み、入社後は折につけ自己啓発や意識改革を主眼とする研修で個々を向上させて職場の活性化を図り、つまりは会社の業績発展に資している。しかし、私は管理職には不足だと感じていた。もっと管理職に経営や労使の問題を理解させなければならない。

労使交渉の時期を迎えていて、すぐにも職制らの心構えを醸成する研修を実施したいと進言したが、年度末で予算もなく講師もなく先に延ばせという。それならまず自力でできる範囲で始める、と私案を提示して実行に移した。辞令から僅か二週間後であった。

課長研修会　於　本社第二会議室

第一次　昭和五十一年二月二十六日（木）九時〜一七時四五分　十五名

第二次　昭和五十一年三月　四日（木）九時〜一七時四五分　十五名

〔主　題〕	〔講師〕	〔時　間〕
当社ののぞむ管理者像	鈴木常務	九時〜十時（九十分）
職場規律と管理職	総務部長	一〇時四五分〜一二時四五分（一二〇分）
利益計画と営業原価	経理部長	一三時三〇分〜一五時三〇分（一二〇分）
就業規則の運用について	総務課長	一五時四五分〜一七時四五分（一二〇分）

すべて手作りの題目であった。まず、「当社ののぞむ管理者像」は役員の目で、「組織について、人か組織か、組織の統制、責任・権限・義務、権限の委譲、管理職の職責、管理職の職務」を示してもらった。

「職場規律と管理職」は不肖ながら私が担当し、「職場規律維持の考え方、管理と管理職、指導のしかた」を話した。「利益計画と営業原価」は経理部長が生の数字を使い、「利益計画、当社の損益計算のしくみ、利益の源泉としての営業原価」を解説した。そして、「就業規則の運用について」は総務課長が、「就業規則とは、労働基準法と就業規則、当社の就業規則」として実際場面の運用を述べた。

稚拙で批判もあったが、管理職を一体にまとめる方策になった。そして、翌五十二年も同じように実施し、今度は冒頭に社長の訓示を加えて必須感を強めた。

8 その後・補遺

途中擱筆の言い訳

紙幅が多すぎる心配もさることながら、書く年月が現在に近づくと、まだ根元を納得し得ない生臭い事項を記述するのに多少のためらいがあり、また思い出とするほどの濃度もないと思え、それならいっそこの辺で止めると決めた。

だが、企図した目次は記しておきたい。

7　帝国ホテル列車食堂（つづき）
　仕事の見直し
　窓際暮らし
8　再び帝国ホテル
　幸運の出向
　帝国ホテル百年史委員
　再入社
　株式懇話会
9　ニューサービスシステム

単身赴任
大阪帝国ホテル

10　老後のこと
家、子供、年賀状
会社ＯＢ会
山の会、歩く会
同窓会関係

ところで、生臭い事項とは、社内における葛藤である。分離以降の新会社で経営について役員と意見が交わらず、最終的に閑職の窓際になった経過は次の役務変遷に見られよう。

会社名	発令年月日	辞令
帝国ホテル	昭和四十　年　二月　十日	列車食堂部営業課係長
	昭和四十四年　一月　十日	列車食堂部課長代理（指令担当）
	九月二十二日	列車食堂本部営業部営業課長代理
	十二月　一日	列車食堂本部営業第二課長代理

昭和四十五年　九月　十一日	列車食堂本部営業第二課長
帝国ホテル 列車食堂	
昭和四十七年　十月　一日	営業部営業第一課長（第二課長兼務）
昭和四十八年十二月　十六日	営業部営業課長
昭和四十九年　二月　十三日	営業部長代理
昭和五十　年　二月　十七日	列車食堂部長代理
昭和五十一年　二月　十日	総務部長
昭和五十二年　六月　一日	業務推進室部長
昭和五十三年　七月　一日	セールス室部長
昭和五十五年　二月　一日	総務部部長（採用担当）
昭和五十七年　八月　一日	列車食堂部長代行（部長）
昭和五十八年　五月　一日	列車食堂部長
昭和五十九年十一月　八日	総務部勤務（部長）
昭和六十　年　七月　一日	役員付勤務
十一月　十六日	帝国ホテルへ出向

ついでに、その後退職までに受けた二社の辞令は次で、辞令はこれですべてである。

帝国ホテル	昭和六十二年十二月　十六日	課長
	平成　元年十二月　十六日	総合職参事総務課ミドルエキスパート
ニューサービスシステム	平成　七年　九月　一日	大阪支社開設準備室課長
	平成　八年　二月　一日	大阪支社次長（管理担当）

落ち穂（文）拾い

この項は改めて書き起こさず、これまでに残る文や寸話のメモから一部を選んだ。中身は他愛ないが、その頃の生き様が少し見えれば、いささか自分史を埋めるかと思えた。従って、これらは平成十五年九月「まえがき」を書いた以降に拾ったものである。

まず、長男直樹の結婚披露宴において、新郎父として両家を代表した謝辞である。会場は帝国ホテルの牡丹の間、午前十一時半に開宴した、新郎新婦を含め両家五十人ずつ丁度一〇〇人が寄った宴の終幕である。

直樹は昭和三十九年三月九日生まれ、拓殖大学商学部を卒業し株式会社やまとに入社して、当時は大宮店に勤務していた。新婦雅子は大西勉、悦子ご夫妻の長女で、拓殖大学外国語学部卒業、テニス同好会が一緒の後輩で交際を実らせた。なお、木村家の席には昭和四十一年五月十二日生まれの、妹みどり、大西家の席には弟智之君が連なっていた。

昔、ある有名会社の社長の方が、結婚披露宴に出席するほど馬鹿馬鹿しいものはない、とおっしゃったのを聞いたことがあります。忙しいとき、休養をとりたいときに大事な時間を潰される。自分が本当に食べたいものでない、おしきせの食事をさせられる。そして何よりも馬鹿馬鹿しいのは、自分の古女房と比べて余りにも若々しい新婦を見せつけられることです、という最近流行の褒め云々の一流のジョークでございます。

私も若い頃、八〇〇人位の部署の責任者だったことも有り、ある年の秋には二カ月に十一回もの披露宴にお呼ばれしたことも有りまして、これは誠に実感でございました。今日、初めて呼ばれる側からお呼びする側に立ちましたが、いかに倅の嫁とはいえ、若い新婦を見るとき、その思いはご来賓の皆様と同感でございます。

しかしながら、ただ一点異なりますのは、その若さを我が家に取り込むということでありまして、これはご列席の皆様と全く違って幸せなのでございます。出来の悪い倅と苦楽を共にするという、並々ならぬ決心の新婦雅子に敬意を表しますと共に、大西家ご一統さまの深いご理解に感謝申しあげる次第でございます。

ただ、若い二人でありますので、皆様のご指導を是非お願いしたいのでございます。お願いは具体的には二つほどで、一つは「仲良くする方法」を教えて頂きたい。もう一つは「お金を貯める方法」を教えて頂きたいのでございます。これは私ども夫婦では、どうも充分ではないように思われるからでございます。

普通のサラリーマンですので、パチンコは良く出ている台に座る、競馬は本命・対抗を固く狙う、宝くじは確率が高い売り場で買う、などは「儲ける方法」でございますから、サラリーマンとしては、パチンコはしない方が貯まる、馬券は買わない方がいい、宝くじも買わない方が安全、というような事を教えて頂ければとお願い申しあげます。

本日は、遠くは青森から、長野県松本から、また千葉県銚子から三時間もかけてお越しと先ほどのご祝詞中で伺いました。司会の伊東さん、ご苦労さまでございました。最後に、本日ご媒酌の労をお取りくださいました山下さまご夫妻に対しましして心から御礼申しあげ、謝辞といたします。有りがとうございました。

（直樹の結婚披露宴『謝辞』、平成五年二月十四日）

自己都合で退社する人にさえ送別会が行われたから、定年退社の人には必須で催され、会社が厚生係主催がらみで「先輩を送る会」として該当者数人をまとめる会と、それはそれとして個別に開く会があった。例えばこの年は、まとめる会が三件（計二十人）、個別の会が三件あって、私は付き合い上から六件どれにも顔を出したが、次はその一つである。

総理大臣になられた社会党の村山富市委員長が、自由民主党の議員総会の挨拶にお出になったとき、「心臓のときめきをおぼえる」と言われたそうですが、私も久々の挨拶で心臓のときめきをおぼえております。

さて、本日は中村さんが満六十歳で『還暦のお祝い』と同時に、定年の『送る会』であ

ります が、そもそも中村さんと私とは同学年でありますから、すぐそこに私自身の還暦も定年も迫っていて、本当はこの場の挨拶は不適任なのですが、過去のいきさつから最も縁が深いと、幹事に強制されたものであります。

皆さまが既にご存じの経過を経て、列車食堂会社は昭和二十八年の「つばめ」開業以来四十年間の歴史を閉じ、昨年末に解散いたしました。日本経済の高度成長に伴い大きく発展した新幹線の営業ですが、より速く、より遠く、より便利になりますと、逆に会社の独立採算を揺るがし、ついに今日の結果に至りましたのは、まさしく時代の流れであります。中村さんは、その時代の流れを、列車食堂会社の華やかなりしとき、激動のとき、ともに併せてつぶさに経験した一人であります。

私が初めて中村さんに会ったのは昭和四十年、フロント会計から異動したときで、中村さんは新幹線が開業したばかりの脚光の中、花の食堂長の一人でした。組織の拡大と共に中村さんの業務も拡大し、乗務指導員から係長を経て、博多開業時には営業課長としてトップの責任を負って頂きました。私は飾り物の部長で、中村さんとの関係はこのとき一番強まったと思います。

私は中村さんの考え方がとても合理的で、また実際的で、鋭い批判力がおありだと感心しています。例えば、売れ筋の商品の選択を一流の眼力に相談して成功しました。昭和五十年に爆発的に売れた缶サイダー、あれ一つの商品で、あの年は後にも先にも列車食堂会社が歴史上ただ一回だけ、役員賞与金を出せる利益を上げることになりました。

反面、大変な苦労をかけました。殊に慢性的な要員の欠員では、労働組合との厳しい交渉の第一線に立たせ、常に辛い思いをかけ申し訳なく思っております。辛いと言えばお顔に似合わず酒が飲めず、飲めないのにいつも酒席に付き合ってもらいました。下手な麻雀も覚えたてのゴルフも結構付き合ってもらいました。

話しつくせませんが、営業を離れた後、総務畑でも一緒で採用係を共にしました。会社が外商を手掛け始めたときも、弁当販売や出張宴会など外販の基礎作りを一緒にやりました。船橋ヘルスセンターで、土地の強面《こわもて》の店と並んでテント張りのカレー店を設営したことは印象の強い仕事でした。

列車会社がいよいよ斜陽で経営の見直しが始まった十年も前に、会社の解散を実体験された皆さんより先に帝国ホテルへ出向したのも一緒でした。現役の営業時代から厳しい将来しかないと予測していた事態で、二人共に覚悟の内の冷めた現実でした。

最近、体を少し壊したとはいえ、一病息災と言いますから、かえって健康に注意が行き届くでしょう。どうか体と奥様を大事に、長生きされることを祈ります。本当に長いことご苦労さまでした。御礼を申しあげご挨拶といたします。

（中村太郎さんの送別会『送辞』、平成七年六月四日）

私の定年は平成八年三月末日で、本当は即日退職の予定だったが、六月に株主総会を控えた総務部総務課に所属しており、この会社の大イベントを円滑に乗り切る戦力として欠かせないと、六月末までの嘱託要請を受け、退社は三カ月先に延びた。

すると麻雀仲間が送別麻雀会を企画して、六月十七、十八日の一泊で伊東温泉「ラヴィエ川良」に十三人が集まった。本番たる会社主催の「先輩を送る会」は六月三十日、芝パークホテルの壇上に退社同期五人が並んだ。そして私個人への送別会が、総務部主催で大勢を集めてくださり、離職後の七月五日にＫＤＤ大手町倶楽部において開かれた。都合三回の栄に浴したのである。

（前略）六月三十日を以って、定年を越えながらも末席を汚しておりました（株）帝国ホテルを退職いたしました。ライト館当時の昭和三十年にウェイターから出発して以来三十八年余、一時は子会社帝国ホテル列車食堂（株）に職責を得ましたが、終の十年は総務部に一貫し、特に開業百年の社史編纂、サービスマークの法制化、数次の商法改正に伴う実務など要諦に携われましたことは喜びでした。

このたび、隠居を懇望しましたものの、浅学菲才の身には格別のご支援を頂き、再び、九月一日から傘下（株）ニューサービスシステムに奉職の予定となり、心機一転の決意も固まりました。（後略）

（『退社・転入社の挨拶状』、平成七年七月）

ニューサービスシステムは帝国ホテルが五十一パーセントの株を持つ関連会社で、宴会サービスとスチュワードの請負を主業務とするが、ホテルの大阪進出に伴い、「帝国ホテル大阪」内に大阪支社を設けた。

私は九月一日から帝国ホテルにある支社開業準備室に勤めた後、翌年二月七日に大阪へ向かった。下阪には移住を手伝う妻を伴いながら、京都湯ノ花温泉「すみや亀峰庵」で一泊、八日に中央区森ノ宮中央の借上げ社宅に入った。社宅は、五カ月後の七月十三日、社員間の調整を要して北区天神橋「メゾン尾上」に変更した。

平成八年三月十三日に華やかな帝国ホテル大阪の開業レセプションを挙げ、以後、支社勤務の五年間を単身赴任で通した。当初、開業初年の一年ほどで務め終える心算は、やはり一緒に仕事をしている間に、辞めるとは言い出しにくくなり、一年延ばしで続けてしまった。単身生活は何かと不便だったが、一方で束縛されない身軽さには得をしたと感じてもいた。

大阪での送別会は二回あり、一つはゴルフ仲間がホテル側社員主催として平成十二年六月五日、瀬田ゴルフコースに二十人を集め招待コンペを開いてくれ、もう一つは十七日に大阪支社が催してくれた送別会である。

大阪に来ましたのは四年前の二月で、とても寒い日でした。森の宮の社宅は新築直後の壁も生乾きで体の芯に染みました。それに引き換え今日は何と温かな、そして人情の厚い日なのでしょう。ご多忙の中をご参集くださり、心から厚く御礼を申しあげます。

生来の怠け者で一年も持つかと思いましたが、老人力を皆様のお助けで補って頂き、お陰様で、過失では或る管理責任を負い、会社の懲戒減給一回、始末書一通と最少に止まり、何とか卒業することができます。酒を飲み過ぎて、若いときには決して無かった休みの日が二回有りまして、これは年と共に無理がきかない証拠です。

有給休暇の取得は少ないですが遊びは公休で十分でした。ゴルフは四国の土佐カントリークラブまで連れて行ってもらうなど、新しいゴルフ場二十六か所を開拓しました。麻雀も幅広い相手に事欠かず結構盛んに、例えば平成十年が最高ですが年間八十三回やり四十一勝四十二敗、誰にも好かれる上手な付き合いをしてきました。残念ながら昨年春から老人性白内障で目が霞んできまして、ゴルフも麻雀も回数は激減しております。競艇は大阪で初めてやりまして、住之江も尼崎も少し入れ込んだときが有りますけれど完敗でした。やはり競馬の方がよく、梅田の場外はもちろん京都競馬場、園田競馬も行ってみました。

博打ばかりではなく、文化芸術も趣味はあるのです。文化遺産の姫路城から、京都、奈良の神社仏閣、嵐山の美空ひばり館、海遊館、道頓堀中座のさよなら公演も行きました。

淡路のジェットが無くなると聞き、その前にとジェットで洲本温泉に一泊しました。無論、有馬温泉はヘルスセンターへも行っています。大阪ドームも甲子園も行きました。甲子園は特に高校野球で、息子が横浜高校の野球部でお世話になっていましたから、よく通い、今年、春の選抜の東海大相模の優勝を見てきました。

（木村次長を送る会『答辞』、平成十二年六月十七日）

居室の引き払いは六月二十七日で、長男夫婦が大阪へ転勤しているのを幸いに、妻が二十四日から来ていて荷出しを助けてくれ、当日夕には横浜へ帰り着いた。

数日後、帰浜の挨拶を会社及び関係筋に終え、初めて生涯続く暇を得ると、まずは健康第一で、近頃見えにくくなった白内障治療のため、安藤眼科と同眼科が紹介する伊勢佐木町の稲村眼科へ通い、七月三日初診、翌八月二十三日に右眼、九月二十二日に左眼を手術した。

順調に眼は回復したが、それと知った仲間らから早々に誘いがかかり、夜な夜な旧交を温めるほか、懇親会や野球観戦や旅行も続き、ゴルフも十月からの三カ月で十回を数えた。

年が明けると誘いも間伸びがしてきて閑居が目立つ。すると、同じ戸塚区に住む大学同期の藤原剛君が、彼も会員の、山の会「阿夫利」、大学同期会「エコミニ会」と「レッドファミリーズ」を教えてくれ、手持無沙汰のところ誠に幸いとばかりにいずれも入会した。
しかし、それでもあきたらず、海外旅行を計画することになる。

「海外旅行寸描」

一、定年を迎えたとき、新婚当時の二年ほどを除けば、日頃はとかく疎遠に過ぎた媒酌人ご夫妻に対し、お詫びも兼ねながら何か御礼をしたいと思いついた。丁度、帝国ホテルがバリ島に進出し世評が上がっているのを幸いに、海外というにはささやかだが国内よりはましか、とお二人の意向を伺うと、外国には縁薄く、それなら初外遊に最適と了承を得た。
平成七年九月、インドネシア・バリインペリアルホテルに五泊六日連泊した。中一日だけはプール遊泳と海辺散策などホテル中心に静養し、他の日はガイドと車を雇う観光で、首都ジャカルタや遺跡ボロブドゥールを訪れた。

部屋も食事も「さすが帝国ホテル」と、ご夫妻から絶賛の謝辞を頂いた。だが、主は自分ら夫婦の定年退職の慰労が目的で、招待はそのついでの従だと思うと、いささか面映ゆい心地だった。後に、海外旅行を続ける動機は、この旅の心象から発したことは否めない。
二、怠け者だから、六十歳過ぎは働かないつもりが、知遇を得た上司からの厚い推挙に抗しきれず、関連会社に天下った。以後五年、単身赴任の大阪暮らしは私事も活発で、殊に平成十年二月、帝国ホテル大阪の宿泊優待を利用して、兄弟姉妹らに回状し九人を集め、一泊した後に法隆寺から奈良界隈の寺社観光をした。

その遊覧の途中、媒酌人招待の話のついでに、中国は大阪から近いという理由だけで上海・桂林の旅を決めた。そして八月夏休み、六人組がオークラ花園飯店をベースに四泊五日、現地ガイドに頼りつつ、外灘の夜や漓江下りをした。

自らの企画は二度だが、海外渡航はそれまで三回経験していた。最初は昭和四十八年九月、社命で旅したグアム島で、求人難の当時、中退が激しい女子社員の慰留策として、五年勤続十四人の列車食堂ウェイトレスを連れた三泊四日だった。

五十一年二月には、やはり三泊四日で台湾・香港を回遊した。義兄が行くべき経営者仲間の慰安旅行に、彼の代参を頼まれ、全く棚ボタの無賃外遊で、同行六人に加わり豪華に飲み回った。

幸運の果ては平成三年十二月、妻が寿司まつりのくじを当てた、四泊五日のニューヨークの旅だった。首都ワシントンにも行く忙しない日程だったが、文句の言い様も無く参加した。
三、引き留められた会社の厚意を、勿体無くも振り切り、六十五歳で辞職した。自宅に戻り、当然サンデー毎日となるが、単身赴任から一転し、衣食住すべてが妻の扶養下の生活で、退屈の虫が疼いた。
晩酌をしながら、何かやる事はないか、と思った。頑健な父でさえ六十九歳で死んで、今、自分の余命も幾ばくもない。ふと、酒のつまみを誂《あつら》える妻を見ながら、結婚生活三十八年余、仕事一辺倒の夫婦仲を自省した。

家には人よりが絶えなかった。休日に麻雀を設営しながらの飲み会はまだしも、普段、はしご酒の後に部下達を連れて泊まらせ、更に夜中まで飲んだ。よし、そうだ、知人を交えない、女房孝行の旅行をしよう。すると国内四十七都道府県は踏破済みだから、海外か。

暇な日時は十分有り早々と実行した。一々自分で企画する面倒は放り、かつ費用も安価なツアーが得策と、旅行会社の案内を見比べ選択する方法にした。そして、翌平成十三年三月、エジプトへ旅立った。まず、古くて大きい世界の遺産ピラミッドを実見したかった。四、それから毎年、切れ目無く、都合十五年続いた。年二回のことも有り、足を運んだのは二十五か国（バチカンを入れると二十六か国）を数える。

国はほとんど無作為に選んだ。宿泊や食事はツアー任せの成り行きで、良くも悪くもその国のホテル事情と納得し、その国の独特料理や味つけを味わった。ただし、酒類はトルコではラク、ロシアではウオッカなどを当然に選ぶが、大抵は地産のワインとビールを注文した。

旅の主題たる観光は、募集行程のままだが、名の知れた自然や遺跡や建造物など、幾つかの世界遺産も見た。スイスアルプスのアイガーの壁に息を呑み、ロカ岬、マラッカ海峡では国を隔てる大洋のうねりに見とれた。カッパドキア、アユタヤ、ポンペイなどでは自然と人間の触れ合いを考えさせられた。

　トプカプ、昌徳宮、シェーンブルン、エカテリーナ、アルハンブラ、バッキンガムなど宮殿、モンサンミッシェル、サン・ピエトロ、サグラダファミリア、タージマハルなど寺院、等々。自由の女神、東方明珠、ヒラルダの塔などは高みへ上がった。セーヌ川、メコン川、ウィンダミア湖などを遊覧した。

　エジプトではらくだ、タイでは象の背に乗った。夜景や夜店も出かけ、オランダの飾り窓を覗き、マレーシアのホタル観賞をした。美術品も故宮博物院、秦始皇帝兵馬俑博物館、エルミタージュ美術館など、特にマウリッツハイス美術館での「真珠の耳飾りの少女」の印象が深い。

　特に思い出すのは、平成十四年一月のトルコである。前年の同時多発テロの影響か、ツアー客が十六人と少人数で、仲が打ち解けた。かつインフレ下で手洗いチップが何と二十五万トルコリラ、シャツ一枚が一億二千万トルコリラだった。

　期待を下回ったのは二件。十八年四月のオランダが、チューリップの盛りを狙ったのに、開花が遅くつぼみに終わった件。二十二年一月のロシアが、厳寒期を目指したのに、やっと零下十八度しか経験できず、故郷信州とそう変わらなかった件。

　目を見張ったのは、二十四年の台湾で、三十七年振りの再訪は、国勢の伸展による人心の高揚を身近に感じた。一方、二十六年のインドは、地方のゴミ散乱、裸足の子どもの群れが他国にはない貧しさに見えた。バスの窓からでも、庶民生活の現実が垣間見えた。六、傘寿を超え、妻も足が弱まり、女房孝行目的で始めた海外旅行も、そろそろ御仕舞の潮時である。次は、十万億土、西の国への旅である。墓は完成済み、奉斎殿も支払い済み、おおむね計画通りに進行している。

（『白門エコミニ通信』第二十九号）
（『帝国ホテルＯＢ会会報『銀河』第五十八号）

「エコミニ会」と「レッドファミリーズ」は昭和三十二年卒の大学のＯＢ会で、「白門三二会」とは別個に任意加入でき、エコミニは経済学部に限る総会と旅行だけ、レッドは全学部を横断して初詣、花見、納涼、忘年の四季の会ほか見学、ゴルフ、旅行と数多い親睦をはかる会であった。私もかつての学友を勧誘すると二十人ばかり集まり、これがまた別の「チュウウイスキーズ」を結成すると言い独立してしまった。つまり、私はその後は図らずも、四つの会を行き来し無聊《ぶりょう》を慰めることになった。

なお、山の会「阿夫利」は平成十三年四月に入会し、令和二年に会員の高齢化で解散するまで八十七回の月例会に勤しんだ。大山五回、天城山二回のほか那須連山、大菩薩嶺、沼津アルプス、筑波山など約十九年の間、山行を楽しんだ。

分去れ

歳を経てからは、記事を読んだ後に感想などを書くことが増え、次はその類である。

「老人の評価」

五年ほど前、ある新聞の記事を写したメモがある。曰く、老人の評価とは、「どれだけ若者を笑わせたか▲どれだけ若者を引き立てたか▲どれだけ良き物を伝承したか、で決まる」（江戸しぐさ語り部の会主宰越川禮子氏）とある。

私流の解釈では、その本旨は、老人が行く道は、己が積み重ねた知恵や体験を、若者たちにできるだけ多くつなげること、と言うのではあるまいか。その道とは、人となりやユーモアの有る話し方で笑いを起こし、若者のやる気をおおらかな包容力で育て、彼らの人生と社会に役立つ物事を伝え継いでいく大道、と思われる。

若者に対し、説教めいた指導や殊更の自慢話は、聞くには聞くとしても笑いは出ない。だから、普段のくだけた集まりで、他愛ない世間話や失敗談の中に笑いを誘って、さり気ない教えを導く心根が要る。共存する社会生活の中では、多くは仕事上だが、己の保身や私利私欲の主張ばかりで動けば、支える若者は踏台にしかなり得ぬ。若者の成績を認め、正当に栄達を手助けする深い度量で、彼らを伸ばしていく。
一介の老人とはいえ、長く生きて来て、古くからの制度、風習、信仰、言い伝えの知恵や体験は、大抵の若者に勝っているはずである。受け継ぐべき良い伝承を、多く蓄え、かつ巧く伝える老人こそ、真の老人なのであろう。後ればせ服膺したい。

（帝国ホテルOB会会報『銀河』第五十一号）
（『白門三二会報』第二十号）

「おまけの命」

「生物学的には、人間も次世代を産む能力があるところまでが本来の部分で、老後は医療や科学技術が作り出した命」（生物学者本川達雄氏）だという。いま自分は老後を生きているが、本来部分でないなら、末節の、おまけの命である。
おまけには、別のもう一つ大切な感慨がある。国民学校一年生に始まった大東亜戦争が、五年生時に終えてしまい、少年兵として御国に捧げる覚悟の命を命拾いし、以後を永らえた。
山男の頑健な父でさえ六十九歳、静穏な母も七十七歳で死んだ。不肖の子が傘寿に生きる不公平さも、天が呉れるおまけの命か。

（『白門三二会報』第二十一号）

甚だ悔しいが、五十五年連れ添った妻とよ子が、平成二十八年十一月三日に死んだ。

実は、その前年の二十七年十月二十八日に二人揃って通例の健康診断を受け、その結果は胸部レントゲン検査を含め異常なしとされ、何の疑いもなく、いつも通り趣味の手話ダンスに精勤していた。それが歳末近くから軽い咳を出し始めて、本人は風邪と思って年明けも出かけていたが、余りにも咳くので受診すると喘息と診断され喘息の投薬をされた。

体も疲れてきて休んだことのないダンスを数日欠いて、ついに一月二十日に「お父さん、息ができない。診療所に連れて」とせがんだ。同所で撮ったばかりのレントゲン写真を見せられると、素人の私でも解るほど左肺下半分が黒く、医師から「今すぐ入院」と厳命されタクシーで戸塚病院へ直行した。病院で肺の水を抜くと、妻はようやく落ち着いた。

十日後の三十日、担当の尾谷医師から、検査の結果はステージ4の小細胞がんで質《たち》が悪く、手術や放射線治療は適さず、抗がん剤治療のみで、余命六カ月と聞かされ驚愕した。妻には、肺がんだが点滴で改善するとだけ伝え、余命は話せずに隠し通した。

この日に一時帰宅し、翌日再入院で二月四日から点滴を始め、十八日に退院して自宅療養に入った。その後、三月二日に二回目の入院で十七日退院と、ほぼ半月ごとの入退院を八回繰り返しながら点滴を続け、最後九回目の九月十一日の入院以後は帰宅できなかった。

都合一〇一日入院、自宅療養一八八日、計二八九日を闘い、余命を幾らか余分に生きた。

（株）ファミリーサービスと互助会契約を結んだ戸塚奉斎殿は、当時混んでいて、通夜祭は十日、葬場祭は十一日と決めた。妻の友人の意見に従って家族葬を替え一般葬にしたが、しかし見積りではせいぜい五十人と踏んだところ、一三八個の香典返しを要する多客になり、殊に通夜振る舞いの応接には慌てた。

葬儀には子らと親族もおり気が紛れたが、済むと静かすぎて虚しい。新婚二人で住んだ東京都品川区から、三十九年に新築して移った横浜市戸塚区の寓居は、今やたった一人の住まいになった。

五十五年連れ添った女房に抗癌剤の点滴を要し、年初から九回繰り返した入退院を介護しました。しかしゴルフや山行の休みがちは、実は自身の体力減退が真相です。

倅夫婦は、寸暇をみては岩手前沢から母を見舞いに帰浜しました。まるで単身赴任状況の父には格好な飲み相手の登場で、向後も憂さ晴らしの助っ人になります。

娘みどりが、毎週末、にわか主婦で家事を助けに来てくれ、近くに住まう都合良さを実感しました。似たもの母娘は姿ばかりか家庭味もつなぎます。

庭の梅などの枝葉がすっきりしているのは、妻が病床から指示した剪定の賜物です。皆様から過分なお力添えを賜り幸せです。今年もよろしくお願いいたします。

（賀詞を書けない平成二十九年の『年賀状』）

「分去れ」
一、平成から令和への改元が、かまびすしく話題になった四月末の、ある新聞記事である。
「人は誰も、有りえたかも知れない別の人生を、分去れのかなたに見送って歩いていく。そして時がすぎ、左右に別れたもう一人の自分を想像する。」（朝日新聞）
折しも、退位間近の天皇、皇后両陛下のお人柄が盛んに喧伝される中で、この文は皇后美智子さまが民間から皇室に入られた境遇とお心に触れたものであった。それは、私ら庶民ごときと比べるべくもない大事だが、顧みれば、誰にも思い当たる分去れが有り得る。
私の思い起こす最大の分去れは、家を継がずに東都に身を据えた過程である。
二、父は北アルプスで「上高地の大将」と呼ばれ、多少は名物の山男であった。帝国ホテルの社員として、冬季閉館する上高地帝国ホテルの管理を担い、家業の安曇野の百姓はもっぱら母が精を出していた。子は五人だが、男児は姉妹四人に挟まれた私一人で、仕来りとして私が家を継ぐのは自明であった。
農家の長男は、五十人学級なら長男が四十八人を占める農業高校に行くのが普通で、私も普通に進み、小農として、農業協同組合か地方事務所の農事事務職を兼ねる程度の将来を考えていた。だから、大学受験はもともと論外だったが、遊び心でたまたま進学適性検査を受けたら意外な高点で、担任から大学を薦められた。そもそも、これが分去れの契機だった。

三、信州大学の合否発表前に、先行した中央大学の合格で入学金・授業料ほか学費の計三万百円を納めてしまい、結局は地元の大学を離れた。父母には、いずれ家を継ぐ際は戻ると約束して、幸いに在学四年間の夏休みのアルバイトは、上高地帝国ホテルのボーイに従事し、父の傍で働いたから、家に戻るとの約束は父母とも疑わなかったと思われる。

アルバイトの経験も生き、就職難のなか、帝国ホテルの入社試験を通って社員になると、食堂、客室、宴会、フロントの接客現場を一通り異動した後、事務職から管理職に定着した。

二十六歳で結婚したが、相手は松本市の出だから、先々安曇野で住まうのに何の障りもなかった。

四、父はホテルの管理の傍ら、登山者の相談相手になったり、遭難者や怪我人の救助の手助けをしていて、そのため従業員宿舎に近接した付属屋を建てていた。それはいつしか「木村小屋」と呼ばれ、余儀なく上高地旅館組合へも加入した。

そして、帝国ホテルが上高地の改築を検討し始めた頃、父は撤去が避けられない付属屋を、周囲の勧めもあり、本格的な山小屋にする望みを抱いた。

時日の記憶は薄れたが、東京工業大学の学生岳人らが具体化してくれた詳細な設計図を手に、父は私に山小屋の相続を確かめた。一方で、国立公園は建築に制約が多く、厚生省との折衝を要し、私も地元代議士増田甲子七氏の私宅へ陳情の伺いをした。
五、時が経ち、私はホテルから分離した列車食堂会社に居て、課長ながら八百余人もの部下社員を預かり、国鉄や業界との連絡窓口になり、責任と多忙を負い、また妻子や家庭の面倒も増えて、山小屋への意欲は衰退していった。

遂に、父に「木村小屋」の後継ぎは諦めてくれと申し出た。雪深い半年近くの閉鎖に耐える経営、苛酷であろう収支の計画などを考えると、サラリーマン生活の方がまだ安泰と思われた。そして山小屋の建設案は流れた。

山小屋が無ければ、安曇野に戻り家を継ぐ意味も消滅する。長妹、次妹が順々に嫁ぐと、残された末妹が已む無く養子を迎えて家を継ぐことになり、私の分去れは完成した。
六、今八十四歳、年老いて足腰も弱まり、退職後、山を忘れ難くて加入した山の会「あぶり」の月例会は休みが続く。

父、母、妻の遺影の前で、いささか無念さの籠る山小屋の図面を眺めつつ、分去ったもう一人の自分を想像している。

（山の会阿夫利会報『あぶり』第八十号）
（帝国ホテルOB会会報『銀河』第六十四号）

あとがき

人それぞれに歴史があろうが、自分なりに自身の移り変わりの過程をまとめて来た。

退職で身軽になったとき、自分の現在は高校卒業までの間に構図が備えられたとの思いから、まず十八歳までを区切って書き出した。田舎の家を継ぐはずが、学士となり会社に勤め、結婚するや仮の出先のはずだった都会に居を構え、ついに住みつき初心を変えてしまった。

だが、それに至る元は、幼少から少年の間に蓄えられたものではないか。己では律しきれない社会の変化や時勢の潮流に、押され流されたのも否めないが、大きな分岐は郷関を出たところにあり、その後の変心も含めて、ここの過程に鍵が隠れると、過去をなぞり出したのである。そして、書き終えた内容に納得して、半生記のつもりであった。

前の章を終えてから二十年近く経った今年、続きを完成させる思いで書き足した。大学入学から社会人になって以後の記述だが、ただ日常の動きを機械的に写しただけである。事柄は一杯に転がっていて、取捨選択に迷うこともあったが、概ねの筋が一通り分かれば良いと思い、仕事を中心にした生き様が透ければとの工夫もやや入れたつもりである。しかし最後は締め難く、億劫で苦しかったが、何とか発奮して終止に持ち込んだ。組み立てが稚拙で、何とも長々しいが自分の過程は浚《さら》えたと思っている。幼い頃は追憶ばかりにならないよう、実際の「つづりかた」や「日記」で、また事柄の裏付けに他の方の「引用」を借りながら、少し変わった手法でつないでみた。

余生あと僅か、もう書くことはないようである。

なお、文中に登場する方の名前は、一部を除き実名で掲載した。本来ならその一人一人に了解を得る必要があるのだが、すでに鬼籍に入られた方、どうしても連絡先が不明な方もいて、了解を得ないまま掲載した方もいる。この場を借りてお礼を申し上げたい。

令和二年五月

木村 殖樹

著者プロフィール
木村　殖樹（きむら　しげき）
昭和10年１月21日生まれ、長野県出身、横浜市に在住。

28年南安曇農業高校卒業、32年中央大学経済学部卒業。

32年㈱帝国ホテル入社、47年帝国ホテル列車食堂㈱に移籍し新幹線の列車内業務に従事、平成３年再入社、７年退社。

７年㈱ニューサービスシステム入社、帝国ホテル大阪にて宴会業務に従事、12年退社。

半ば右向き　戦中派少年が長らえた昭和の自分史

2021年４月15日　初版第１刷発行

著　者　木村　殖樹
発行者　瓜谷　綱延
発行所　株式会社文芸社
〒160-0022　東京都新宿区新宿1－10－1
電話　03-5369-3060（代表）
03-5369-2299（販売）

印刷所　株式会社フクイン

ISBN978-4-286-22464-0